즐겁지 않으면
인생이
아니다

용감하고 유쾌한 노부부가 세계여행을 통해 깨달은 삶의 기쁨

즐겁지 않으면
인생이
아니다

린 마틴 지음
신승미 옮김

글담출판

아무것도 미루지 마세요!

한국의 독자들에게 인사를 드립니다!

무엇보다 한국에서 우리의 이야기를 출간하게 되어 나와 남편은 무척 기쁘답니다. 3년 동안 유럽과 남아메리카와 북아메리카를 돌아다니면서 집을 임대해 살았던 경험을 한국의 독자들과 함께 나눌 수 있다니, 정말 흐뭇합니다. 오랜 세월 동경하면서도 휴가 때 잠깐 지내다 온 것으로는 속속들이 알 수 없었던 다른 나라에 가서 살게 된 경험은 우리의 삶을 완전히 바꾸어 놓았지요.

세계 곳곳에서 우리와 같은 노년층들을 만나면서 알게 된 사실이 있습니다. 전 세대들보다 수명이 훨씬 길어진 우리 세대는 나이를 먹어도 여전히 활력을 유지하면서 여행을 하고 모험을 즐길 수 있다는 사실을 인식하고 있다는 거죠.

우리는 세계 곳곳을 여행하며 사는 삶이 우리의 생활 방식에 가장 잘 맞으리라고 판단했습니다. 그래서 집 걱정할 필요 없이 즐겁고 가볍게 세상 구경을 할 수 있도록 집과 대부분의 살림살이를 처분하자는 결단을 내렸죠. 지금까지 우리는 그 결정을 한 번도 후회한 적이 없습니다. 그렇다고 해서 집 없이 여행하며 살아가는 방식이 모든 사람에게 맞는다는 말은 아닙니다. 하지만 우리와 같은 여행을 꿈꾸고 계획하는 것만으로도 젊은 시절에 상상도 하지 못했던 활력을 찾을 수 있을 겁니다.

여러분이 우리의 이야기를 재미있게 읽기를 바라며, 집 없이 여행하며 사는 홈 프리 라이프*Home Free Life*에 대한 한국 독자들의 의견을 들을 수 있게 되기를 진심으로 기대합니다.

팀과 나는 2015년에 아시아에 갈 계획을 세우고 있습니다. 그중에서도 가장 가고 싶은 나라는 한국입니다. 경이로운 한국의 고요한 아름다움과 오랜 역사를 가진 문화에 깊은 관심을 가지고 있답니다.

이 책을 통해 많은 한국 독자들을 만나게 되기를 기대하며, 마지막으로 아무것도 미루지 말고 곧 여행을 시작하라는 말을 드리고 싶습니다.

다들 건강하세요.

린 마틴과 팀 마틴

차례

한국의 독자들에게 _ 아무것도 미루지 마세요! •8
프롤로그 _ 발길 닿는 곳은 어디든 우리 집 •14

01 새로운 생활을 시작하고 싶다면
힘든 순간에 부딪힐
마음의 준비를 해야 한다.

_ 남은 인생을 바꾸어 놓은 선택   22

02 어떤 일이 일어나든 잘 헤쳐 나갈
준비가 되어 있다는 확신이 들었다.

_ 긴 여행의 시작   38

03 우리에게 최고의 스승은
여행자들이었다.

_멕시코   46

04 긍정적인 태도를 지닌다고 해도
현실이 나아지지 않는 때도 있는 법이다.

_아르헨티나   82

05 "아무것도 미루지 말라."는 말을
좌우명으로 삼다.

_대서양 횡단   112

06 사소한 감동들이 모여서
마법 같은 세상을 이룬다.

_터키   124

07 노인이라는 말보다
어른이라는 말이 더 좋다.

_프랑스   154

08 내면의 목소리에
귀를 기울이는 게 중요하다.
_이탈리아   188

09 우리의 생활은 평범하지 않기에
그만큼 따분할 틈도 없다.
_영국   218

10 우리는 다른 사람들과
공유할 만한 중요한 경험을 쌓고 있음을
깨닫기 시작했다.
_아일랜드   248

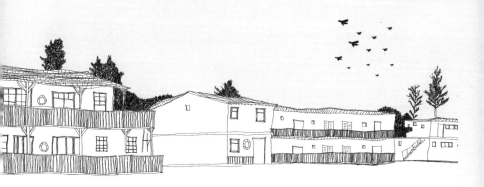

⑪ 여행을 다니다 보면 사소한 점이
큰 의미를 가지게 되는 때가 있는 법이다.

_모로코   278

⑫ 어디에 살든 상관없이,
원래 삶 자체가 위험투성이다.

_다시 캘리포니아로   294

⑬ 일부러 쓸데없는
걱정을 할 필요는 없다.

_포르투갈   312

에필로그 _ 인생을 원하는 대로 살지 않기에는 삶이 너무 짧고 달콤하다 • 342

발길 닿는 곳은 어디든 우리 집

현명한 사람이라면 콜롬비아 다리나 텍사스 주 러레이도 멕시코 누에보라
레도와 다리로 연결되는 국경 도시—옮긴이 근처에서 어슬렁거리지 않는 법이다.
그렇지만 화창한 6월의 어느 날 동틀 녘, 남편인 팀과 내가 멕시코
국경을 넘는 올바른 절차를 알려줄 누군가를 조마조마한 마음으로 기
다리고 있을 때가 바로 이런 상황이었다. 우리 부부는 이 경로로 자
주 여행했던 해외 거주자들의 조언에 따라, 여행자가 많이 이용해 혼
잡한 주 국경이 아니라 콜롬비아 다리를 통해 멕시코로 건너갈 참이
었다. 주 국경은 처리가 지연되기 일쑤인 데다가 마약상들과 국경 경
비대들 사이에 난무하는 총격전으로 유명했기 때문이다. 그래서 선택
한 우리가 묵은 호텔은 다소 불쾌했고 게다가 콜롬비아 다리까지 가
는 방향을 알아내기가 힘들었다. 새벽은 밝아오는데 여전히 제대로
찾아왔는지 자신이 없었다. 도시를 가로지르는 고속도로는 새로 닦여

져 지도는커녕 구글 검색으로도 찾을 수가 없었으며, 호텔 직원은 아무것도 몰랐다. 두말할 것 없이 우리는 겁이 덜컥 났다.

마침내 사람들이 몇 명 오더니 출입국 관리소 건물로 들어갔다. 그때까지 주변에서 어슬렁거리던 우리는 건물 안으로 들어갔다. 다행히 자동차 통행료로 몇 백 달러를 요구하지는 않고 그저 우리 여권에 희미한 승인 도장을 쾅 찍더니 국경 문을 열며 자동차 검사를 시작할 때까지 기다리라고 말했다.

또다시 우리는 불안에 떨며 다른 직원이 도착하기를 기다렸다. 마침내 한 여자 직원이 다가왔다. 우리 SUV에는 짐은 물론이고 멕시코 친구들에게 줄 선물로 꽉 차 있었는데, 너무 많은 관세를 물지 않으려고 선물이 아닌 것처럼 꾸며 놓았다. 직원은 짐 꾸러미가 빽빽하게 들어찬 차를 샅샅이 뒤질 엄두가 안 났던지 두서없는 질문을 몇 가지 던지고는 우리가 해외 거주라는 새로운 생활 방식으로 건너갈 수 있는 마지막 관문 쪽으로 손을 휘휘 내저었다. 그렇게 우리의 여행은 시작됐다.

▼▼▼

팀과 나는 1970년대에 2년 동안 열렬하게 사랑에 빠졌지만 여러 가지 이유로 고통스럽게 헤어지고 말았다. 우리는 각자 다른 사람과 결혼해서 아이를 낳았으며, 그때만 해도 그저 좋은 친구 사이였다. 그러다가 우리 둘 다 서로 다른 이유로 혼자가 된 후에 우연히 새로운 면을 알게 됐고, 즉시 격정적인 사랑에 빠졌다. 대단히 아름다운 2년이었다. 그러나 나는 어린 두 딸과 샌 페르난도 밸리에 있는 넓은 단층 주택을 돌봐야 했기에, 팀과 함께하고 싶은 마음이 절실했음에도 결혼할 용기가 나지 않았다.

그로부터 35년 후, 현관문을 두드리는 소리에 나가 보니 그곳에 팀이 있었다. 팀은 며칠 전에 전화를 해서 내가 15년 동안 살아온 캘리포니아 중부의 해변 마을인 캠브리아에 올 일이 있다고 이야기했다. 나는 잠시 들러 얼굴이나 보겠다는 팀의 제안을 받아들이며, 그가 아주 먼 과거의 연인이자 이제는 소중한 친구일 뿐 그 이상도 그 이하도 아니라고 되새겼다.

내 남편 가이는 유명한 일러스트레이터이자 예술가였고 대중에게 인기가 많았다. 가이와 나는 원하는 모든 것을 가지고 있었다. 행복하고 애정이 넘치는 결혼 생활에서부터 안락한 삶, 아름다운 정원, 멋진 주방, 효율적인 작업실, 넓은 오락 공간까지 뭐 하나 부족한 게 없었다. 충격적인 딱 한 가지 현실을 제외하면 만사가 평화로웠다. 가이가 알츠하이머병으로 급속하게 무너지고 있었던 것이다.

팀이 온 날은 마침 가이의 의식이 또렷했다. 우리 세 사람은 캠브리아 해변까지 구불구불 이어진 소나무 숲 사이로 보이는 태평양의 풍경을 감상하며 오후의 햇살 아래에서 즐겁게 이야기를 나눴다. 대화가 물 흐르듯이 잘 진행됐지만, 팀이 20년간의 결혼 생활이 끝나가고 있다는 말을 한 순간, 나는 조심스럽게 쌓아올린 내 세상이 흔들리는 것을 느꼈다.

팀이 돌아갈 때 그와 나는 오랜 친구들이면 응당 그러듯이 뺨에 가볍게 입을 맞추고 포옹하며 헤어졌다. 팀과 나는 빤한 속엣말을 할 수 없었다. 우리는 또다시 오랜 시간 동안 만나지 못할 터였다.

도저히 어떻게 할 수 없는 상황이었다. 가이는 충성스럽고 헌신적인 내가 곁에 있어야 했고, 나 역시 여전히 가이를 아꼈다. 가이의 기억력이 점차 사라져가는 과정을 지켜보며 내 가슴은 찢어질 듯 아팠다. 가이에게 집중해야 했지만, 팀을 멀리 떠나보내고 싶지도 않았다. 비참했고 두려우면서도 기쁨에 넘쳤다.

나는 사랑에 빠졌다.

그 후로 몇 달 동안 그야말로 극심한 괴로움이 엄습했다. 가이는 하루가 다르게 상태가 나빠졌으며, 결국 의사는 가이의 안전을 위해 알츠하이머병 환자를 위한 전문 시설에 보내는 게 낫겠다고 제안했다. 가이는 내가 집에서 할 수 없는 수준의 보살핌이 필요한 상태로 악화되어 있었다. 가이는 거실에 들어가면서 "여보, 정말 멋진 호텔이군. 이 호텔 식당이 유명하다는 거 알아?"라고 말할 정도였다. 나는 가이의 말에 엄청난 충격을 받았다. 다행히 가이는 요양원에 곧바로 적응했으며, 우리의 예전 삶에 대해 한 번도 묻지 않았다.

3년 뒤, 가이는 세상을 떠났다. 그리고 마침내 새로운 삶이 나에게 시작됐다.

▼▼▼

몇 년이 흐른 뒤, 팀과 나는 산미겔 데 아옌데에 있는 친구 집의 테라스에서 술을 마시고 있었다. 그때 우리는 여행에만 시간을 온전히 투자해 여러 나라를 둘러보면 좋겠다는 생각을 동시에 하게 됐다. 이미 결혼을 해서 캘리포니아 중부 해안에 있는 와인의 고장에 정착한 우리는 친구가 휴가를 떠난 한 달 동안 그녀의 아름다운 주택에 머무는 중이었다.

그 순간, 나는 상당히 오래전부터 고심하고 있던 민감한 이야기를 꺼낼 완벽한 기회라는 걸 깨달았다. 다음 생일이 되면 삶에서 중요한 단계인 일흔 살이 될 터였다. 백사십 살까지 살지 않는 한, 일흔이라면 중년(나는 굉장히 건강하고 활력이 넘쳤던지라 늘 내가 중년이라고 생각하고 살았다)이 훌쩍 넘고도 남을 나이였다. 가고 싶은 곳이 무척 많았지만 실행에 옮기지 못하고 있던 나는 중요한 의미가 있는 생일이 다가올수록 점차 초조하고 짜증스러워졌다. 단지 1~2주 동안 여기저기를 돌아다니는 여행이 아니라, 실제로 그곳에서 현지인처럼 생활해 보고 싶었다. 그러나 팀과 부부가 된 지 얼마 안 된 터여서 혹시라도 내 비밀스러운 고민을 꺼냈다가 결혼 생활에 불만이 있다고 팀이 오해할까 봐 입을 다물어 왔다.

그러나 산미겔에서 머물던 그날, 마음이 조급해진 나는 계속 비밀을 유지하기가 힘들었다. 그래서 일단 크게 심호흡을 하고 운을 뗐다.

"저기요, 팀. 당황스럽거나 불쾌하게 하려는 건 아니지만, 꼭 하고 싶은 말이 있어요. 난 지금 생활이 행복하지 않아요. 물론 당신 때문은 아니에요. 그저 너무 늙어버리기 전에 구경하고 싶은 곳이 아주 많아서 그래요. 세상을 탐험하는 것을 아직 그만두고 싶지 않거든요. 그런데 3주 정도 휴가를 즐기는 여행만으로는 만족할 수가 없어요. 집에 있는 시간보다 여행하는 시간을 늘릴 방법을 머리를 맞대고 생각해 봤으면 좋겠어요."

나는 그의 표정을 보지 않으려고 아예 눈을 감았다. 팀이 내 말을 잘못 해석해서 내가 우리 결혼 생활을 불행하게 여긴다고 오해할까 봐서 겁이 났다.

그러나 팀은 오히려 폭소를 터뜨렸다.

"우와, 세상에! 우리가 같은 생각을 하고 있다니! 나도 몇 달 동안 당신과 똑같은 생각을 했어. 하지만 당신이 날 정신 나간 사람으로 볼까 봐 말하지 않았지. 당신이 집과 손주들을 떠날 엄두를 내지 않을 거라고 여겼거든."

나는 믿을 수 없는 얼굴로 팀을 빤히 바라봤다. 우리의 계획은 이렇게 해서 탄생했다. 이미 퇴직했던 우리는 다시 '현역'으로 돌아가서 세상을 자유롭게 돌아다닐 방법을 찾아보기로 했다. 결코 끝나지 않을 우리의 버킷 리스트에 먼지만 쌓인 채 묻혀 있던 여러 명소와 도시를 온몸으로 체험할 수 있는 방법을 찾아보기로 한 것이다.

▼▼▼

우리는 세계 곳곳을 탐험할 생각에 완전히 흥분했지만, 여전히 실제로 그런 모험을 실행할 자신은 없었다. 무엇보다 불안했다. 집이 없다면, 그래서 오랜 여행을 마치고 돌아가 몸을 누일 우리 침대나 짐을 넣어 놓을 옷장이 없다면? 몇 년 동안 남의 공간을 빌려 사는 기분은? 몇 달에 한 번씩 새로운 나라로 옮겨 다니고 끊임없이 처음부터 새로 시작해야 한다는 중압감이 현재 아주 만족스러운 우리의 결혼 생활과 친구들이 그토록 부러워하는 부부간의 유대감에 악영향을 끼치지는 않을까? 이미 네 딸들은 은퇴 생활을 즐길 장소를 찾아 미국 전역을 옮겨 다니는 우리 부부를 변덕스러운 사람들로 보는데, 몇 년 동안 다른 나라로 떠난다면 다시는 우리와 말도 붙이지 않으려고 하지 않을까? 우리가 안락한 터전과 가족과 친구들로부터 멀리 떨어져 불확실한 미래에 맞설 마음의 준비가 된 걸까? 그러나 우리는 이 꿈을 실현할 두 번째 기회가 다시는 오지 않을 거라는 사실을 되새겼다. 지금이 아니면 영원히 하지 못할 일이었다. 고심에 고심을 거친 끝에 우리는 이 획기적인 아이디어에 도전할 결심이 섰다는 결론을 내렸다.

하지만 자식들에게 이 계획을 말해야 된다는 생각을 하니, 주눅이 들었다. 그래서 자식들에게 알리는 순서를 '할 일' 목록의 가장 마지막으로 미뤄 놓았다. 대신 가고 싶은 장소와 새로운 친구를 사귈 방법, 필요한 보험의 종류와 몇 달 동안 지출할 세세한 경비를 파악하고 분류하는 작업을 시작했다. 그리고 이 작업이 거의 끝나갈 때 또 다른 질문이 떠올랐다.

"맙소사, 우편물은 어떻게 하죠? 정해진 주소가 없잖아요."

늘 침착한 팀은 무심하게 어깨를 으쓱하며 대답했다.

"당신 말이 맞네. 이제 집이 없을 테니까."

그 황홀한 말과 함께 획기적인 모험이 시작됐다. 우리는 부에노스 아이레스의 고층 건물, 멕시코 산미겔 데 아옌데의 평화로운 대농장, 이스탄불의 블루 모스크와 마르마라 해의 장대한 경치가 보이는 작은 아파트, 파리 센 강에서 몇 블록 떨어진 아주 멋진 주방이 있는 사랑스러운 연립주택, 피렌체가 내려다보이는 별장, 프랑스 라 샤리테 르 루아르의 엘리베이터가 없는 3층짜리 중세 시대 건물, 런던 템스 강변의 발코니가 달린 원룸, 더블린 외곽의 아일랜드 해가 내려다보이는 300년 된 조지 왕조 양식의 대저택 내에 있는 아파트, 모로코 마라케시에 있는 타일을 붙인 다채로운 전통 주택, 포르투갈 리스본 근처의 해변 주택을 옮겨 다녔다.

무엇보다도 멋진 것은 우리가 서두르지 않고 경치를 감상한다는 점이었다. 이렇게 한 도시에서 오랫동안 살다 보면 세상에서 가장 소중한 보물을 얻게 되는데, 바로 시간이었다. 우리는 여느 관광객들과는 거리가 멀었다. 일단 여행 가방을 내려놓기로 선택한 모든 곳에서 잠시 현지인이 되었기 때문이다. 게다가 우리는 집이 없으므로 머무는 곳이 바로 집이었다. 우리 앞에는 전혀 짐작할 수 없는 온갖 모험이 기다리고 있었다.

01 새로운 생활을
시작하고 싶다면
힘든 순간에
부딪힐 마음의 준비를
해야 한다.

_남은 인생을 바꾸어 놓은 선택

인생의 남은 날들을
새롭게 살고 싶다면

멕시코 산미겔 데 아옌데에서 인생을 바꿀 결정을 하고 캘리포니아로 온 우리는 흥미진진한 새로운 계획을 실행할 생각에 벌써 푹 빠져 있었다. 그저 몇 가지 일만 결정하고 나면 다시 길을 떠날 터였다!

잠깐, 그렇다고 너무 서두를 일은 아니었다. 팀과 나는 둘 다 10월에 태어나 별자리가 천칭자리였다. 점성술을 믿는 사람들에 따르면, 우리 부부와 같은 천칭자리는 결정을 내리는 데 대단히 까다로운 성격이다. 확실히 그럴 듯한 말이다. 그렇지만 다행히 우리 둘 다 이 통념에서 어느 정도 벗어나 있어 중요한 선택을 쉽게 하는 편이다. 우리는 단 몇 분 만에 자동차를 산다거나 오후 반나절 만에 집을 사기도 했다(자식들이 우리를 변덕이 심한 사람들로 여기는 것도 당연하다). 애초에 우리는 한 순간도 망설이지 않고 결혼을 결정했다. 마찬가지로 몇 년 동안 세계 곳곳을 돌아다니기 위해 아예 집을 팔아버리자는 계획도 즉석에서 나왔다. 다행히 일이 술술 풀렸다. 집은 한참 가격이 떨어져 있던 시기라서 그런지 단 하루 만에 팔렸다. 이처럼 우리 부부는 점성

즐겁지 않으면 인생이 아니다 ────

술에서 말하는 천칭자리의 성향에 얽매이지 않고 그 자리에서 새로운 인생을 시작했다.

그럼 이제 이 도시에서 저 도시로, 또 다른 도시에서 다시 새로운 도시로…… 여기저기 돌아다닌 우리의 이야기를 풀어보고자 한다.

우리는 파리에서 살아보고 싶었고, 우리의 속도에 맞춰 느긋하게 아일랜드를 탐험하고 싶었으며, 피렌체에 있는 아파트에서 머물고 싶었고, 포르투갈의 생활을 잠시 경험해 보고 싶었다. 한마디로 자유롭고 싶었다. 그런데 만일 문만 잠가 놓은 채 집을 몇 달씩 떠나 있자면 경제적으로 상당히 부담이 되리라는 사실을 여행 계획을 짜면서 깨달았다. 이래저래 간접비가 너무 많이 들어가 우리가 여행지와 여행 기간을 선택할 때 융통성이 상당히 줄어들 게 뻔했다. 그래서 어렵지 않게 결단을 내렸다. 집도 단 하루 만에 팔린 터여서 이제 번복할 수도 없었다. 또한 구매자들은 45일 뒤에 집을 비워 줬으면 했고, 덕분에 우리는 본격적인 행동에 돌입할 수 있었다.

집이 팔린 다음 날 새벽 6시, 팀이 컴퓨터 앞에 쪼그리고 앉아 있었다.

내가 막 잠에서 깨어 쉰 목소리로 말했다.

"여보! 이렇게 일찍부터 뭐해요? 아직 날도 밝지 않았는데."

팀은 고개도 들지도 않은 채 대답했다.

"마이애미에서 출발하는 로마행 재배치 유람선 요금이 우리 둘 다 합해서 2,300달러밖에 안 하는 거 알아? 항공료보다 훨씬 싸네. 더구나 숙식이 포함돼 있어. 내년에 포트로더데일에서 로마로 가는 유람

우리는 파리에서 살아보고 싶었고,
우리의 속도에 맞춰 느긋하게
아일랜드를 탐험하고 싶었으며,
피렌체에 있는 아파트에서 머물고 싶었고,
포르투갈의 생활을 잠시 경험해 보고 싶었다.
한마디로 자유롭고 싶었다.

즐겁지 않으면 인생이 아니다

선이 있는데, 그거 예약할까?"

사랑스런 내 남편은 잠에서 깬 지 오래였고, 이미 열의에 차 있었다.

나는 커피가 간절한 마음으로 물었다. 벌써부터 머리가 빙빙 도는 기분이었다.

"재배치 유람선이 대체 뭐예요?"

"그게 뭐냐면 말이지, 유람선 회사들은 일 년에 두 번씩 전 세계에서 배를 한 장소에서 다른 장소로 옮기거든. 그럴 때 승객들에게 아주 싼 여객 상품을 제공한대. 서비스는 평소와 똑같은데, 요금은 거의 절반밖에 안 되는 거지."

팀은 씩 웃으며 대답한 뒤 나에게 물었다.

"당신은 배의 앞부분이 좋아, 아니면 뒷부분이 좋아?"

잠이 덜 깬 것은 둘째 문제고, 나는 남편이 하는 말을 도무지 감당할 수 없었다.

"잠깐만요, 여보. 당신은 유람선을 한 번도 안 타봤잖아요. 게다가 폐소공포증이 있고요. 그리고 우리는 따분한 것을 못 참는 성격이잖아요. 사람들한테 아주 상냥하기는 하지만, 친구를 고르는 데는 무척 까다로운데, 우리가 바다에 둥둥 떠 있는 호텔에서 2주 동안이나 즐겁게 지내리라는 생각이 도대체 어디에서 나왔어요?"

멍한 머리로 받아들이기에는 너무 벅찬 내용이었다. 이쯤 되니 당장 커피를 마셔야 했다. 커피를 마시자고 말하자 팀은 나를 따라 주방으로 들어왔다.

"그래, 좀 모험이라는 건 나도 알아. 그래도 우리가 이 완전히 정신

나간 짓을 함께 감행하는 한 내년 봄에 한 번 저질러 봐도 괜찮을 듯해. 우리 둘 다 유람선 여행이 내키지 않는다면 그냥 비행기를 타고 떠나면 되잖아. 이리 와서 특등실 좀 구경해 봐."

내가 여전히 거부 반응을 보이자, 팀은 나를 컴퓨터 앞으로 데리고 갔다. 늘 그렇듯이 팀은 대화가 시작되기도 전에 미리 정보를 다 알아보고 대답을 준비해 둔 터였다(어떤 질문에라도 모두 대답할 준비가 돼 있는 팀의 성격은 사실 내가 무척 감사히 여기는 점이다).

"이 유람선에서는 승객들이 자유롭게 저녁 식사 장소를 선택할 수 있대, 여보. 다른 사람의 방해를 받고 싶지 않다면 특등실에서 우리끼리 밥을 먹으면 돼."

팀은 유람선 사진 수십 장을 보여 주며 나를 즐겁게 했다.

온천 서비스, 수영장 세 곳, 식당에서 보이는 기가 막히게 멋진 경치, 안락의자에 앉아 과일 음료를 마시며 미소 짓는 승객들의 사진이 차례차례 펼쳐졌다.

팀은 천천히 나를 설득했으며, 아침나절쯤에는 반짝반짝 빛나는 거대한 흰색 배의 뱃머리에 자리 잡은, 바다가 보이는 특등실을 예약할 터였다. 우리의 새로운 꿈이 현실이 되고 있었다. 그리고 나는 그 꿈을 실현하려면 새로운 사고방식을 가져야 한다는 걸 깨달았다.

그날 아침, 커피를 마시러 주방으로 함께 들어가 내가 수년 동안 타지 않았던 유람선 여행에 동의했을 때, 사실 재배치 유람선과 장기 임대는 오히려 차후의 문제였다. 당장 급한 문제가 말 그대로 눈앞에 닥쳐왔다. 우리 주택의 구매자가 요구한 날짜에 맞춰 집을 비워 주려면

즐겁지 않으면 인생이 아니다

서둘러서 세간을 정리해야 했고, 은행 업무와 우편물 수신지 주소 변경, 옷장 정리, 건강 검진, 예방 접종과 같은 자질구레한 일을 처리해야 했다. 뿐만 아니라 멕시코와 아르헨티나 중에 하나가 될 우리 최초의 '해외 거주지'에 필요한 각종 여행 서류를 준비해야 했다. 간단히 말해서 45일 안에 우리가 가진 온갖 물건을 기부하거나 팔거나 보관하거나 버려야 했다. 웬만한 사람이라면 벼랑 끝으로 내몰린 기분이 들 상황이었다.

남들과 다르게 살기 위해서는
마음의 준비가 필요하다

먼저 이야기를 더 진행하기 전에, 이처럼 멋지고 새로운 생활 방식을 시작하고 싶어 하는 사람들에게 조언을 하나 하자면, 감정적으로 힘든 순간에 부딪힐 마음의 준비를 해야 한다는 것이다. 대단히 보람있는 생활 방식이긴 하지만 나약한 사람들에게는 맞지 않는다.

집 없이 살아간다는 것은 나이가 많은 사람들이 새로 결혼해서 살아가는 것과 비슷하다. 결국 핵심은 주도권 다툼으로 귀결된다. 쉽게 말해 "내 물건을 놓을 공간을 마련하기 위해 당신의 쓸모없는 물건들을 처리할 방법이 없을까요?"라는 식이다. 아무리 쓸모없는 물건이라 해도 평생 소중하게 여겨 온 소유물을 버리기란 힘들다. 우리는 약 한 달 반 만에(당신에게는 더 긴 시간이 주어지기를 바란다) 삶을 간소화하고 과거를 놓아줘야 했다. 모든 가구와 소유물을 몇 년 동안 사용하지 않은 채 보관만 해두는 것은 어리석은 일이었기 때문이다. 그러면서 훗날 여행을 하며 살아가는 방식을 포기하고 다시 정착해서 살아간다면 새롭게 시작하자고 마음을 먹었다. 다행히 나는 그때가 되면 가볍고 밝

즐겁지 않으면 인생이 아니다

고 현대적인 가구를 가지리라는 생각 덕분에 아쉽지만 오랫동안 정들었던 가구에 이별을 고할 수 있었다.

어느 날 오후, 나는 차고에 들어갔다가 커다란 접착용 테이프를 든 채 상자 앞에 서서 앞을 뚫어지게 쳐다보고 있는 팀을 발견했다. 나는 팀에게 뭐하고 있냐고 물었다. 팀은 여전히 그곳을 쳐다볼 뿐이었다. 팀의 시선을 따라가 보니 차고 바닥에 오래된 CD들이 어마어마하게 쌓여 있었다. 그중 많은 CD들은 팀이 음악계에 몸담고 있을 때의 것들로, 팀의 삶과 경력에서 중요한 순간들의 기록이었다. 일부 CD에는 팀이 직접 만든 노래가 들어 있기도 했다.

"음, 알윈(당시 텍사스 주에 살던 팀의 딸로 음악에 대한 열정이 팀 못지않았다)이 이 CD들을 가지고 싶어 할 거야. 어차피 모든 노래들이 내 아이팟에 저장돼 있으니 상관없지."

팀이 애처롭게 중얼거렸다. 팀은 억지로 밝게 웃으려 했지만, 나는 엘비스 프레슬리의 CD를 상자에 담는 팀의 입술이 가늘게 떨리는 것을 알아챘다.

우리는 날마다 재향 군인회 자선 트럭에 보낼 작은 장식품들을 상자와 가방에 모았다. 팀은 자동차 한가득 실은 장식품들을 여러 번 자선 트럭으로 날랐고, 그림들과 내가 앞으로 필요하리라고 판단한 주방 기구들은 물품 보관소로 가져가 넣어두었다. 그런데도 우리가 자는 사이에 물건이 배로 늘어나 있는 느낌이 드는 날도 있었다. 분명히 물건들을 다 치운 방에 어느새 더 많은 물건들이 쌓여 있었던 것이다.

하지만 점차 시간이 지나자 차고에 쌓여 있던 물건들이 줄어들었고, 여행 계획 중 일부가 구체화되었으며, 불안감도 어느 정도 가라앉았다. 매매 계약을 마무리하는 복잡한 과정과 집을 팔면서 생기는 초조함과 "이런 짓을 벌이다니, 진짜 미친 게 아닐까?" 하는 걱정과 회의가 드는 순간을 거치기는 했지만, 우리는 새로운 모험을 할 수 있다는 가능성만으로 아주 행복했다.

사실 떠나기 위한 준비 과정 외에도 힘든 일이 한두 가지가 아니었다. 그중에서도 가장 두려운 숙제가 남아 있었다. 가족에게 우리의 계획을 알리는 일에 비하면 그간 처리해 온 일들은 아무것도 아니라는 생각이 들었다.

마침내 우리는 용기를 짜내 가족에게 여행 계획을 이야기했다. 우리의 흔치 않은 결정을 설명하자, 네 딸들 모두 너무 놀라 할 말을 잃었다. 우리 이야기를 듣자마자 딸들은 무척 걱정하고 불안해했으며, 우리는 당연한 반응이라고 여겼다. 다행히 딸들은 어느 정도 시간을 두고 생각한 뒤에, 우리의 계획을 기꺼이 받아들이며 전폭적으로 지지해 주었다.

즐겁지 않으면 인생이 아니다

시야를 넓히는 일은 사소한 것부터

우리가 집을 팔고 여행을 떠난다는 소식을 전하자 친구들과 친척들은 충격을 받았다. 그리고 그들 역시 시간이 지나자 우리가 이미 예상했던 갖가지 질문을 하기 시작했다. 이를테면 우리가 여행 중에 병이 들거나 다치면 어떻게 될지 걱정했다. 우리는 (이러한 모든 시나리오를 해결할 방법을 이미 고려했기 때문에) 자세한 이야기는 거론하지 않고 간단하게 두 부분으로 나눠서 답을 했다. 첫째, 우리는 현재 살고 있는 캘리포니아 파소 노블레스에서도 병에 걸리거나 다칠 가능성이 있다. 둘째, 우리는 포르투갈에서도 파소 노블레스와 마찬가지의 조치를 취할 것이다. 즉, 병원에 가서 치료를 받으면 된다. 그들은 잘 준비된 우리의 답변에 안심하는 듯했고, 얼마 지나지 않아서 우리를 응원해 주었으며, 설사 우리의 계획이 정신 나간 짓이라고 생각한다 해도 최소한 예의바르게 관심을 가져주었다.

우리 역시 이 계획에 대해 걱정되기는 했다. 우리가 멋진 새 인생을 경험하게 되리라는 점에는 추호도 의심하지 않았지만, 계획을 실행하자면 굳은 각오가 필요했다. 또 용기도 필요했다. 주저하는 마음이 끊임없이 우리를 따라다녔다. 절실하게 새로운 삶을 시작하고 싶었지만, 불안감이 앞날에 대한 기대와 기쁨을 조금씩 좀먹고 있었다. 우리는 시간이 날 때마다 이것이 우리가 원했던 삶이라는 걸 되새겼다. 우리 나이를 생각해 보면, 이런 기회는 두 번 다시 오지 않을 터였다. 어차피 나이가 더 들면 여기저기 돌아다니면서 사는 방식을 포기할 수밖에 없을 테고, 그때가 되면 편안히 쉴 시간이 차고 넘칠 터였다.

또한 빈털터리가 되지 않고도 이 계획을 실행할 방법을 사람들에게 이해시키는 과정도 상당히 힘이 들었다. 칵테일 파티에서 대체 얼마나 많은 돈을 가졌기에 이런 계획을 감행하는지 은밀히 물어보려는 사람들에게 우리가 하는 대답은 거의 한결같았다.

"있잖아요, 여행을 하며 사는 방식에 가진 돈이 얼마인지는 중요하지 않답니다. 복잡하게 계산해야 할 문제가 아니라 그저 간단한 산술의 문제예요. 현재 드는 간접비를 따져 보고, 관심이 있는 다른 장소에서 살 때 들 비용에다 교통비를 더한 뒤, 이 둘을 비교해 보면 돼요. 누구라도 여행을 하며 살 수 있어요. 돈이 많은 사람이면 아주 풍요롭게 살게 되겠죠. 돈이 없는 사람이라면 원룸을 빌려야 하고 야외에서 즐기는 점심이나 저녁 외식을 줄여야 할 테고요. 둘 중 어느 쪽이든 모험이 넘치는 생활이 되겠죠."

심지어 요즘에도 새로 만난 사람들 중에 우리의 생활 방식에 대한 이야기를 듣고 나서 우리의 선택이 그들의 선택을 위협하기라도 하는 양 방어적인 태도를 취하는 경우도 있다. 그런 사람들은 "음, 나는 내 가구와 개와 자동차를 절대 포기할 수 없어요."라는 식으로 말한다.

우리 나이를 생각해 보면,
이런 기회는 두 번 다시 오지 않을 터였다.
어차피 나이가 더 들면
여기저기 돌아다니면서 사는 방식을
포기할 수밖에 없을 테고,
그때가 되면 편안히 쉴 시간이
차고 넘칠 터였다.

가끔 이런 자유분방한 생활이 모든 사람에게 적합하지는 않다는 점을 설명해야 할 때도 있다. 그저 이런 생활이 현재 우리의 인생에 잘 들어맞을 뿐이다.

우리의 독특한 생활 방식에 대한 이야기를 들려주는 이유는 삶을 대대적으로 바꾸라고 설득하기 위해서가 아니다. 그런 변화를 꾀하고 싶은 사람이든 그렇지 않은 사람이든, 시야를 넓힐 때 생기는 이익을 강조하고 싶을 뿐이다. 시야를 넓히는 일을 거창하게 생각할 필요는 없다. 그저 가까운 도시를 가본다거나, 새로운 동호회에 가입한다거나, 새로운 친구를 사귀는 것 모두가 여기에 해당되니까.

우리는 사람들에게 우리의 계획을 이야기할 때마다 그들의 반응이 약간 걱정됐지만, 얼마 지나지 않아 대화가 흘러가는 추이에 익숙해졌다. 사람들은 일단 믿을 수 없어 하다가, 질문을 쏟아내고, 마지막으로 흥미와 호기심을 드러내며 때로는 약간의 부러움을 내보였다. 사람들의 이런 반응은 뭔가 멋진 일을 시작하려 한다는 우리의 예감을 굳건하게 했으며, 우리 삶에서 일종의 가상 절벽에서 뛰어내려 보자는 열정을 북돋웠다.

즐겁지 않으면 인생이 아니다

시야를 넓히는 일을
거창하게 생각할 필요는 없다.
그저 가까운 도시를 가본다거나,
새로운 동호회에 가입한다거나,
새로운 친구를 사귀는 것 모두가
여기에 해당되니까.

02 어떤 일이 일어나든
잘 헤쳐 나갈
준비가 되어 있다는
확신이 들었다.

_긴 여행의 시작

평범한 일상,
정든 물건들과의 작별

드디어 우리가 집을 비워 줘야 하는 마지막 날이었다. 우리는 과거 내가 15년 동안 살았던 캠브리아에 임시로 임대해 놓은 집으로 옮길 채비를 했다. 이 임시 거처는 최종적인 세부 계획을 세우고, 아직 처리하지 못한 물건들을 정리하며, 일단 차를 몰고 멕시코로 가서 비행기를 타고 아르헨티나로 떠날 5개월 동안의 여행을 구체적으로 준비할 장소가 될 터였다.

이사 당일, 우리는 너무 지쳐서 수년 동안 살았던 정든 터전에 작별 인사조차 할 수가 없었다. 일단 팀은 지난 6주 동안 우리 세간의 대부분을 보냈던 재향 군인회의 자선 트럭에 한 번 더 짐을 실어 날라야 했다.

여자라면 다들 느끼겠지만, 이사를 할 때 커다란 핸드백의 무게가 9킬로그램 정도가 넘으면 드디어 이사 막바지에 다다랐다는 사실을 자연스레 알게 된다. 우리가 이사를 한 날도 마찬가지였다. 내 핸드백에는 평소에 가지고 다니는 필수품 이외에도, 신발 안창 한 쌍, 편지 개봉용 칼, 진주 귀걸이 한 짝, 37센트짜리 우표 한 뭉치, 플라스틱 와인 오프너, 교회 열쇠, 공 CD 두 장, 손자들의 사진이 담긴 작은 사진첩, 문이 닫히지 않게 문 밑에 괴어 놓는 용도로 썼던 청동 골동품 북엔드가 모조리 들어가 있었다. 나는 무거운 핸드백을 차에 싣고 새로운 주인을 맞을 활짝 핀 장미 덤불을 마지막으로 둘러본 후 집을 떠났다.

그날 저녁, 팀과 나는 캠브리아 해변에 있는 방 세 개짜리 휴가용 임대 별장에서 다시 만났다. 우리 두 사람의 차에는 '대체 어디에 써 먹어야 할지 모르겠지만 아직 작별할 준비가 되지 않은' 물건들로 꽉 차 있었다. 그 별장은 우리 두 사람이 잠시 사용하기에는 너무 컸지만, 여행을 시작하기 위한 최종 준비를 하며 물건들을 마지막으로 정리할 단계에서는 필요했다. 두 대의 차에 실린 각 물건들을 보관할지, 기증할지, 아니면 여행에 가지고 갈지 결정해야 했다.

어느 날, 내가 작은 노란색 플라스틱 옥수수 홀더 여섯 개의 운명을 심각하게 고심하고 있는데 팀이 주방으로 들어왔다. 팀은 가죽으로 된 최고급 정장 구두 한 짝을 흔들며 얼굴을 찌푸렸다.

"여보, 내가 이 신발 한 짝을 분명히 어디에선가 봤거든. 근데 찾을 수가 없네."

나는 고개도 들지 않은 채 대답했다.

"그 공포의 방에 있어요."

공포의 방은 방 세 개 중 하나의 방에 붙여진 별명이었다. 공포의 방에는 카우보이 부츠, 외투, 사진기, CD와 DVD, 카드, 와인 오프너, 지도, 전자 장비, 자질구레한 것들이 꽉 차 있는 플라스틱 용기, 서류, 미래를 알 수 없는 신발들이 여기저기 아무렇게나 널려 있었다. 드문드문 팀이나 내가 어떻게든 정리를 해보려고 방 안을 돌아다녔지만 결국 몇 분도 지나지 않아 욕을 저절로 내뱉으며 한숨짓기 일쑤였다.

마침내 공포의 방을 완전히 비우고 문을 닫고 나온 날은 우리의 관계에서 무척 중요한 의미로 기록됐다.

아직도 결정해야 할 무시무시한 두 가지 사항이 남아 있었다. 일정한 거주지가 없이 세계 여러 도시를 돌아다니게 될 여행에 가지고 갈 옷과 여행 용품이었다.

우리는 오랫동안 토론을 거친 후에 우리가 감당할 수 있는 수준은 바퀴가 달린 커다란 더플백 두 개와 휴대용 가방 두 개라는 결론을 내렸다. 그리고 서로 보는 데서 패션쇼를 하며 여행에 가지고 갈 옷과 용품을 골랐다. 무척 지루한 과정이었지만, 곧 모험을 떠난다는 흥분에 몸이 달아 있어서 이 역시 어느새 즐거운 놀이가 됐다. 출발일이 몇 주 앞으로 다가오자 우리는 거의 잠을 자지 못했다. 기상 시간이 아침 7시에서 새벽 4시로 앞당겨졌다. 처리해야 할 일의 목록이 머릿속에서 빙빙 맴돌았고, 거기에 여행 계획에서 오는 기쁨과 가족을 떠나야 한다는 고통이라는 상반된 두 감정이 뒤섞여 머리가 더욱 복잡해졌다.

그런데 친구와 가족과 연락을 주고받고, 여행 준비와 예약을 하고, 내가 여행 중에 시작할 예정인 블로그의 글을 작성하려면 어떻게 해야 하지? 그제야 우리는 애플 대리점으로 향했다. 그곳에서 우리 눈

즐겁지 않으면 인생이 아니다 ⸻

에는 그저 어린아이로 보이는 영리한 판매원들과 지나치게 많은 시간 동안 상담한 끝에 노트북 컴퓨터, 아이폰, 미니 스피커, 어댑터, 각종 부대 용품을 구입했다. 전자제품을 제대로 갖추면 앞으로 몇 년 동안 우리가 가고자 하는 모든 나라에서 소통과 놀이가 수월해질 터였다. 그리고 제품들이 죄다 최첨단인지라 사용법을 배우려고 애플 강좌를 수강하기까지 했다. 수강생들 대다수가 백발이 성성한 노인들이었는데, 수업을 들으며 기기들을 누르고 작동할 때마다 당황하고 혼란스러워하는 게 보였다. 시간이 지날수록 우리는 점차 기기들에 익숙해졌고, 자연스럽게 작동할 수 있었다. 드디어 21세기 시민에게 필요한 지식을 익히게 된 것이다.

그렇게 우리의
여행은 시작되었다

우리가 옷을 정리하고 전자기기를 배우려고 진을 빼는 사이에도 팀은 매일 몇 시간씩 18개월 동안의 여행 계획을 짜는 데 몰두했다.

어느 날 오후, 나는 팀이 여행 본부로 정해 놓은 식당으로 들어갔다. 마침 밖에는 붉게 물든 노을이 지며 태평양의 물결이 아름답게 반짝이고 있었지만, 팀은 뭔가에 집중하고 있어서 주변의 경치를 전혀 알아채지 못한 채 자신만의 동굴에 앉아 있는 듯했다. 팀이 갑자기 손바닥으로 테이블을 내리치더니 나에게 미소를 보냈다. 그러더니 의자에서 벌떡 일어나 나에게 키스를 하며 꼭 껴안았다.

내가 놀라 물었다.

"우와, 고마워요! 웬일이에요?"

팀이 큰 소리로 말했다.

"끝났어! 부에노스아이레스에서 우리를 마중 나올 차의 예약을 방금 확정지었다고! 모두 마무리가 됐어. 이제 여행을 시작하면 돼."

우리는 마지막 남은 세간을 이미 온갖 물건으로 꽉 차 있는 물품 보

즐겁지 않으면 인생이 아니다 ————————

관소에 억지로 넣었다. 그리고 할 일을 마무리한 뒤 임대한 해변 별장의 열쇠를 반납했다. 친구들과 가족들은 우리를 점심 식사와 저녁 식사와 칵테일 파티에 초대했으며, 선물을 보냈고 전화와 이메일과 카드로 행운을 빌었다.

드디어 출발일이 다가왔다.

어느새 우리는 차 안에 있었다. 단둘이었다(단둘이 차로 여행을 하자면 적응할 시간이 필요한 법이다!). 남쪽으로 402킬로미터 거리인 로스앤젤레스를 향해 101번 고속도로를 타고 가는 동안 차 안에는 침묵이 감돌았다. 우리는 각자 그동안 걸어왔던 엄청난 과정을 돌아봤다. 마침내 계획을 실행하게 된 우리는 엄청나게 들떠 있었다. 동시에 겁에 질려 있었다.

우리는 하이파이브를 하고, 빠르게 키스를 했다. 그 순간 모든 일이 아주 잘되리라고 직감했다. 불안감이 사라졌으며, 대신 우리가 올바른 선택을 했으며, 앞으로 어떤 일이 일어나든 잘 헤쳐 나갈 준비가 돼 있다는 확신이 들었다.

03 우리에게
최고의 스승은
여행자들이었다.

_멕시코

익숙한 곳에서 느끼는 안락함보다
낯선 곳에서 느끼는 두려움을 선택하다

일주일 후, 수면 부족과 국도를 가로지르는 장기간의 운전으로 지칠 대로 지친 우리는 콜롬비아 다리에 있는 멕시코 국경에 도착했다. 기다림 끝에 국경을 넘으라는 출입국 관리소 직원의 손짓에 얼마나 안도했는지 모른다. 마침내 몇 달 동안 준비했던 10시간에 걸친 운전이 시작됐다. 그리고 그 과정은 두려움의 연속이었다.

처음 몇 킬로미터를 가는 동안 불안감은 더욱 증가했다. 선인장과 철조망 외에는 2차선 도로에 쥐새끼 한 마리도 없었다. 완전히 우리 둘뿐이었다. 이 길에서 우리에게 무슨 일이 생기면 어쩐담? 어쩌다가 지나가는 차가 한 대라도 보이면 마냥 기뻤다. 50킬로미터쯤 가자 넓고 안전한 고속도로가 나왔다. 절로 환호성이 터져 나왔다. 이 여행의 요점이 "시야를 넓히자"는 것이었지만, 적어도 여행을 시작할 때는 아직 익숙한 것이 좋았다.

기이하게도 차로 멕시코를 횡단하면서 가장 인상적이었던 점은 횡행하는 범죄자들이 아니라 오히려 교통 법규를 완전히 무시하는 현지인들의 태도였다. 멕시코에서 제한 속도는 아무런 의미가 없었다. 운전자들은 추호도 망설이지 않고 무시무시한 속도로 옆 차를 추월했다. 우리가 보기에 이탈리아인들이나 멕시코인들은 사각지대의 커브 길에서 마구 질주하는 커다란 트럭들을 지나칠 때마다 충돌 사고로 죽지나 않을까 하는 두려움에 떨지 않으려면 날마다 미사에 참석해야 할 듯했다. 두말할 필요 없이 우리는 저속 차선에서만 주행했으며, 그 차선으로 다니는 차는 우리 차뿐이었다.

우리가 차를 타고 간 넓은 계곡 사이로 뻥 뚫린 멕시코 고속도로는 깎아지른 황량한 산맥으로 유명했다. 이 고속도로는 사람들이 무슨 일이 있더라도 피해 가라고 우리에게 경고했던 세 도시인 누에보 라레도, 살티요, 산루이스포토시를 둘러 갔다. 우리는 고속도로 반대편에서 경찰·군사 바리케이드를 두 번 봤다. 경찰들은 바리케이드를 쳐놓고 모든 자동차를 검사하고 있었다. 우리는 바리케이드를 지날 때만은 조금 안전하다는 생각을 했는데, 오히려 납치 집단들이 애용하는 술책이 가짜 경찰·군사 검문소라는 사실을 나중에서야 알고 정말 놀랐다. 때로는 모르는 게 약이라는 말이 진리다.

길을 나아갈수록 라레도의 먼지가 풀풀 날리는 진흙땅에서 점차 보기 좋은 경치로 바뀌었다. 거대한 여호수아 나무숲과 선인장 무리가 사방에 깔려 있었다. 많은 농장들과 목장들, 자그마한 도시들, 건축가들의 아픔으로 보이는 짓다 만 우울한 콘크리트 건물들을 지나갔다. 선명한 푸른빛을 띤 하늘은 막힘없이 탁 트여 있었으며, 이것이야말로 우리가 아주 좋아했던 멕시코의 모습이었다. 그곳에 걱정할 게 뭐가 있겠는가? 우리는 음악을 들었고 웃음을 터뜨렸으며 수다를 떨었고 주전부리를 했으며 서로에게 이야기를 들려줬다. 그러다가 산틸요 방향으로 돌아야 하는 지점에서 길을 잃기도 했다. 다들 우리에게 조심하라고 경고했던 바로 그 지점이었다. 잘못 도는 바람에 어쩌다 보니 황량한 도로의 한 요금소까지 가게 됐다. 우리가 반드시 피하고 싶던 상황이었다.

예쁘장한 젊은 여성이 작은 요금소 건물 안에 앉아 있다가 내려왔다. 그녀는 내가 충분히 이해할 수 있는 쉬운 스페인어와 손짓으로 자갈로 된 비포장도로에서 유턴해서 올바른 방향의 유료 도로로 재진입하는 방법을 천천히 설명해 줬다. 그러더니 잘못된 출구로 나온 벌금을 내라고 했다. 그리고 우리가 고속도로로 되돌아갈 때 그녀가 큰 소리로 외쳤다.

"아디오스!"

운전해 갈수록 점차 익숙한 지형이 나타났다. 선인장 숲 대신에 녹초지가 나왔다. 커다란 과속 방지턱이 있고 갖가지 물건을 파는 작은 가게가 있는 소규모 마을들이 보이기 시작했다. 우리는 알록달록한 천이 깔린 테이블에 앉아 있는 현지인들에게 타말레옥수수 알갱이를 가루로 만들고 반죽해서 만두처럼 소를 집어넣고 찌는 멕시코 음식—옮긴이, 타코 등을 요리해서 파는 임시변통으로 만든 주방들이 보이자 행복해졌다.

드디어 우리는 현지인들의 애정을 받고 있지만 형편없이 만들어진 영웅적인 카발레로 조각으로 유명한 산미겔 로터리에 도착했다. 팀은 아이팟으로 멕시코의 목장 음악을 무한 반복으로 틀었고, 우리는 의자에 앉은 채로 들썩들썩 춤을 췄다. 그리고 창문을 내리고 라드를 넉넉히 넣고 다져서 볶은 고추와 마늘과 양파로 요리하는 토르티야, 여기에 풍미를 더해 주는 타바스코 소스가 곁들여진 멕시코 특유의 향기를 들이마셨다.

드디어 목적지에 제대로 도착했다!

여행을 일상처럼
일상을 여행처럼

전 세계를 여행하는 무모한 여행은 우리가 아주 좋아하는 장소들 중 한 곳인 산미겔 데 아옌데에서 보낸 석 달 동안의 여행에서 시작됐다. 우리는 산미겔 데 아옌데에 꽤 오래 머물렀기에 여러 친구들을 사귀었고, 꽤 익숙해져 있었다. 다시 말하건대 우리는 익숙한 범위를 벗어나서 모험을 하고 싶기는 했지만, 처음에는 조금 더 잘 아는 곳에서 시작하는 게 나을 것이라고 생각했다. 미지의 다른 여행지에서 우리를 기다리고 있는 모험에 앞선 예행연습이라고나 할까?

우리는 산미겔 데 아옌데에 도착한 저녁에 용케도 첫 번째 원형 교차로를 잘 타고 들어갔으며, 갈수록 상류층 동네들이 많이 보이는 외곽 순환도로로 접어들었다. 산미겔의 전형적인 풍경은 각각 경치를 최대한 활용해서 언덕에 지어진 타일 지붕의 주택들이었다.

그곳에는 가족들이 운영하는 아주 작은 노점이 거의 모든 곳에 있다. 이런 노점은 토끼장처럼 빽빽이 들어서 있으며, 아예 간판이 없는 경우도 있다. 여기에는 동네 사람들이 급하게 필요로 할 갖가지 물건

즐겁지 않으면 인생이 아니다 ———

들이 뒤죽박죽 쌓여 있다. 생수에서부터 대걸레, 과자, 바늘, 엔진 오일, 라임, 맥주에 이르기까지 그야말로 없는 것 빼고는 다 있다. 도로가에는 자동차와 타이어 정비소, 묘목장, 벽돌 공장, 높다란 토담 뒤의 작은 멕시코 주택, 절반 정도 입주한 공동 주택 단지가 드문드문 있다.

코너를 돌 때마다 우리는 놀라운 경치에 깜짝깜짝 놀랐다. 오후에는 몇 킬로미터 떨어진 도시의 언덕 아래에 있는 호수가 일렁거리며, 중앙 성당이 군주의 분홍빛 왕관처럼 빛났다. 이 도시의 상징인 라 파로키아 성당은 현지 건축가가 순전히 사진만 보고 고딕 양식을 그대로 따라서 19세기에 재건축한 것으로 알려져 있다. 분홍색과 황금색과 적갈색과 겨자색이 어우러진 색조는 산미겔에 여기저기 흩어져 있는 고색창연한 다른 어떤 성당의 돔보다도 두드러졌다. 빨간색 타일과 난간을 타고 내려오는 부겐빌레아가 무성한 옥상의 파릇파릇한 정원은 전체적인 경관을 하나로 어우러지게 만들었다.

외국에 나가면 거의 팀이 운전하고, 나는 옆에서 내그리베이트 *nagrivate*를 한다. 내그리베이트는 우리가 만들어낸 말로, 내가 내비게이션 화면을 보면서 "다음 교차로에서 급커브를 돌아서 좁은 길로 쭉 가다가 바로 우회전을 하세요."라는 식으로 침착하고 조용하게(사실 그리 조용하지 않을 때도 있다) 설명하는 것을 뜻한다. 이럴 때 팀이 이해했다는 표시로 내는 소리는 "흠"이나 "꽁" 정도이다. 나는 이정표 해설가이자 영국의 상류층 억양으로 말하는 빅토리아(우리가 GPS에 붙여준 이름)를 조작하는 역할을 한다. 앞으로 읽다 보면 알겠지만, 빅토리아는 이 책에서 세 번째로 중요한 등장인물이다.

산미겔의 운전자들이 예의바르고 천천히 운전하기는 했지만, 큰 길에서는 무슨 일이 벌어질지 몰랐다. 자전거나 다섯 명으로 구성된 한 가족이 탄 말이나 소가 어디에선가 갑자기 나타나기도 했기 때문이다. 또 신호를 무시한 트럭들이 우리 차 쪽으로 돌진한 적도 한두 번이 아니며, 커다란 SUV를 탄 멕시코시티의 소위 잘나가는 사람들이 우리 차의 진행 방향을 보지도 않은 채 갑자기 차선을 변경해서 우리 앞에서 요란하게 끼익 소리를 내며 정지하는 일도 부지기수였다.

나는 이런 일이 있을 때 헉 하고 숨을 들이쉬거나 비명을 지르면 안 된다는 점을 경험으로 배웠다. 내가 예민하게 반응할수록 팀의 심장 박동이 빨라졌기 때문이다. 팀에게 잔소리를 듣는 내 버릇 중 하나가 바로 불안할 때 내는 소음이었다(우리가 다시 만나서 결혼했을 때 나는 얼마 지나지 않아서 이런 충동을 다스리는 방법을 배웠다). 이후 다른 많은 나라에서 경험했지만, 멕시코에서는 가능한 한 낮에 맨 정신으로 운전하는 게 좋다. 어쩌면 기도도 약간은 도움이 될 것이다.

그날 저녁, 우리가 들어선 외곽 순환도로는 자동차 경주 챔피언인 마리오 안드레티마저 겁이 나서 움찔할 T교차로에서 끝났다. T교차로의 복잡한 회전 차선은 제대로 설계되지 않았는지 좌회전을 할 때마다 우리 방향으로 돌진하는 자동차가 있는지 고개를 돌리고 봐야 했다. 우리는 이 교차로에서도 용케 살아남았으며, 곧 우리 친구인 샐리 깁슨이 사는 사유지 구역에 들어설 수 있었다.

샐리의 저택은 경치가 숨 막히게 아름답고 매혹적인 정원이 딸려

즐겁지 않으면 인생이 아니다 ─────────

있으며, 아침부터 저녁까지 근무하는 도우미가 세 명이나 있었다. 예술적 풍취가 가득한 멋진 그 저택을 잠시 돌봐줄 사람으로 우리를 초대한 것이다. 우리는 전 세계를 여행하면서 다른 사람의 집을 봐주며 사는 것도 하나의 방법이라고 생각했기 때문에, 이번이 그런 방법을 시험해 볼 좋은 기회였다. 호화로운 장소에서 잠시 한숨을 돌리며 휴식을 취하고 앞으로의 계획을 세울 수 있는 이상적인 상황이었다. 그동안 지나치게 흥분한 상태를 가라앉히고 평온한 생활을 누릴 수 있는 거처였다. 게다가 완전히 무료였다!

단지 사소한 애로점이 있기는 했다. 샐리는 커다란 외국산 앵무새 다섯 마리와 카나리아 열네 마리, 고양이 여섯 마리, 사랑스러운 커다란 리트리버인 웨버를 키우고 있었다. 다행히 도우미들이 동물들의 똥오줌을 처리했지만, 우리가 임시로 주인이 돼서 동물들의 감정적인 행복과 육체적인 안전을 책임져야 했다. 물론 그것은 그리 쉬운 일이 아니었다. 예전에 샐리의 집을 여러 번 방문해 그녀가 주최하는 고상한 파티에 참석한 적이 있었다. 그때 와인을 마시면서 동물들의 귀여움에 대해 이야기를 나누기는 했지만, 직접 접한 적은 없었다. 그래도 우리 둘 다 동물을 아주 좋아하는 터여서 이들을 돌보는 역할이 굉장히 기대됐다.

우리가 동물들의 보호자라는 새로운 역할을 하기 위해 샐리네 집의 진입로를 올라간 때는 한밤중이었다. 우리는 열쇠를 찾아 뜰로 이어지는 커다란 나무문을 열었다. 뜰에는 식물들이 가득했고 향기로운 정원을 길게 가로지르는 인조 개울로 졸졸 물이 떨어지는 분수대가 중심에 있었다. 미국 남부 출신의 대단히 매력적인 여성인 샐리는 산 메겔에서 거의 30년 동안 살았다. 그녀는 멕시코로 이주한 대다수 북 아메리카 사람들처럼 호화로운 삶에 익숙해져 있었다. 산미겔에서는 다른 나라에서보다 훨씬 적은 돈으로도 아주 풍족하게 살 수 있었다.

나는 안도의 한숨을 쉬며 말했다.

"세상에, 여보. 드디어 우리가 여기에 왔네요. 우리의 선택이 옳았 어요. 여기는 완전히 천국이에요. 이제 우리는 자유라고요!"

첫째 날, 우리는 쉽게 일상생활에 안착했다. 먼저 대형 슈퍼마켓에 가서 식료품을 사왔다. 그러다 보니 집에서 지내는 느낌을 자아내는 질 좋은 커피와 와인, 점심 식사 거리, 수프, 파스타, 특히 우리 마음 에 들었던 각종 향신료와 같은 필수품들이 갖춰졌다.

몇 년 전에 대기업의 체인점인 대형 슈퍼마켓이 도심부 바로 외곽 에 문을 열었다. 하지만 여전히 우리가 좋아하는 곳은 화요일에 서는 마을 장이었다. 한 창고 뒤에 있는 먼지투성이의 주차장에서 열리는 화요 장터는 천막이 쳐진 벼룩시장, 농산물 직판장, 불법 복제된 CD 와 DVD 암시장이 어우러진 곳이었다. 상인들은 신선한 닭과 고기와 생선, 가지각색의 채소와 과일과 허브와 꽃을 팔았다. 그들은 닭이나 생선의 뼈를 발라내는 동시에 옆 가판대의 상인과 속사포처럼 잡담을 하면서도 단 하나의 실수도 없이 빠르게 손을 놀렸다. 식탁과 서랍장, 노새용 고삐, 속옷은 물론이고, 짝퉁 샤넬 선글라스까지 구할 수 있었 다. 그 화요 장에는 없는 물건이 없었다.

우리가 몇 년 전에 산미겔에 살았을 때와 달리, 이번에는 시장에 가

즐겁지 않으면 인생이 아니다

는 게 반복해서 해야 하는 따분한 일이 아니었다. 샐리 덕분에 누리게 된 사치스러운 상황에서 매력적인 일 중 하나가 시장 구경이었다. 원래 나는 메뉴를 정하고 요리를 하는 것을 좋아했다. 하지만 매일 반복되다 보면 정기적으로 시장에 가는 것이 지겨워지게 마련인데, 요리를 하기 위해서는 반드시 거쳐야 할 단계이기도 했다. 그런데 우리가 그곳에서 지내는 동안 샐리네 가정부들이 요리를 거의 알아서 했다. 평소와 달리 다른 사람이 요리를 대신해 주는 생활이야말로 엄청난 사치였고, 샐리의 가정부들 덕분에 감사한 마음으로 사치를 누릴 수 있었다.

느린 삶의 흐름이
주는 행복

멕시코에 사는 거의 모든 북아메리카 사람들은 적어도 일주일에 한두 번씩 현지인 청소부와 정원관리사를 불러다 쓴다. 샐리도 마찬가지였고, 우리 역시 샐리네 집에 머무는 동안 그렇게 했다. 현지인들을 고용하는 게 워낙 저렴하기도 하고, 많은 멕시코 사람들이 가족을 먹여 살리기 위해 일자리가 필요한 터여서 여유가 있는 외국인들이 현지인을 고용해서 일을 맡기는 게 멕시코에서는 거의 의무처럼 여겼다. 멕시코는 가난한 나라이고, 산미겔과 같은 관광지에서는 대다수 현지인들이 서비스업에 종사한다. 마을 사람들이 생계를 유지할 다른 산업이 사실상 존재하지 않았기 때문이다. 그래서 샐리와 같은 많은 외국인들은 매일 출퇴근하는 현지인 도우미들을 고용하고 있었다.

그곳에서 맞은 둘째 날, 위엄이 넘치는 안젤리카가 베이지색 바지와 빳빳한 흰색 셔츠를 입고 아침 9시 정각에 도착했다. 안젤리카는 커피를 내리고 개에게 밥을 주더니 조수인 루페를 세탁실로 보내며 그날치의 지시를 내렸다.

즐겁지 않으면 인생이 아니다

얼마 지나지 않아서 조용히 문을 두드리는 소리가 났다. 안젤리카가 들어오더니 스페인어를 잘 모르는 나를 배려해 쉬운 스페인어로 먹고 싶은 아침 식사가 무엇인지 물었다. 우리는 시리얼과 과일과 커피를 테라스에서 먹겠다고 대답했다. 화창한 그날 아침, 뒤로 멕시코의 산맥이 쫙 펼쳐진 향기로운 정원에 멋지게 놓인 테이블에 위티스^미

국에서 많이 먹는 시리얼―옮긴이와 바나나가 차려지자 우리는 아주 특별한 대우를 받는 기분이 들었다.

팀은 아침 식사를 다 먹자 습관적으로 빈 그릇을 들고 자리에서 일어나 주방으로 향했다. 근처에서 장식장을 정리하던 안젤리카가 시선을 돌려 팀을 보고서는 천천히 고개를 저었다. 팀은 멕시코 사람들이 일자리를 사수하는 방식을 즉시 배웠다. 팀은 어색하게 목청을 가다듬은 후에 빈 그릇을 테이블에 내려놓고 실례한다고 말하더니, 아까부터 산책할 시간만을 기다리고 있었다는 듯이 아무렇지도 않은 양 어슬렁어슬렁 정원을 향해 걸어갔다. 나는 팀의 놀란 표정을 봤을 때부터 터져 나오려던 웃음을 꾹 누르고 재빨리 반대편으로 자리를 옮겨 집에 들어간 다음에야 참고 있던 웃음을 마음껏 터뜨렸다. 우아한 생활에 필요한 우리의 훈련은 그렇게 아침 식사 후 그릇을 그냥 두는 것에서부터 시작됐다.

산미겔에 올 때마다 이곳의 생활 리듬에 적응하려면 하루나 이틀 정도가 걸렸다. 느릿느릿하게 점심 식사를 하고 잠깐 낮잠을 자는 오후를 몇 차례 보내다 보면 어느새 우리는 분주한 여행자들에서 하루에 집안일을 한 가지씩만 하는 것으로 만족하는 사람들로 바뀐다. 마치 세상만사가 남의 일처럼 느껴진다. 그러나 나는 이번에는 그렇게 마냥 여유만 부리고 있지만은 않기로 했다.

"팀, 오늘 아침에는 좀 움직여야겠어요."

나는 아침 식사를 하며 이야기를 꺼냈다. 우리는 안젤리카가 아침 식사로 만든 타코를 우적우적 먹던 참이었다. 부드러운 스크램블 에그와 살사 소스를 옥수수 토르티야에 넣고 초리조_{스페인이나 라틴 아메리카의 양념을 많이 한 소시지—옮긴이}와 신선한 망고를 곁들인 아침 식사였다.

"후안이 들여놓은 신작 영화들이 뭐가 있는지도 확인해야 하고요. 그리고 시장에서 싱싱한 꽃다발을 구하면 진짜 신날 거예요!"

팀은 선글라스 너머로 나를 보더니 빙그레 웃었다.

"물론이지, 여보. 나도 좋아."

우리는 평소보다 빠르게 움직였다. 안젤리카와 다른 도우미들에게 인사를 한 뒤에, 10시 30분 무렵에는 이미 자동차를 몰고 시내로 향했다. 시내로 들어서자 수많은 택시와 버스와 승용차가 자갈이 깔린 도로를 덜거덕거리며 지나갔으며, 4차선 교차로에서 질서 있게 턴을 하고, 필요할 때는 상냥하게 다른 차에 양보를 했다. 경적을 울리는 사람이 전혀 없었다. 보행자들은 서두르지 않고 여유롭게 걸어다녔다. 얼마나 멋진 광경인가! 우리가 주의해야 할 사람들은 멕시코에 온 예의와 친절을 모르는 북아메리카 사람들뿐이었다. 여전히 일부 미국인들은 멕시코식 예절을 제대로 이해하지 못했다.

멕시코 정부는 1920년대에 산미겔을 멕시코의 명승지로 선정해 산미겔의 고유한 매력을 보존해 왔다. 산미겔에는 신호등이나 네온사인이나 체인점이 없다. 산미겔은 450년 전의 모습을 그대로 간직하고 있으며, 산미겔 대다수 주민의 예의바른 행동은 품위가 넘치던 시절을 연상시킨다. 실제로 멕시코 정부는 19세기 중반에 행실이 바른 모든 멕시코인이 어린 시절에 배우는 올바른 행동 강령을 발표했다. 이를테면 물건을 사든 사지 않든 가게에 들어가면서 주인에게 인사를 하지 않거나 가게를 나가면서 고맙다는 말을 하지 않는 것은 상상도 못할 일이다. 대화를 할 때마다 항상 가족의 건강을 묻는 안부 인사를 먼저 해야 하며, 신사라면 여성에게 문을 열어 주고 여성이 방에 들어오면 자리에서 일어나 예의를 표해야 한다. 이 모든 게 느긋한 삶의 속도의 일환이다. 우리는 산미겔에 갈 때마다 미국에서와 다른 느린 흐름을 다시 익혀야 했지만, 이런 느긋함이 더없이 고마웠다.

드디어 미국인과 캐나다인이 모이는 집합소인 후안네 카페에 도착했다. 팀은 어서 빨리 후안을 만나 안부를 묻고 새로 들여 놓은 최신 영화 DVD를 확인하고 싶어서 안절부절 못했다. 카페 주인인 후안은 인기가 무척 많은 멕시코인으로 기가 막히게 맛 좋은 커피를 내놓을 뿐만 아니라 산미겔에 사는 미국인들에게 영화와 드라마, 외국 영화와 흔히 구할 수 없는 각종 오락 장비를 제공했다. 후안과 팀은 몇 년 전부터 유쾌하고 화기애애한 관계를 유지해 왔으며, 잘 알려지지 않은 영화들을 통해 공감대를 쌓았던 터였다.

"세뇨르 티이이임."

커피를 마시며 열띤 이야기를 나누던 사람들 속에서 후안이 우리를 보고 큰 소리로 외쳤다.

"돌아오셨군요!"

팀과 후안이 지난 영화와 요즘 영화에 대해 이야기를 나누느라 정신이 없는 사이에, 나는 언제쯤 두 사람의 이야기가 끝나고 점심 식사를 할 수 있을지 궁금해하며 카페 손님들 앞에 놓인 맛있는 음식과 음료수를 애절하게 바라봤다.

팀은 마침내 후안과의 영화 잔치를 끝내고 한 무더기의 DVD를 가방 속에 집어넣었다. 그런 다음 우리는 시장을 향해 씩씩하게 걸었다. 해가 이미 중천에 떠 있었다. 해리스 바를 지나던 팀이 가볍게 말했다.

"난 엄청나게 목이 마른데, 잠깐 쉬었다 갈까?"

나 역시 한낮의 열기로 머리가 멍했다. 흠, 어떻게 할까? 산미겔에 와서 처음 시내를 돌아보는 날이야. 덥고, 목이 말라. 해리스 바라? 바로 그거야! 마가리타!

나는 키득거리며 대답했다.

"고마워요, 신사 양반! 그래도 될까요?"

해리스 바의 주인인 밥은 늘 앉아 있는 높은 의자에 앉아 있었다. 면 재킷에 실크 타이를 느슨하게 매고 완벽하게 광을 낸 값비싼 로퍼를 신은 밥은 항상 그렇듯이 멋지고 당당했다. 그는 우리를 보자마자 벌떡 일어나서 팀과 열정적으로 악수를 나누고는 내 볼에 입을 맞췄다.

간간히 친구들이 우리 옆에 멈춰 서서 여러 소문과 현지의 새 소식을 들려줬다. 그러다 보니 한 시간이 훌쩍 지나갔다. 한때 산미겔에서

즐겁지 않으면 인생이 아니다

가장 세련된 호텔에서 근무하기도 했던 매력적인 웨이터인 돈 훌리오가 우리를 보더니 늘 그렇듯이 손 키스를 멋들어지게 날렸다. 볼 때마다 우리의 기분을 좋게 하는 인사였다.

돈 훌리오는 "테이블로 안내할까요?"라고 물었다. 마침 배가 고파서 죽을 지경이었다. 우리는 메리 칼데로니와 벤 칼데로니 부부와 합류해 천장이 높고 왕관 모양으로 몰딩이 돼 있는 레드 다이닝 룸의 테이블에 앉았다. 매우 아름다운 이 다이닝 룸은 구시대 장대한 스페인의 영향을 반영하는 커다란 그림들이 걸려 있었고, 새하얗게 반짝거리는 식탁보가 펼쳐져 있었다. 또 미늘 모양의 셔터가 달린 기다란 창문은 외부의 소음과 열기를 확실하게 차단했다.

화가인 메리와 부동산 회사 중역인 벤은 몇 년 전에 우리가 산미겔로 여행 왔을 때 처음 사귄 친구였다. 당시 우리는 아침 식사를 제공하는 그들의 민박집에 투숙했는데, 벤이 아침 식사를 하는 우리와 합류해서 산미겔에 오래 산 사람만이 풀어낼 수 있는 산미겔의 전통 설화를 들려주며 우리를 즐겁게 해주곤 했다. 그들 부부와 우리는 수년이 지난 뒤에도 여전히 좋은 친구로 지내고 있었다.

네 사람이 자리에 앉자, 팀과 나는 양념한 쇠고기 가슴살인 아라케라를 주문했다. 제대로 요리한 아라케라는 아주 부드러워 칼질을 할 필요가 없었다. 예전에 우리는 유명한 요리사를 해리스 바에 초대해 저녁 식사를 한 적이 있는데, 그는 접시에 한가득 담긴 아라케라를 뒤적이면서 쿵쿵 소리를 내며 찬탄했다. 이번에도 아라케라는 기가 막히게 맛있었지만, 우리는 용케 돼지 같은 소리를 내지 않고 얌전히 먹었다. 돈 훌리오는 우리가 주문한 음식이 담긴 접시를 내놓으며 "부엔 프로베초Buen provecho, 많이 드십시오—옮긴이"라고 중얼거렸다. 이 역시 예의범절을 중요하게 여기는 멕시코 문화의 일부분이었다.

후식으로 커피를 마시는 와중에, 메리와 벤이 시내에서 가장 인기 있는 새로운 식당에서 저녁 식사를 함께하자고 초대했다. 현지 투우장에 생긴 식당이었다. 한참을 망설이는 나에게 두 사람은 식당에서 내려다보는 시내 전경이 아주 멋질 뿐만 아니라 음식 맛도 훌륭하며 우리가 가는 날에는 투우가 열리지 않는다고 설득에 설득을 거듭했다. 그제야 나는 초대에 응했다. 우리는 주말쯤에 만나기로 계획을 세웠다.

한참 동안 요란하게 작별인사를 나눈 뒤에, 우리는 오후의 시에스타, 즉 휴식이나 낮잠에 빠져 잠잠해진 따사로운 거리로 나섰다. 우리는 잠시 그곳에 서서 시장으로 이어지는 언덕을 올려다봤다.

"샐리네 정원에서 꽃을 몇 송이 꺾으면 될 테니, 굳이 꽃시장까지 갈 필요는 없을 것 같아요. 그렇지만 내가 게으름뱅이처럼 느껴지긴 하네요."

내 말에 팀이 피식 웃었다. 나는 한숨이 저절로 나왔다.

"그냥 놀기만 했네요."

팀은 주차장 쪽으로 몸을 돌리더니 열쇠를 손가락으로 돌려 짤랑짤랑 소리를 내면서 언덕을 내려가기 시작했다.

"말도 안 돼. 우리는 두 가지나 했잖아. 이 정도면 평소보다 두 배나 많은 일을 했다고!"

즐겁지 않으면 인생이 아니다 ────

팀이 어깨 너머로 말했다.

나는 팀을 따라 길을 내려가며 커다란 도기 닭이 자동차를 지키고 있는 주차장에 도착할 때까지 내내 웃어젖혔다.

사실 멕시코 사람들은 게으르지가 않다. 오히려 지독할 정도로 열심히 일한다. 다만 멕시코 사람들은 가족을 소중하게 여기고 돈과 권력보다 중요하게 생각하기 때문에 다른 나라 사람들보다 일정을 정확하게 짜거나 서두르는 경향이 적을 뿐이다. 멕시코 사람들의 우선 순위는 미국 사람보다는 유럽 사람과 유사하고, 이런 사고방식은 우리가 여러 번 반복해서 산미겔로 여행을 가는 이유 중 하나이기도 하다.

그날 오후, 우리는 샐리의 아름다운 테라스에 누워서 빈둥거리며 평온한 마음으로 노을을 바라보았다. 마침내 세상으로 크게 한 발을 내디뎠다는 기쁨에 여전히 들떠 있었고, 우리에게 열린 무한한 가능성을 모두 탐험해 보리라는 열정에 이미 마음이 불타오르고 있었다.

사실 멕시코 사람들은 게으르지가 않다.
오히려 지독할 정도로 열심히 일한다.
다만, 멕시코 사람들은 가족을 소중하게 여기고,
돈과 권력보다 중요하게 생각하기 때문에,
다른 나라 사람들보다 일정을 정확하게 짜거나
서두르는 경향이 적을 뿐이다.

즐겁지 않으면 인생이 아니다

음식을 나누면서 쌓은 우정은
그 깊이를 가늠할 수 없다

다음 날, 우리 부부의 친구인 마리벨이 반년에 한 번씩 타말레를 만드는 가족 행사에 우리를 초대했다. 마리벨은 우리가 처음 산미겔에 방문했을 때, 우리에게 살 곳을 소개해 준 부동산 중개인이었다. 그 후로 마리벨의 가족은 우리에게 소중한 친구가 됐으며, 수년 동안 즐거운 일이 있을 때나 슬픈 일이 있을 때 기쁨과 고통을 함께 나누었다. 그리고 얼마 지나지 않아서 우리는 마리벨을 우리의 다섯 번째 딸내미라고 불렀다. 점차 우리의 우정이 깊어지자 마리벨은 그녀의 가족과 문화를 소개했다. 다른 나라에서처럼 그런 자리는 대체로 음식과 함께였다.

마리벨의 가족은 변변치 않은 음식을 멋들어진 예술의 경지로 승화해내는 특별한 재주가 있었다. 모계 중심인 그 가족에서 가장인 내 나이 또래의 리디아에서부터 가장 어린 손녀인 레지나에 이르기까지 모든 가족이 일 년에 두 번씩 리디아의 분홍색 벽돌집에 모여 복잡하고 많은 노동력이 필요한 타말레 수백 개를 만들었다. 사촌과 숙모와 딸, 때로는 나처럼 운이 좋은 외부인으로 구성된 한 무리의 여자들은 주방에서 '요리사 패거리'라고 일컫는 우아한 춤의 향연을 벌였고, 몇몇은 특유의 레이더를 발휘해 모두가 협력해서 쉽고 실수 없이 일하도록 이끌었다. 누군가 주방 한쪽에서 닭이 가득 담긴 커다란 그릇을 들고 지나갈 때 다른 사람과 부딪히지 않도록 한다든가, 한 사람이 재빨리 설거지한 그릇을 떨어뜨리지 않고 살사 소스를 섞는 일을 맡은 사람에게 건네주도록 지휘했던 것이다. 설사 스페인어를 잘 하지 못하는 사람이 섞여 있더라도 리디아의 주방에 있으면 커다란 웃음이 끊이지 않았다. 또 내 빈약한 스페인어 실력 때문에 여기저기서 키득거리기도 했다. 물론 모두가 워낙 다정한 사람들이라 놀림거리가 된다한들 문제 될 거라곤 전혀 없었다.

리디아의 음식 솜씨는 혀를 내두를 만큼 빼어났다. 그중에서도 레드 소스는 진짜로 으뜸이었다. 엔칠라다옥수수 빵에 고기를 넣고 매운 소스를 뿌린 음식─옮긴이에 뿌리거나, 닭에 부어서 굽거나, 타말레에 뿌릴 때를 비롯해 강한 칠리 맛이 필요한 모든 음식에 사용되는 레드 소스의 특별한 비법을 리디아는 나에게도 알려 줬다. 하지만 내가 만든 레드 소스는 리디아가 만든 레드 소스의 발끝도 따라갈 수 없으니…….

물론 타말레 만들기 행사를 할 때 남자들은 대체로 주방과 멀찍이 떨어져서 맥주를 마시거나 텔레비전에서 하는 축구 경기를 보거나 주방에서 신선한 과과몰리나 살사 소스를 곁들인 토르티야 칩 몇 개를 슬쩍 집어가는 정도였다. 이때 팀은 남자들끼리 뭉친 이런 자리에서 유대감을 다지는 데 탁월한 기량을 발휘했다. 스페인어를 잘 못해도 전혀 문제 되지 않았다. 수백 개의 타말레를 조심스럽게 겹겹이 쌓아서 뜨거운 물을 가득 채운 거대한 솥으로 나르자면 건장한 남자들의 힘이 반드시 필요했다. 더욱이 리디아의 자그마한 스토브로는 타말레를 다 찔 수가 없었다. 그래서 몇몇 이웃사람들의 주방에 솥을 몇 개씩 가져가서 쪄와야 했다. 이때 남자들이 각자 솥을 이웃집으로 나르고 타말레가 완전하게 익을 때까지 수시로 확인한 뒤 완전히 쪄지면 다시 리디아의 집으로 짊어지고 와서 지퍼백에 담아 가족들에게 나눠 줬다. 각 가족에게 배분된 타말레는 6개월 후에 다시 모여 만들 때까지 먹을 만큼 충분히 양으로, 이걸 각자 자기 집의 냉동실에 보관하며 먹었다.

타말레에는 마사옥수수 가루로 만든 반죽—옮긴이와 라드, 양념을 넣었다. 또 소를 보완하기 위해 옥수수 반죽에 맛을 내기 때문에 리디아의 주방에는 재료를 섞는 가마솥 네 개가 있었다. 한 개는 달콤한 맛용이고, 두 개는 중간 맛용이고, 나머지는 칠리와 향신료가 들어간 화끈한 맛용이었다. 타말레를 만드는 사람은 손바닥에 촉촉한 옥수수 수염을 쫙 펴놓고 마사를 큰 스푼으로 한 스푼 올려 탁 쳐서 눌러 평평하게 한 다음 가운데에 닭고기나 소고기, 과일이나 엄청나게 매운 칠리를 작은 스푼으로 한 스푼을 올려놓는다. 그러고 나서 마사의 가장자리를 모아 솜씨 좋게 오므려서 야자 섬유로 작은 포장지처럼 묶는다.

얼마 지나지 않아 리디아의 주방에 있는 기다란 테이블은 안에 들어간 소의 종류별로 나뉘어 질서 정연하게 늘어선 타말레로 가득해졌다. 손으로 직접 만들어 줄지어 놓은 수많은 타말레의 아름다운 모습에 탄성이 절로 나왔다. 타말레 만들기를 모두 마치고 맛좋은 테킬라

를 잔에 따라 건배하는 때가 되자 주방에서 울려 퍼지는 웃음소리가
한층 커졌다.

우리가 산미겔에서 온갖 계층의 사람들과 만나고 친해지면서 좋은
점이 바로 이 점이었다. 멕시코 친구들은 멕시코 소스와 비슷한 데가
있었다. 미묘하고 깊은 맛이 있으며, 독특한 향미와 온기가 있었다.
그들은 비밀 재료로 가득 차 있었는데, 그 비밀 재료란 우리가 운 좋
게 그들과 함께 시간을 보낼 때마다 너그럽게 퍼주는 친절함이었다.

그날 밤에 리디아의 집을 나설 때, 우리의 손에는 타말레 수십 개
가 가지런히 담긴 냉동실용 비닐백 여러 개와 타말레에 발라 먹을 마
법의 레드 소스가 담긴 유리병 여러 개가 들려 있었다(물론 우리는 산미
겔을 떠나기 훨씬 전에 타말레를 하나도 남기지 않고 모두 먹어 치웠다!). 그러나
무엇보다 중요한 점은 리디아의 집을 나설 때 가족의 친밀감과 국제
공용어인 음식을 통해 더욱 단단해지고 깊어진 우정이 쌓여 있었다는
사실이다.

즐겁지 않으면 인생이 아니다

멕시코 친구들은 멕시코 소스와 비슷한 데가 있었다.
미묘하고 깊은 맛이 있으며 독특한 향미와 온기가 있었다.
그들은 비밀 재료로 가득 차 있었는데,
그 비밀 재료란 우리가 운 좋게 그들과 함께
시간을 보낼 때마다 너그럽게 퍼주는 친절함이었다.

여행자에게 최고의 스승은
또 다른 여행자다

다음 날 아침, 팀은 우리가 이미 최종 계획을 확정한 초반의 여행 6개월 후인 다음 해의 복잡한 여행 계획을 짜는 작업을 했다. 우리가 멕시코에서 3일을 보낸 시점이었다. 팀은 5월에 마이애미에서 출발해 로마로 가는 유람선과 11월에 바르셀로나에서 출발해서 마이애미로 가는 유람선을 미국에서 이미 예약해놓은 상태였으며, 이 두 일정 사이에 유럽에서 7개월을 보낼 예정이었다. 우리는 프랑스와 이탈리아, 스페인과 포르투갈, 영국도 가고 싶었다. 이미 6월은 파리에서, 7월과 8월은 피렌체에서 지내기로 결정하고 집의 계약금도 보낸 상태였다. 그리고 매일 스페인과 포르투갈에 있는 마땅한 아파트를 인터넷으로 검색하는 동시에 유럽의 항공운행, 자동차 임대, 임시로 묵을 호텔의 숙박, 그 밖에도 해결해야 할 온갖 사소한 사항들에 대한 정보를 모았다. 전반적으로 우리는 해외에서 살게 될 앞으로의 1년에 대해 상당히 자신감이 있었다.

어느 날 오후, 우리는 서로 알고 있는 친구들을 통해 최근에 알게 된 미국인 여행가인 주디 부처를 초대해 칵테일을 마셨다. 샐리네 집의 향기로운 여름 정원에 앉아 대화를 나누는 동안 주디의 활기찬 성격과 흥미로운 이야기는 무척 즐거웠다. 원래 미국 동부 해안 출신인 주디는 영국과 프랑스와 알래스카에서 살았으며, 아프리카에서 머물기도 했다. 전 세계를 여행한 독립적인 여성인 주디가 우리와 비슷한 사람이라는 사실을 우리는 금방 알아챘다. 주디가 산미겔에 오게 된 이유는 몇 달 전에 미술 강좌에 이끌려서였다.

"그러니까 우리는 스페인에서 9월을 보낼 생각이에요."

나는 여러 나라에서 현지인처럼 살아볼 작정이라는 계획을 주디에게 털어놓고 나서, 구체적인 일정을 설명했다.

"팀은 아직 스페인에 가본 적이 없지만 아마 스페인에 가면 무척 좋아할 거예요. 10월에는 내가 아직 가본 적이 없는 포르투갈로 갈 거고요. 그리고 10월 말쯤에 바르셀로나로 돌아가서 미국으로 돌아오는 배를 타는 게 수월하지 싶어요."

이 말을 듣던 주디가 물었다.

"정말 멋진 계획이에요. 그런데 쉥겐 조약은 어떻게 할 셈이에요?"

팀과 나는 동시에 소리쳤다.

"뭐라고요?"

"쉥겐 조약에 있는 90일 규칙이요."

팀과 나는 시선을 주고받았다. 90일 규칙이라고? 우리가 그토록 세심하게 계획을 세웠는데, 놓친 점이 있었단 말인가?

잠시 얼어 있던 팀이 묻는 목소리에 불안한 기색이 역력했다.

"저기, 그건 우리가 전혀 모르는 규칙이네요. 그게 뭔가요?"

주디가 부드럽게 설명했다.

"아, 그러시구나. 음, 여행 일정을 확실히 정하기 전에 그 규칙에 대해 한번 알아보는 게 좋을 거예요. 대부분의 유럽 국가들이 공동으로 정한 규칙이거든요. 그 규칙은 미국 시민이 유럽 연합 내에 체류하는 기간을 180일 중 90일로 제한하고 있어요. 골치 아픈 조항이죠. 장기 거주 비자, 혹은 학생 비자나 취업 비자를 소지한 경우를 제외하고는 이 규칙에서 자유로울 수가 없어요."

나는 늘 그렇듯이 차선책을 찾는 마음으로 물었다.

"흠, 그냥 규칙을 무시하고 있다가 나중에 문제가 될 때 전혀 모르고 있었다고 말하면 어떻게 될까요?"

주디가 심각하게 대답했다.

"그런 식으로 해서 별일 없이 넘어가는 사람들도 있긴 있나 봐요. 그런데 규칙을 위반했다가 수년 동안 재입국이 거부되는 사람도 있고, 진짜 재수가 없는 경우에는 벌금을 내거나 감옥에 갇히는 사람들도 있다고 들었어요."

팀과 나는 믿을 수가 없었다. 그게 사실일 리가 없었다! 이토록 중요한 정보를 어떻게 놓쳤을까? 그나저나 지역 경제에 도움이 될 우리 같은 여행자들을 대체 무엇 때문에 입국하지 못하게 하는 걸까?

그날 밤, 우리는 밤새 컴퓨터 앞에 앉아 있었다. 실망스럽게도 주디가 알려준 모든 정보는 사실이었다. 쉥겐 조약은 1986년에 합의됐으며, 쉥겐 조약의 주요 목표는 유럽 연합 내 시민들의 자유 무역을 허용하고 유럽 국가 간 자유로운 이동에 제한을 없애는 것이었다. 그

즐겁지 않으면 인생이 아니다 ─────

렇지만 미국 시민에게 적용되는 규칙들은 반박의 여지가 없었다. 유럽 연합은 유럽 연합에 속하지 않은 외국인들이 유럽 국가에 들어와서 일자리를 찾거나 복지 혜택을 누리려고 계속 체류하는 것을 막기 위해 여행 비자 기간을 90일로 제한했다. 유럽 국가에서 일반적인 미국 비자는 90일이 유효 기간이다. 외국인의 체류 기간이 90일이 지나면(90일을 연이어 체류하지 않아도 됨), 90일 동안 유럽 연합을 떠나 있어야 다시 입국이 된다. 여권에 찍힌 출입국 날짜를 확인하면 여행 기록을 간단히 확인할 수 있다. 우리는 며칠 동안 빠져나갈 구멍을 검색해 봤고, 해결책을 가지고 있을 만한 모든 사람들과 상담을 했다. 그러나 우리가 장기 체류 비자를 발급받지 않는 한, 유럽에 입국한 3개월 뒤에는 유럽에서 반드시 출국해야 했다. 마침내 우리는 애초의 계획을 포기하는 것 말고는 다른 방법이 없다는 사실을 인정하고 계획을 변경하기 시작했다.

영국과 아일랜드와 터키와 모로코는 쉥겐 조약이 적용되지 않는 국가였다. 따라서 이 나라들에 머무는 기간은 90일 제한에 해당되지 않는다는 의미이므로, 이 나라들을 여행에 포함시키는 대신 쉥겐 조약이 적용되는 스페인과 포르투갈을 제하기로 했다. 유람선이 로마에 도착하는 날, 터키 이스탄불로 비행기를 타고 가면 소중한 90일 중에 단 하루만 낭비할 터였다. 5월의 마지막 2주를 터키에서 보낸 다음에 한 달은 파리에서 보내고 이어서 두 달이 조금 못 되는 기간은 이탈리아에서 지내기로 했다. 8월 말에 영국으로 가서 9월까지 있다가 10월에 모로코 마라케시에 있는 아파트에서 살면 될 터였다. 유람선을 타고 미국으로 돌아가기 전에 바르셀로나로 비행할 하룻밤의 시간을 충분히 남겨놨고, 예상하지 못한 비상사태가 일어날 경우를 대비해서 추가로 2, 3일의 여유 날짜도 포함시켰다.

주디가 아니었다면, 우리는 비행기와 임대 주택, 자동차와 호텔의 예약을 대대적으로 취소해야 했을 테고, 그러자면 상당한 비용이 나갔을 터였다. 그야말로 우리에게 최고의 스승은 여행자들이었다.

즐겁지 않으면 인생이 아니다 ─────

가끔은 아이처럼
본능에 충실해도 괜찮다

다음 날, 우리는 지난 몇 년 동안 산미겔로 여행할 때마다 우리의 전통이 된 방식을 따랐다. 도착한 뒤 첫 번째 화요일에 메리를 만나러 가서 점심으로 고급 요리와 질 좋은 멕시코 와인 한 병을 즐기며 산미겔로 귀환한 것을 축하하는 전통이었다. 메리는 손을 흔들며 작별인사를 하면서 큰 소리로 말했다.

"잊지 말아요. 내일 저녁 7시에 경기장에서 만나요!"

나는 웃으며 고개를 끄덕이면서 우리가 처음 이곳에 왔을 때 메리랑 벤과 했던 약속을 떠올렸다.

다음 날 저녁, 우리는 유구한 역사를 간직한 회색 건물을 처음으로 봤다. 그 건물은 현지에서 나오는 석재로 만들어졌으며, 규칙적인 간격으로 난 아치 모양으로 된 여러 개의 입구가 특징이었다.

투우장의 벽은 식당의 배경 역할을 했으며, 초저녁의 분홍빛 노을로 물든 산미겔 데 아옌데의 숨 막히게 아름다운 전경이 커다란 창문을 통해 보였다. 강인해 보이는 목장주이자 식당 주인인 라울은 우리에게 자리를 안내하고 음료를 주문받았다.

라울이 말했다.

"오늘 투우장에서 어린 황소 몇 마리를 놀려볼 작정이랍니다. 여러분들도 나오셔서 구경하셔도 좋습니다. 재미있으실 겁니다!"

나는 라울의 초대에 움찔했다. 날카로운 물체로 동물을 찌른다는 발상 자체만으로도 정말 내키지 않았다.

"어, 아니에요……. 저는 가지 않는 게 좋겠네요, 라울. 어쨌든 말씀만으로도 고마워요."

"세뇨라, 그저 망토를 휘두르는 기술을 잠깐 선보일 뿐, 그 이상은 아니랍니다. 아주 즐거울 것이라고 제가 장담하지요!"

라울이 큰 소리로 말했다. 팀과 메리 부부는 고개를 끄덕이며 승낙했다. 나는 덫에 걸린 기분이었다.

우리 네 사람은 라울의 안내를 받아 언덕 아래로 내려가 관람석으로 들어섰다. 돌로 된 관람석은 우리가 베로나에서 본 경기장과 같은 고대 로마의 경기장을 연상시켰다. 살인과 자살과 유혈이 낭자하는 싸움 같은 장면들이 내 머리에 떠올랐다.

우리가 자리에 앉자 라울이 말했다.

"황소랑 한 경기 해보고 싶으시면, 부담 갖지 말고 말씀하세요."

팀은 감추려 했지만 눈에 흥분한 기색이 역력했다. 나는 시선을 정면에 둔 채 팀에게만 들리게 소곤거렸다.

"당신이 한다고 하면 이혼할 거예요. 난 발에 깁스를 한 사람을 질질 끌고 부에노스아이레스로 가고 싶은 마음은 전혀 없어요."

팀은 아무 말도 하지 않았지만, 마침내 내가 그를 몰래 쳐다보자 무

즐겁지 않으면 인생이 아니다 ────

언가를 간절히 바라는 아홉 살짜리 소년처럼 도저히 거부할 수 없는 눈빛으로 나를 돌아봤다. 나는 그를 말릴 수 없음을 직감했다.

경기장에는 강인해 보이는 남자들이 화려한 망토를 두른 채 들어와 있었다. 그들은 큰 소리로 웃으며 서로를 놀려댔다. 밖에서 봤을 때 정장을 입고 있던 남자 중 한 명은 재킷을 벗은 채 두 팔에 갓난아이를 안고 있었다. 나는 그 남자도 한 손에 망토를 들고 있는 것을 보고 깜짝 놀랐다. 여자들 몇 명이 경기장 벽에 몸을 기댄 채 한가롭게 이야기를 나누고 있었는데, 그녀들 중에 갓난아이의 엄마가 끼어 있을 게 확실했다.

갑자기 황소 한 마리가 경기장 저편의 개폐 장치에서 쭈르륵 미끄러져 나왔다. 황소는 몇 미터 정도 느긋하게 걷더니 멈춰 서서 주변을 찬찬히 살펴봤다. 그러더니 갑자기 뛰기 시작했다. 그리 덩치가 크지 않았지만 정말로 빨랐다.

황소는 가장 가까이에 서 있는 남자를 목표로 삼았다. 갓난아이를 안고 있는 남자였다. 작은 황소는 남자를 향해 힘껏 몸을 던졌지만 망토 사이로 지나갔다. 모두가 웃으며 박수를 쳤다. 늘 투우를 접하는 사람들에게는 평범한 광경이었겠지만, 나는 너무 놀라서 록 콘서트에 온 것처럼 두 손을 번쩍 들었다. 그나마 빨리 이성을 되찾은 덕에 차가운 마가리타가 잔에서 넘치지는 않았다.

바로 그때, 남자들 중 한 명이 팀에게 오라고 손짓을 했다. 팀은 빨리 화장실에 가고 싶어서 안달이 난 사내아이처럼 안절부절못하며 몸을 꼼지락거렸다. 그러면서 꼭 해보고 싶은 간절한 마음에 불쌍한 표정을 지으며 나를 바라보며 말했다.

"부탁이야! 갓난아이를 안고도 하는데, 나라고 못할 리 없잖아."

나는 한숨을 지었다.

"아이고, 해요, 해. 고집쟁이 노인네 같으니라고!"

내 입에서 '노인네'라는 말이 나오기도 전에, 팀은 이미 계단을 반쯤 내려가고 있었다. 팀이 경기장에 발을 막 내디딜 때, 투우사들 중 한 명이 망토를 옆구리에 대고 흔들며 동료들과 농담을 하고 있었다. 그는 검정색 작은 황소가 사타구니를 들이받기 직전에 몸을 획 돌렸다. 그는 잠깐 비틀거렸지만 넘어지지는 않았다. 나는 겁이 나서 차마 볼 수가 없었다.

그러나 이 경미한 사고는 내 영웅인 세뇨르 팀의 마음을 단념시키지 못했다. 팀은 부상당한 투우사 쪽으로 씩씩하게 걸어가 새로 맡게 된 투우사로서의 운명을 받아들였다. 팀이 갓난아기를 안고 있는 투우사에게 다가가자 그가 팀에게 빨간색 망토를 건네 주며 손짓으로 방법을 설명해 줬다(앞에서 말했다시피 팀은 스페인어를 할 줄 모른다).

나는 남은 마가리타를 모두 들이켜고 손을 들어 한잔 더 달라고 요청하면서 카메라를 켰다. 팀이 투우를 하는 처음이자 마지막 순간이 될 터였고, 그 모습을 찍어 놓지 않으면 두고두고 속상해할 게 뻔했다. 게다가 애초에 투우 경기장에 내려가는 것을 막지 못할 만큼 팀을 사랑할 바에야, 그처럼 중요한 순간을 기록하지 못했다는 책망을 앞으로 남은 생애 내내 듣고 싶지 않았다.

세뇨르 팀은 이제 동료가 된 다른 투우사들이 투우를 할 동안 예의

즐겁지 않으면 인생이 아니다

바른 자세로 기다렸다. 아까 설명을 해줬던 투우사가 마침내 팀이 경기장 가운데로 나갈 때임을 손짓으로 알렸다. 투우를 보는 사람들이 벌떡 일어서는 영화 속 장면처럼, 메리와 벤과 나는 자리에서 벌떡 일어섰다. 나는 카메라가 흔들리지 않게 든 채 작은 황소 녀석이 내 남편을 향해 몸을 던지는 순간에 숨을 멈췄다. 갑자기 황소가 아까보다 훨씬 커 보였다. 나는 팀에게 빨리 도망치라고 소리치고 싶었지만, 이를 악물고 대신 카메라 셔터를 눌렀다.

황소가 옆구리를 스치듯 지나가자, 세뇨르 팀은 발뒤꿈치를 들어 몸을 일자로 쭉 펴더니 우아하게 허리를 구부리고 망토를 들어 올렸다. 팀은 정말 멋졌다. 나는 그 모습을 카메라에 담았다. 이제 남편과 결혼 생활이 모두 무사했다.

우리는 투우사들을 남겨 둔 채 식당으로 돌아왔다. 산미겔의 불빛이 반짝거렸고, 새내기 투우사가 된 팀의 눈빛도 반짝거렸다.

"당신이 정말 자랑스러워요, 여보. 아주 용감하고 의연했어요."

팀은 가슴을 잔뜩 부풀리며 앞으로 내밀었다.

"흠흠, 있잖아, 바로 앞에서 보니 그 황소 녀석이 생각보다 훨씬 크더라고. 그리고 진짜로 빠르더라니까!"

몇 주 후, 우리가 샐리의 집에서 짐을 싸는 중간중간에 팀이 달성한 위업의 증거인 사진을 꺼내 볼 때마다 나는 팀이 목발이나 깁스를 하지 않아도 된다는 사실을 마음속으로 감사했다.

04 긍정적인 태도를
지닌다고 해도
현실이 나아지지
않는 때도 있는 법이다.

_아르헨티나

좋은 점이 있으면
나쁜 점도 있는 법

로스앤젤레스에서 10시간 동안 비행기를 타고 아르헨티나에 도착했을 때 우리는 완전히 지쳐 있었다. 나는 공항에서 만난 택시기사를 비롯한 사람들이 말하는 스페인어를 한마디도 알아듣지 못했고, 그래서 더욱 혼란스러웠다. 처음에 나는 그저 기진맥진해서일 것이라고 생각했다. 조금 쉬고 나면 부족하나마 내 스페인어 실력이 돌아올 것이라고 확신했다. 그러나 긍정적인 태도를 지닌다고 해도 현실이 나아지지 않는 때도 있는 법이다.

공항에서부터 거칠게 운전하는 택시를 타고 오면서(아르헨티나 사람들은 이탈리아 중부와 남부 사람들처럼 거칠게 운전을 한다!), 우리는 많은 사람들이 부에노스아이레스를 남아메리카의 파리라고 부르는 이유를 이해했다. 때때로 부에노스아이레스의 겉모습은 우리가 좋아하는 도시인 파리와 묘할 정도로 비슷했으며, 일부 동네에서는 남아메리카에 와 있다는 사실조차 잊을 정도였다. 지나고 보니, 차라리 그렇게 착각할 때가 좋았다.

팔레르모는 처음 도착했을 때만 해도 무척 마음에 들었다. 건물이

즐겁지 않으면 인생이 아니다

잘 관리돼 있었고, 다양한 종류의 식당과 빵집과 작은 가게와 서비스 업체들이 모여 있었으며, 곳곳에 나무가 늘어서 있어 아름다웠다. 게다가 우리가 원하는 대로 관광객들이 찾지 않는 지역이었다.

우리가 빌린 아파트 주인의 대리인인 마리나가 로비에서 기다리고 있었다. 마리나는 아름답고 상냥한 아가씨로, 성격이 무척 급한 것 같았다. 그녀는 우리의 볼에 각각 키스(비벌리힐스나 프랑스에서 하는 입술을 대지 않는 키스가 아니라, 꼭 껴안으며 입술을 문대는 키스)를 하고 나서 위층으로 안내했다. 엘리베이터가 초소형이라서 가방 하나가 들어가면 꽉 차는 바람에 다섯 번을 왔다 갔다 해서야 짐을 모두 옮겼다(모험을 시작한 첫 단계인 이때는 아직 짐을 꾸리는 기술이 없던 시절이라 옷과 장비를 너무 많이 챙겼다).

마리나는 황급히 아파트 여기저기를 돌아다니며 전등 스위치와 와이파이 연결, 열쇠에 대해서 엉터리 영어로 재잘거렸고, 우리는 그녀가 하는 말을 이해하느라 애를 먹었다.

공간은 좁았지만 밝았고, 바람이 잘 통했다. 2층 구조로 된 거실, 작지만 깔끔한 주방, 아래층에 있는 손님용 욕실이 눈에 띄었다. 위층의 침실에는 욕실이 달려 있었고, 한쪽 모퉁이에는 작은 책상이 들어가 있었다. 멋진 전등이 위층과 아래층이 연결된 창문에 커다란 그림자를 드리웠다. 자그마한 발코니에는 작은 프랑스 식당에서 흔히 볼 수 있는 작은 의자 두 개와 초소형 테이블이 놓여 있었다.

마리나는 발코니에 서서 어렴풋이 보이는 지하철 입구와 식료품점 쪽을 가리켰다. 그리고 우리를 바라보며 눈부신 미소를 짓더니 손목

시계를 흘긋 보고는 팀과 내 볼에 다시 키스를 했다.

"안녕히 계세요."

마리나는 이 말을 남기고 자신의 몸보다 그리 크지 않은 엘리베이터로 비집고 들어간 뒤 모습을 감췄다. 출입구에 홀로 남은 우리는 이제 뭘 해야 하나 생각하면서 볼에 묻은 립스틱 자국부터 북북 문질러 지웠다.

아르헨티나의 키스는 멕시코의 공손한 예의범절에 버금가는 행동이다. 우리가 유럽에서 경험한 바에 따르면, 일반적으로 아는 사람 사이에서는 두 볼을 대는 키스를 한다. 그러나 아르헨티나에서는 제대로 입술을 대는 키스를 하는지라 적응하는 데 시간이 걸렸다. 부에노스아이레스에서 처음 손톱 관리실에 갔을 때 관리사가 나에게 다가와서 오므린 입술을 쭉 내밀기에 나는 기겁을 해서 뒤로 물러섰다. 나는 관리사가 다가오는 걸 피하다가 아르헨티나의 일상적인 관례를 퍼뜩 떠올리고 나서야 그녀에게 인사를 되돌렸다.

우리는 상점이나 은행은 물론 심지어 지하철에서도 아침에 직원들이 출근하면 여기저기에서 키스가 범람하는 모습을 여러 번 목격했다. 그들은 많은 유럽 국가에서처럼 모두에게 두 번씩 키스를 했다. 점차 우리도 그 관례에 승복했다. 나는 팀이 다른 남자의 볼에 키스하는 모습을 볼 때마다 몸이 오그라들었다. 일반적으로 미국 남자는 사람들 앞에서 남자들끼리 그런 식의 키스를 할 엄두도 못 낼 터였다. 나는 이 나라의 전통을 존경하는 팀이 대견했다. 진정한 남자라면 현지의 관습에 기꺼이 따르는 법이다!

즐겁지 않으면 인생이 아니다 ——————

"자, 드디어 왔네."

마리나가 엘리베이터를 타고 사라지자 팀이 말했다.

"일단 점심을 먹고 정리를 하자고."

팀은 커피메이커를 만지작거렸다. 나 역시 피곤에 절은 몸으로 처음 아파트에 들어섰을 때 커피메이커를 보고 안심이 됐던 참이었다. 커피를 좋아하는 우리에게 커피메이커는 필수품이었다. 천사 같은 내 남편은 아침에 잠에서 깨어 쉰 목소리로 첫 마디를 내뱉기 전에 우리 둘 다의 정신을 번쩍 들게 해주는 카페인을 늘 알아서 준비해 줬다.

나는 세입자 안내서를 읽으면서 인터넷 선을 찾아다녔다.

"그래, 그래."

나는 중얼거리며 컴퓨터를 켰다. 팀은 에스프레소 머신을 짜증스럽게 톡톡 두드리기 시작했다.

"빌어먹을! 둘 다 작동을 안 하네. 내일이 오기 전에 커피메이커가 필요해. 여보, 마리나에게 당장 전화해서 어떻게 해야 하는지 물어봐 주겠소?"

나는 수화기를 들고 마리나가 갈겨 써놓은 전화번호를 눌렀다. 빠른 스페인어로 녹음된 기계음이 흘러나왔다. 나는 한마디도 이해하지 못했다. 흔히 '이예'로 발음되는 'L'자 두 개가 여기에서는 '쉐'로 발음된다. 말하자면 멕시코나 스페인에서 '카이—예이'라고 발음되는 거리*calle*라는 단어가 아르헨티나에서는 '까흐—셰이'로 발음된다. 게다가 아르헨티나어의 억양 역시 스페인어가 아니라 이탈리아어에서 파생됐다. 그러다 보니 외국인이 아르헨티나어를 알아듣기는 더욱 복잡했다. 이를 비롯한 아르헨티나어의 다양한 특성 때문에 나는 앞으로 몇 주 동안 거의 미쳐버릴 지경이 될 게 뻔했다.

나는 음성 메시지를 남기라는 삐 소리가 들리지 않기에 그냥 전화를 끊었다. 두말할 것 없이 나는 아까 마리나가 전화 사용법을 설명할 때 그녀의 말을 이해하지 못했고, 아르헨티나에서 전화를 거는 방법을 따로 배운 적도 없었다. 그래서 우리는 다른 의사소통 수단에 의지해야 했다.

나는 마리나에게 커피메이커 때문에 급히 도움이 필요하다는 이메일을 보내고 나서 먹을 것을 찾으러 나섰다. 아름다운 보라색 꽃이 만개하기 직전인 자카란다 나무가 아파트 아래 산책로에 가득해 우리는 침울한 기분을 단번에 날릴 수 있었다. 자동차와 택시, 오토바이, 어린 학생들, 쇼핑객들이 북적이는 도시의 풍경을 보자 기분이 한결 나아졌다. 우리는 길을 걷는 동시에 개 열두 마리를 기가 막히게 제어하며 전문적으로 산책시키는 사람을 생전 처음 봤다. 길가에 늘어선 카페에는 멋지고 키가 큰 유럽인과 미국인으로 보이는 사람들이 얼키설키 엮인 짙은 색 의자에 호리호리한 몸을 걸친 채 거품이 가득한 커피와 얇은 페이스트리를 만끽하고 있었다. 그들은 마치 뉴욕 웨스트 빌리지 사람들처럼 보였지만, 그들이 고등학교에서 스페인어를 배운 사람이 힘겹게 이탈리어를 하는 투로 말하는 것을 듣다 보니 우리가 지구 반대편에 와 있구나 하는 사실이 떠올랐다. 불안하고 피곤에 절은 우리의 뇌는 몽롱해서 대체 지금 이곳이 파리인지 로마인지 부에노스아이레스인지 맨해튼인지 분간할 수가 없었다.

즐겁지 않으면 인생이 아니다

드디어 식당을 정했을 때 혼란은 더욱 커졌다. 어두운 색의 나무 패널, 광이 나는 수많은 놋쇠 장식품, 검정과 흰색으로 된 바둑판무늬의 타일 바닥만 보면 딱 이탈리아였다. 따닥따닥 붙어 있는 테이블과 불편한 프랑스식 식당 의자, 훌륭한 와인 리스트만 보면 딱 파리였다.

그러나 이곳이 프랑스나 이탈리아일 리가 없었다. 메뉴는 어디로 보나 스페인식이었다. 게다가 종업원이 들어 나르는 쟁반에 쌓인 음식의 양이 엄청나게 많아, 꼭 여러 나라의 음식이 뒤범벅된 미국 식당에 와 있는 기분이었다. 그러나 종업원이 와인을 철철 넘치게 따라 주자 그제야 나는 내가 유럽에 와 있는 게 아님을 확신했다. 아름다운 붉은색 와인은 다른 나라에서처럼 작고 둥그런 와인 잔에 반 정도 따라진 것이 아니라 커다란 와인 잔의 끝까지 올라와 어른거렸다. 종업원이 따라준 와인은 맛으로 보면 카베르네 소비뇽과 메를로의 사이에 있는 맛좋은 아르헨티나 와인인 말벡이었다. 이후 6주 동안 말벡 와인을 마시며, 그 맛에 푹 빠진 나는 제조사인 트라피체 빈야드가 와인 사업을 확장했다는 말을 듣고 당연한 일이라고 생각했다.

팀은 햄버거를 주문하는데, 언뜻 보면 모험심이 없어 보이지만 사실 타당한 선택이었다. 종업원이 산처럼 쌓인 음식을 들고 오자 팀은 기대에 가득 찬 웃음을 지었다.

"세상에!"

팀은 김이 올라오는 접시를 바라보며 탄성을 내뱉었다. 팀이 포크를 들고 기름기로 번질거리는 판체타 조각들을 들어 올리자 그 아래에 얇고 바삭한 와플 모양의 감자가 한가득 드러났다.

"이 먹음직스러운 음식 좀 봐."

도저히 참지 못하겠다는 듯 팀이 음식을 입에 넣고 우물거리며 말했다. 마침내 팀은 적어도 5센티미터는 족히 되는 두툼한 고기 패티를 발견했다. 치아바타_{납작하고 긴 이탈리아식 바게트－옮긴이}에 놓인 패티 위에는 끈적하게 녹기 시작하는 체더 치즈가 두껍게 깔려 있었다.

나는 웃음을 터뜨렸다.

"햄버거 제일 위에 계란 프라이를 올려놓다니, 믿어지지가 않네요. 그렇지만 이것 좀 봐요. 양상추와 토마토도 조금 있으니, 그리 나쁘지는 않네요."

그 사이에 나는 아루굴라 페스토가 섞여 있고 보슬보슬하게 간 파르메산 치즈가 한가득 덮여 있는 수제 파스타가 놓인 내 앞의 접시에 자꾸 눈이 갔다. 음식으로 보자면 아르헨티나가 그리 나쁜 여행지는 아니었다.

우리는 포만감에 잔뜩 취해서 아파트로 돌아왔다. 아파트 1층에 각종 엠파나다_{밀가루 반죽에 고기와 야채를 넣은 남미식 만두－옮긴이}와 페이스트리가 유리 진열장에 놓여 있는 페이스트리 가게가 눈에 띄었다. 빵집에서 새로 빵을 구울 때마다 우리 아파트에 향기로운 빵 냄새가 가득 퍼졌다. 저항할 수 없는 유혹이었다. 나는 앞으로 유혹에 지지 않기가 힘들 것임을 직감했다.

그런데 음식의 유혹은 그게 다가 아니었다. 우리 아파트에서 걸어서 갈 수 있는 거리(두 블럭 정도 떨어진 곳)에 식당 여덟 개, 빵집 세 개, 신선한 과일과 채소를 파는 가판대 여섯 개, 꽃과 신문을 파는 가판대, 파스타 공장 두 개가 늘어서 있었다. 두 곳 모두 손님의 취향대로 선택할 수 있는 진하고 맛좋은 이탈리아 소스를 듬뿍 뿌리고 갓 갈아 낸 레지아노 파르미지아노 치즈가 수북이 쌓여 있는 수제 음식을 내놓았다. 종업원들이 손님이 선택한 음식을 오븐에 넣을 수 있는 용기에 포장해 줬다. 우리는 뭐든지 금방 배웠으며, 그곳에 머무는 동안 갓 요리해서 김이 나는 음식들을 수도 없이 포장을 해다가 먹었다.

아파트 현관에 다다른 나는 아까 마리나가 회오리바람처럼 정신없이 아파트 내부를 소개했을 때, 기운차게 내밀었던 열쇠를 찾느라고 무거운 핸드백을 뒤적거렸다.

열쇠고리에는 정교하게 장식된 두꺼운 열쇠 세 개가 달려 있었다. 그 열쇠는 동화에 나오는 성과 오래전의 감옥을 연상시켰다(나는 부에노스아이레스에 몇 주 동안 머물면서 모든 열쇠가 그 아파트 열쇠와 똑같이 생겼음을 발견했다. 하나는 보통 모양이었고 두 개는 중세풍이었다. 부에노스아이레스의 모든 건축업자들이 공동으로 단 한 곳의 열쇠 제조업체하고만 거래하는 것일까? 앞으로도 이 궁금증은 풀리지 않을 것이다). 짧은 열쇠는 익숙한 크기와 모양이었다. 그 열쇠는 건물의 현관용이었다. 아무 문제없이 열렸다. 두 열쇠는 약 7.6센티미터 길이에 두껍고 무거웠으며, 끝부분이 커다란 브이 자 모양으로 되어 있었는데, 도무지 용도를 알 수 없었다. 우리는 일주일 정도 지난 후에야 머리 부분이 둥그런 열쇠가 아파트용임을 확실하게 알아챘다. 일단 문제의 반은 해결됐다. 나머지 문제는 문을 여는 것이었다. 열쇠를 사용하는 사람은 열쇠가 문에 있는 커다란 구멍에 달그락거리고 들어가면 눈에 보이지 않는 홈을 감으로 찾아

돌려야 했다. 엘리베이터에서 나오면 연결되는 복도의 전등은 타이머 스위치로 작동했기 때문에, 열쇠 끝이 구멍 속 홈과 연결될 즈음이면 복도 전등이 꺼져서 우리는 칠흑 같은 어둠에 휩싸였다.

처음 몇 번은 어둠 속에서 더듬거리면서 아파트에 들어가려고 애를 썼다. 당연히 우리가 들고 있던 쇼핑백이며 핸드백이며 우산이며 재킷이 바닥에 흩어졌다. 그러다 보면 열쇠가 문에서 빠져나와 바닥에 털거덕 떨어지기 일쑤였다. 그러면 처음부터 다시 시작해야 했다. 어둠 속에서 올바른 열쇠를 찾느라고 한참 기를 쓰다가 욕설을 내뱉으며 전등 스위치를 찾아 더듬거리는 사이에 처음에 바닥에 떨어뜨렸던 물건들에 발이 걸려서 넘어지는 과정을 되풀이해야 했다.

우리는 아르헨티나를 떠날 때까지 세 번째 열쇠가 어떤 용도인지 끝내 알아내지 못했다.

베테랑 여행자가 되는 길은
멀고도 험하다

　　　　　부에노스아이레스에서의 경험을 통해서
우리는 낯선 도시에 도착한 첫날에 꼭 해야 하는 일과를 정했다. 그
리고 여행을 갈 때마다 이 일과를 따랐다. 팀은 우리가 모르는 언어
나 복잡한 교통 등 예상치 못한 여러 문제를 피하려고 도착지에서 숙
소로 갈 교통편을 늘 예약해 놨다. 그리고 일단 아파트에 도착하면 운
전사에게 요금과 팁을 주고 우리를 마중 나온 사람과 인사를 나눈 뒤,
아파트 문을 닫은 채 숨을 돌리고 마음을 가다듬을 때까지 밖에 나가
지 않았다. 특히 그리 젊지 않은 우리에게 이 일과는 무척 중요했다.
기진맥진한 채로 새로운 언어와 환경을 접하기 위해서는 적응할 시간
이 필요했던 것이다.

　　또한 우리는 에어컨과 난방 장치를 시험해 보고 전기제품의 작동을
파악하는 등 필수적으로 점검해야 할 항목을 만들었다. 우리가 여행
하는 기간이 길어질수록 점검 항목도 늘어났으며, 앞으로 일정한 거
주지가 없이 세계 여러 도시를 여행 다닐 몇 년 동안 항목은 더욱 늘
어날 터였다. 우리는 여행지에서 새로운 집으로 옮길 때마다 새로운

것을 배웠다. 그리고 관리인이 우리 눈앞에서 사라지기 전에 반드시 함께 검사 항목을 점검해야 한다는 사실도 배웠다. 그러나 부에노스 아이레스에 처음 도착했을 때만 해도 아직 이 교훈을 몰랐던 터여서 많은 시간을 낭비하며 속을 태워야 했다.

그리고 아파트에 들어가면 저장 공간과 용품을 점검하고 세입자 안내서를 반드시 읽었다. 일반적으로 세입자 안내서에는 아파트와 동네와 도시에 대한 필수적인 정보가 들어 있었기 때문이다. 그런 다음 주방용품을 살펴본 후에 정해진 일정에 따라 쇼핑할 목록을 적는다.

대체로 이런저런 필수품이 갖춰지지 않은 경우가 많았는데, 이를테면 가위나 메모지가 없다든지, 행주가 두세 개밖에 남아 있지 않다든지, 주방용 스펀지가 너무 오래 써서 낡았다든지, 욕실용 수건이 없다든지 등이었다. 또 우리는 모든 장치의 작동법을 알아내야 했는데, 스위치와 손잡이가 달린 모든 장치의 작동법을 다른 언어로 익혀야 하는 경우가 부지기수였다.

일반적으로 우리는 텔레비전과 케이블, DVD 플레이어, 인터넷 연결과 같은 전자 장치를 놓고 작동이나 설치 방법을 알아내느라고 애를 쓰는 경우가 많았다. 검은 화면의 왼쪽 상단에 'Aucun Signal'이나 'No Seña'나 'Belirsiz'와 같은 글자가 뜨면, 팀은 곱지 않은 시선으로 "당신이 이 리모컨 건드렸어?"라고 물었다.

'No Signal(신호 없음)'은 어느 나라 언어든 스펠링과 발음이 같다. 이런 이상한 글자가 뜨면 사용자는 몇 분 혹은 몇 시간 동안 아무 소득 없이 전자제품을 여기저기 살피고 조작하며 문제를 파악하려 애를

우리는 낯선 도시에 도착한 첫날에
꼭 해야 하는 일과를 정했다.
그리고 여행을 갈 때마다 이 일과를 따랐다.
일단 아파트에 도착하면 운전사에게 요금과 팁을 주고
우리를 마중 나온 사람과 인사를 나눈 뒤,
아파트 문을 닫은 채 숨을 돌리고
마음을 가다듬을 때까지 밖에 나가지 않았다.
특히 그리 젊지 않은 우리에게 이 일과는 무척 중요했다.
기진맥진한 채로 새로운 언어와 환경을 접하기 위해서는
적응할 시간이 필요했던 것이다.

쓴다. 그런데 경고문이나 설명서가 다른 나라 말로 되어 있을 때는 정말 속이 터질 수밖에 없었다.

한 도시에 적어도 한 달 이상 머무는 우리 여행의 가장 큰 장점은 서둘러서 관광할 필요가 없다는 점이다. 그래서 첫날에는 아파트에서 멀리 벗어나지 않은 채 근처를 슬슬 돌아다니며 식료품을 사고 현금 인출기의 위치를 알아놓고 괜찮은 현지 식당을 찾아낸다.

둘째 날에는 조금 멀리까지 나가서 교통 체계를 파악한다. 부에노스아이레스에는 어디를 가든 택시가 많았다. 그러나 대부분의 대도시들(부에노스아이레스의 인구는 1,300만 명이다)은 교통 체증이 심하고 대체로 대중교통을 이용하는 게 나았다. 게다가 대중교통 요금이 훨씬 저렴했다.

우리가 처음으로 아파트 근처를 벗어나서 부에노스아이레스 동부의 인구가 밀접한 지역에 갔을 때, 평소 우리 속도대로 느긋하게 걸으면 안 된다는 사실을 알게 됐다. 내가 여러 번 지나가는 사람들의 팔꿈치에 찔리고 신호등이 바뀌기 전에 길을 건너려고 서두르는 사람들에게 밀침을 당한 후에, 우리는 걷는 속도를 높여 다른 보행자들의 물결에 합류했다. 그 지역의 보행자들은 남을 봐주지 않았다. 맨해튼처럼 거친 도시이되 그 강도가 훨씬 셌다.

지하철 입구를 발견한 우리는 많은 사람들의 물결에 휩쓸려 우르르 계단을 내려갔다. 그리고 지하로 내려가 벽 쪽으로 물러나 사람들의 행동을 관찰했다. 현지 승객들은 지하철 이용 방법을 잘 알고 있으니, 현명한 초보자라면 그들을 지켜보는 게 좋다. 지하철 체계를 파악하

즐겁지 않으면 인생이 아니다

거나 택시를 잡거나 맥주를 마시거나 식료품을 살 때 무조건 부딪치기 전에 현지인들이 하는 방법을 관찰하면 시간 낭비도 줄이고 창피를 당할 일도 없다는 사실을 새로운 도시로 여행을 간 첫째 날에 발견했다.

우리는 10회를 이용할 수 있는 승차권을 사고 노선도를 살펴본 뒤에, 5만 6,700제곱미터에 이르는 땅에 거의 5,000개의 묘지가 늘어서 있으며 그 자체만으로 조그만 마을이라고 할 만한 라 레콜레타 공동묘지로 향했다. 그곳은 앤 라이스가 소설 『뱀파이어 연대기』 시리즈에서 자세히 묘사한 뉴올리언스의 죽음의 도시를 연상시켰다. 초소형 예배실들 위에 화려하게 장식된 고딕 첨탑들이 나란히 늘어선 모습을 보자 절로 감탄사가 흘러나왔다. 특히 뒤편에 있는 현대식 아파트와 사무용 건물들과 대조를 이루어 인상적이었다. 공동묘지의 한쪽은 거대한 고급 쇼핑센터와 접해 있었다. 정신없는 도시 한가운데 시간이 정지한 듯한 조용한 거리는 방문객의 마음을 평온하게 가라앉혀 줬다.

우리는 익숙한 이름을 찾으며 묘지 사이를 돌아다니다가 큰 인기를 얻은 브로드웨이 뮤지컬 〈에비타〉의 주인공이자 아르헨티나의 영부인이었던 에바 페론의 무덤을 금방 발견했다. 놀랍도록 소박한 그녀의 성지는 유명한 작가와 음악가, 배우와 저명인사 사이에 자리 잡고 있었다.

기묘한 오후를 보낸 우리는 아파트로 돌아와 작은 발코니에 편히 누워 시원한 음료수를 마시면서 동네 사람들이 뭘 하는지 구경했다.

사실 우리는 내부가 훤히 내다보이는 고층 아파트에 사는 게 익숙지 않았다. 건너편에 있는 건물들에 사는 사람들은 옷을 갈아입거나 잘 때 커튼을 쳤다. 우리는 한 부부가 사는 집의 이탈리아 그림들과 색감이 화려한 도자기로 장식된 빨간색 벽지가 마음에 들었다. 그래서 그러면 안 되는 줄 알면서도 참지 못하고, 그 부부가 커다란 의자에 앉아서 텔레비전을 보거나 거실에서 칵테일을 마시거나 머리를 맞대고 생활비를 의논하는 모습을 고스란히 지켜봤다. 살인자가 등장하지 않다뿐이지 〈이창*Rear Window*〉 다리가 부러진 사진작가가 무료함을 견디지 못해 건너편 아파트에 사는 사람들을 관찰하는 스릴러 영화—옮긴이을 보는 기분이었다.

점차 날씨가 따뜻해지면서 도시 전역에 심어져 있는 자카란다 나무에서 보라색 꽃이 피기 시작했다. 꽃송이가 인도를 아름답게 뒤덮었고, 현지인들의 적대적이고 우울한 기질이 조금 줄어드는 듯해 우리의 기분도 훨씬 좋아졌다.

이때쯤 되자 우리는 아르헨티나의 교통비가 외국인과 현지인 사이에 차이가 있다는 사실을 알게 됐다. 그래서 우리에게 진짜로 중요한 의미가 있는 곳을 중심으로 몇 군데만 구경할 수밖에 없었다. 이를테면 현지의 비행기표 가격은 외국인 가격의 절반이었다. 다시 말하면 안타깝게도 이 넓은 나라(미국 면적의 약 1/3이다)에서 부에노스아이레스와 멀리 떨어진 지역을 둘러볼 여유가 없었다. 그나마 생각해낸 대안은 심야버스를 이용하는 것이었는데, 여러 가지 이유로 내키지가 않았다. 또한 모든 사람들이 극찬하는 이구아수 폭포에 가려면 비자 비용으로 여행객당 160달러를 내야 하는 나라인 칠레에 입국해야 한

즐겁지 않으면 인생이 아니다

다는 사실도 알게 됐다. 이구아수 폭포를 보고 싶은 마음이야 간절했지만 예산에 한계가 있어서 포기해야 했다. 이구아수 폭포의 웅장한 장관을 구경하자면 비자와 교통편과 숙소와 식사에 엄청난 돈과 노력을 투자해야 했기 때문이다.

우리는 부에노스아이레스에 있는 장소들을 둘러보는 것으로 만족하기로 했다. 그 출발점은 거의 완벽한 음향시설로 세계에서 다섯 번째 손가락 안에 드는 오페라 하우스인 콜론 극장이었다. 실제로 세계적으로 유명한 거의 모든 공연자들이 100년의 역사를 가진 콜론 극장의 무대에 올랐다. 1억 달러를 들여 3년 동안 개보수하여 재개장한 콜론 극장은 프랑스와 이탈리아의 고전적인 장식으로 이루어져 있었다. 사방이 화려하게 도금된 내부로 들어서 객석으로 이어지는 우아한 계단을 올라가다 보니, 오후에 잠시 구경하기에는 무척 아쉬운 곳이었다. 그곳에 홀딱 빠진 우리는 꼭 붉은색 벨벳 의자에 앉아보고 싶은 마음 하나로 발레 표를 샀다.

그리고 그날 저녁 외출을 위해 잔뜩 꾸몄다. 타이를 매고 코트를 입은 팀은 매우 멋졌다. 나는 검정 스리피스 기본 정장 차림에 진주 장신구를 하고 이리저리 비춰보며 옷매무새를 가다듬었다. 덕분에 우리는 부에노스아이레스의 상류층 문화인들 사이에서 창피를 당하지 않았다. 발레 공연은 별로 특별할 게 없었지만, 무대 배경과 훌륭한 음향시설만으로도 충분히 만회가 됐다. 우리는 외출을 해서 현지인들 사이에 앉아 있다는 것만으로도 기분이 설레고 좋았다.

콜론 극장에서 나와 계단을 내려가니, 감미로운 봄날의 밤이 찾아와 있었다.

팀이 물었다.

"여보, 진짜 춤을 추는 건 어때?"

우리는 최상급 바와 클럽과 빈티지 상점들이 있는 산 텔모로 향했다. 팀은 타이를 풀었고, 우리는 근육질인 젊은 한 쌍이 탱고를 추는 모습을 밤늦도록 구경했다. 아름다운 아가씨들이 매력적으로 입술을 내밀며 발을 구르다가 점차 저항을 멈추고 상대방에게 기대어 춤의 주도권을 넘기는 모습을 구경하자니 무척 즐거웠다. 당장이라도 그들의 즐거운 춤판에 합류하고 싶었지만, 섹시하게 몸을 뒤트는 그들의 춤동작을 따라 했다가는 우리 둘 다 혹은 한 명이 응급실에 가게 될 터라 열망을 꾹꾹 가라앉혔다.

얼마 지나지 않아서 우리는 부에노스아이레스의 주민을 뜻하는 말인 포르테뇨스porteños, '항구의 사람'이라는 뜻―옮긴이처럼 살아가는 것에 거의 익숙해졌다. 도로 건너편에서 셀프서비스 세탁소를 운영하는 여자들과 친구가 되기도 했다. 팀이 여러 날에 걸쳐 한껏 매력을 발휘해 그들의 엄격하고 단단한 껍질을 뚫고 들어간 덕이었다. 점차 우리가 빨래거리를 가지고 갈 때마다 그들은 미소로 맞았고 대화를 이어가려고 노력했다.

우리는 현지 식품점에 필요한 물건들이 있는 위치를 파악하기 시작했으며, 장을 본 물건들을 집으로 가져오기 쉽게 시장바구니용으로 바퀴 두 개가 달린 밝은 초록색 카트도 장만했다. 이쯤에는 지하철 노선도 편하게 찾을 수 있게 됐고, 대략 열 번에 여덟 번은 아파트

문에 열쇠를 제대로 꽂아 문을 수월하게 여는 데 성공했다. 우리는 풍성하게 나오는 고기와 치즈와 와인을 마음껏 즐겼으며(우리 허리 치수로 감당하기에 과도한 양) 다음 날에는 꼭 몸에 좋은 음식을 먹자고 맹세하곤 했다.

외출도 계속 이어졌다. 날이 갈수록 온도가 조금씩 올라갔다. 우리는 아름다운 공원들을 산책했으며, 놀라움을 선사하는 훌륭한 박물관들을 순회했다. 지난 150년 동안 많은 유럽인들이 아르헨티나로 이민을 왔으며, 이와 더불어 예술품들도 들여왔다. 우리는 라 벨레스 미술관에서 내가 좋아하는 화가들의 많은 희귀 작품들을 보고 깊이 감탄했다. 대부분이 카탈로그나 책에서 한 번도 본 적이 없는 작품들이었다. 화려한 호텔과 식당이 판자가 깔린 넓은 길가에 늘어서 있는 푸에르토 마데로에 갈 때면 영양적으로 균형 잡힌 식사를 하자는 결심이 허물어지곤 했다. 우리는 세계적인 수준의 해산물 전문 식당들에서 양이 엄청난 점심 식사와 저녁 식사를 즐겼으며 아르헨티나 와인인 말벡을 끊임없이 들이켰다.

관점을 바꾸면
모든 것이 달리 보인다

　　　　　　　　　　　우리는 부에노스아이레스에 점차
익숙해졌지만 여전히 외로움을 느꼈다. 사람들이 그리 친절하지 않은
환경에서 46제곱미터의 공간에서 부부가 단둘이 살려면 배우자를 정
말로 좋아해야 한다는 사실을 절실히 깨달았다. 우리 부부는 즐겁고
사이좋게 지냈지만, 아르헨티나 사람들과 관련된 상황은 계속해서 혼
란스럽고 껄끄러웠다.

어느 날 저녁에 팀이 말했다.

"여보, 정말 이해를 못하겠어."

우리는 아파트의 발코니에 무릎을 맞대고 앉아 칵테일을 마시며,
건너편 집의 빨간 벽지의 방에서 사람들이 저녁 식사를 하는 모습을
엿보던 중이었다. 그들은 저녁 식사로 포크찹을 맛있게 먹고 있었다.

"여기 사람들이 나에게 그렇게 못되게 구는 이유를 모르겠어. 무슨
말이냐면, 당신에게는 좋은 사람이 되기가 쉽거든. 그런데 여기 온 뒤
사람들에게 내 화를 감추기 위해 정말 노력하고 있어. 아르헨티나 사
람들은 아직도 나를 쓰레기 취급을 한다니까."

팀은 쓸쓸하게 웃으며 말을 이었다.

"지난번에 중국 음식점에서 당신이 여자 종업원에게 레드와인 한잔 달라니까 거절했던 거 기억나? 왜 그런 건지 아직도 알 수가 없네."

팀은 부에노스아이레스의 차이나타운에 점심을 먹으러 갔던 때의 일을 꺼냈다. 나는 스페인어 실력을 최대한 발휘해서 공손한 미소를 지으며 종업원에게 레드와인 한잔을 가져다 달라고 요청했지만, 그녀는 눈을 찌푸리며 나를 쳐다보더니 강하게 말했다.

"노^{no}."

내가 놀라서 멍해 있는 사이에 그녀는 휙 돌아서서 주방으로 이어지는 구슬 커튼 뒤로 사라졌다.

"나도 전혀 짐작이 안 가요. 그냥 그렇게 대답하는 대신에, 혹시 맥주나 와인 반 병을 주문하겠냐고 물어봤어야 하지 않나요?"

팀은 유감스럽지만 동의한다는 뜻으로 고개를 흔들었다.

"이 나라의 문화에는 우리가 이해할 수 없는 뭔가가 있어. 여기에서는 만사가 힘겨운 이유를 알겠어? 우리가 적응력이 떨어져서 그런가? 아니면 다른 나라에서 살기에는 우리의 방식에 너무 굳어진 건가? 아니면 나이가 많아서인가?"

"당신 말이 틀렸으면 좋겠네요. 우리는 여행을 아주 많이 했고 융통성이 상당히 많은 편이잖아요. 사실 나도 이런 문화를 접한 건 처음이에요. 다른 나라에서도 이런 기분을 느끼게 될지 두고 보는 것도 재밌을 것 같아요. 그나저나 나는 당신이 정말 멋진 남자라고 생각해요!"

11월이 되자 오후에는 조금 불편할 정도로 기온이 올라갔다. 우리가 머무는 아파트는 남향이어서 에어컨 사용법을 익히는 것을 더는 미룰 수가 없었다. 우리는 진지하게 답을 찾으러 나서서 구석구석을 들여다보고 전선을 따라가 보고 벽에 달린 스위치를 이리저리 만져 봤다. 그리고 발코니에 있는 압축기를 정밀하게 살펴보며 스위치를 찾아봤지만 성과가 없었다.

나는 수없이 시도해 봤지만 아직도 전화를 사용하는 방법을 파악하지 못했기에, 제발 이번에는 답장을 보내 주기를 간절히 바라며 마리나에게 이메일을 보냈다. 기적적으로 마리나가 곧바로 답장을 보냈다. 아래에 마리나의 답장 내용을 그대로 옮긴다.

에어컨은 파란색 버튼을 누르면 켜집니다. 만일 에어컨에서 계속 뜨거운 바람이 나오면 '햇볕 모드' 버튼을 누르고 눈송이 모양을 누르세요. 안 되시면, 현관에 에두아르도가 있으니 불러서 도와 달라고 하세요.

팀과 나는 이전에 찾았던 모든 곳을 다시 살펴봤고 마룻바닥을 되짚어볼 생각까지 했다. 이번에도 실패로 돌아갔다. 아파트 어느 곳에도 파란색 버튼이 안 보였다. 나는 다시 이메일을 보냈다.

파란색 버튼이 어디 있나요?

마리나는 즉시 답했다.

리모컨에 있어요.

리모컨? 무슨 리모컨을 말하는 거지?

우리는 리모컨을 찾았다. 사실 애초에 잃어버리지도 않았다. 리모컨은 처음부터 그 자리에 있었다. 우리는 그 작은 리모컨이 주방 선반의 소중한 공간을 독차지하고 있는 투박하게 생긴 CD 플레이어의 리모컨이라고 생각했기 때문에 아예 젖혀둔 참이었다. 리모컨에는 파란색 버튼과 앞에서 언급된 눈송이 모양이 나오는 '모드' 버튼이 있었다. 에어컨은 설명을 들은 대로 작동됐다. 삶이 편해졌다!

며칠 후, 마리나는 와인을 함께 마시자는 우리의 초대를 받아들였다. 하이힐에 속이 비치는 여름용 얇은 상의 차림인 마리나는 아주 사랑스러워 보였다. 우리가 발코니로 나가 서 있자, 처음으로 빨간 벽지 집에 사는 사람들이 우리를 쳐다봤다. 물론 그들은 매력적인 마리나에게 관심을 가진 것이었지만, 어쨌든 우리는 손을 흔들며 미소를 지었다. 이번에는 그들도 손을 흔들었다. 늙은 관광객인 우리가 아니라 아름다운 마리나 때문에 손을 흔들었을 게 분명했다.

마리나는 중견 정치인인 자신의 직업에 대해 이야기했다. 또한 석사학위를 따려고 아직 학교에 다니고 있는 남자친구와 부모에 대해서 이야기했다. 커다란 와인 잔으로 말벡을 몇 잔 마신 뒤에 저녁이 무르익자 마리나는 우리에게 노래를 불러 주는 호의를 베풀었다. 우리는 마리나가 그렇게 노래를 잘 부르는지 몰랐다. 내가 1990년대에 아일랜드에 살았을 때 저녁 식사 후에 창피해하지 않고 스스럼없이 장기를 선보이는 사람들을 볼 때마다 즐거웠던 것처럼, 우리는 마리나가 펼치는 아카펠라 공연에 신이 났다. 허스키하고 낮은 목소리로 부른 구슬픈 노래가 어머니가 작곡한 것이라고 말해 줬다. 마리나는 온통 놀라움 덩어리였다.

팀은 신이 나서 춤을 췄다.

"마리나, 한 가지 묻고 싶은 게 있어요. 이 도시에 온 지 몇 주가 지났는데도 우리는 여전히 이곳에 동화될 수가 없어요. 문화를 이해하고 융통성이 있는 여행자가 되는 게 무척 힘들어요. 우리가 혹시 뭔가를 놓치고 있는 것 같은데……."

팀은 중국 음식점에서 와인 주문에 실패한 일과 파란색 버튼으로 일어난 소동을 이야기했다. 모두가 전반적인 의사소통의 문제를 보여 주는 사례들이었다.

마리나는 1분 정도 귀를 기울여 듣더니 미소를 지었다.

"문제가 뭔지 알겠네요. 두 분의 질문이 잘못된 거예요."

팀과 나는 서로를 쳐다보며 동시에 말했다.

"뭐라고요?"

"아르헨티나 사람들은 어떤 질문에든 일단 '노'라고 대답해요. 그저 문화의 일부분이죠. 여자들이 불만스러워 보이는 것 역시 우리 문화의 일부분이에요. 여자들은 항상 입술을 뿌루퉁하게 내밀고 있죠. 그 이유는 남자가 다가와서 행복하게 해주기만을 기다리기 때문이에요. 선물이나 식사나 아파트를 사주길 바라는 거죠!"

마리나가 소리 높여 웃었다.

즐겁지 않으면 인생이 아니다 ┈┈┈┈┈┈┈

우리가 믿을 수 없다고 말하자 마리나는 사실이라고 말했다. 내가 개인적인 반감으로 해석했던 아르헨티나 여성들의 무례한 표정도 그런 맥락에 해당했다. 이제야 우리는 조금씩 이해가 됐다.

"린이 그 중국 음식점에서 으레 와인을 잔으로 팔겠거니 추측하고 주문하는 게 아니라, 먼저 와인을 잔으로 파느냐는 것부터 여종업원에게 물어봤으면 이야기가 더 진전됐을 거라는 말이죠?"

마리나가 고개를 끄덕거렸다.

우리는 마리나가 돌아간 뒤에 그동안 짜증스럽고 실망스러웠던 여러 상황들을 되짚어봤다. 그리고 모든 경우에서 마리나가 말한 방법을 구사했으면 결과가 달라졌을 거라는 걸 깨달았다. 우리는 이 교훈을 명심하고 실천하자고 약속했다.

마리나의 설명은 이후 해외에서의 우리 생활을 전반적으로 훨씬 수월하게 해줬다. 이제 우리는 새로운 환경에서 어려움을 겪을 때마다 애초에 질문이 잘못되었다는 걸 곧바로 알아챈다.

그녀의 설명은 우리가 다른 나라들을 여행하기에 너무 늙거나 융통성이 없는 사람들인가 싶던 고민을 덜어주었다. 그저 우리가 당연하다고 여겼던 추측이나 기대를 버리고 관점을 바꾸기만 하면 되는 거였다.

이제 우리는 새로운 환경에서
어려움을 겪을 때마다 애초에 질문이
잘못되었다는 걸 곧바로 알아챈다.
그녀의 설명은 우리가 다른 나라들을 여행하기에
너무 늙거나 융통성이 없는
사람들인가 싶던 고민을 덜어주었다.
그저 우리가 당연하다고 여겼던 추측이나
기대를 버리고 관점을 바꾸기만 하면 되는 거였다.

즐겁지 않으면 인생이 아니다

억지로 행복해지기 위해
발버둥 칠 필요는 없다

다음 날, 우리는 경마장으로 향하며 자신들이 택한 말이 이기기를 응원하는 잔뜩 흥분한 관람자들과 어울리며 즐거움이 넘치는 오후를 보내게 될 거라 생각했다. 혹시 운이 좋으면 그들에게 미소까지 받을지도 몰랐다. 하지만 그런 기대는 금세 무너졌다. 도박꾼들은 조용했고 무표정했으며, 동행인 여자들은 눈살을 찌푸린 채 불퉁거렸고, 음식 주문을 받는 종업원은 그 중국 음식점 여종업원과 동일한 사람한테 교육을 받았나 싶을 만큼 불손했다. 바꾸어 말한 질문이나 호의를 얻으려는 노력은 경마장에 있는 어떤 사람의 마음도 훈훈하게 만들지는 못한 듯했다. 우리는 새로운 기술을 구사해 봤자 기대하던 결과가 생기지 않자 진짜로 실망했다.

우리는 외로움과 좌절감을 안고 경마가 끝나기도 전에 경마장에서 빠져 나왔다. 우리가 어떤 노력을 하던 아르헨티나에서는 효과가 없는 것 같았다. 팀이 계획한 것보다 2주 앞서서 아르헨티나를 떠나자고 선언한 게 바로 이때였다.

이틀 동안 우리는 소중한 교훈 두 가지를 얻었다. 첫 번째는 미리 짐작하지 말고 올바른 질문을 하라는 것이었다. 두 번째는 우리가 행복해지기 위해 발버둥 쳐야만 하는 장소에서 낭비할 시간이 없다는 것이었다.

우리는 캘리포니아에 사는 딸들 중 하나인 알렉산드라에게 전화를 해 추수감사절을 보내러 미국에 돌아가겠다는 새로운 계획을 알렸다. 이 소식을 들은 가족들이 기뻐하는 소리가 전화기를 통해 들렸고, 알렉산드라는 평소보다 큰 칠면조를 사겠다고 약속하며 전화를 끊었다. 우리는 그날 당장 짐을 꾸리기 시작했다. 그리고 그 결정을 후회하지 않았다.

물론 아르헨티나는 끝까지 실망을 안겨줬다. 우리가 아르헨티나를 떠날 때, 팀은 나를 공항의 귀빈용 라운지에 두고(우리 경험에 따르면 계속해서 여행을 할 때 귀빈용 라운지는 제 몫을 톡톡히 한다) 남아 있는 아르헨티나 페소를 미국 달러로 바꾸려고 중앙 로비로 갔다. 나는 둥글게 놓인 의자에 앉아 다른 여행자들이 늘어놓는 부에노스아이레스에서의 끔찍했던 경험담을 듣고 있었는데, 몇몇 경우는 우리보다 훨씬 심각했다. 팀은 한참 후에 돌아오더니 내 옆에 털썩 주저앉았다.

"달러로 바꿔 줄 수 없대."

"말도 안 돼요. 어떻게 그럴 수 있죠?"

"은행에서 받은 페소 환전 영수증이 있어야 한다고 우기더군. 정신 나간 소리지. 그런 영수증을 보관하는 사람이 어디에 있다고. 게다가 100달러밖에 안 되잖아! 지금 페소 가치가 다시 빠르게 떨어지고 있어서 돈을 안 바꿔 주려는 게 틀림없어."

우리 건너편에 앉아 있던 아름다운 옷차림에 모자를 쓴 아르헨티나 여성이 우리의 대화를 듣고 말했다.

"전 몇 주 뒤에 부에노스아이레스로 돌아올 거예요. 도움이 된다면 제가 페소를 살게요."

팀은 그녀에게 감사의 인사를 후 제시한 환율에 동의했다. 그 여성과 팀은 현금을 서로 바꿨다.

몇 시간 뒤 비행기에서 나는 그냥 잡담 삼아 이야기를 꺼냈다.

"페소를 바꿔 주다니, 참 착한 사람이네요."

팀은 나를 보지도 않은 채 내뱉었다.

"착하긴 무슨! 그 여자는 환전소 직원이 제시한 환율보다 거의 두 배나 높게 부르던데. 아르헨티나가 끝까지 우리를 가지고 노는군."

나는 한숨을 쉬었다.

"어서 캠브리아로 돌아가서 칠면조나 먹자고요."

다시 새롭게 시작해야 할 때가 된 것이다.

MARINER OF THE SEA

05 "아무것도
미루지 말라."는 말을
좌우명으로 삼다.

_대서양 횡단

아직 일어나지 않은 일을
미리 걱정할 필요는 없다

우리는 부에노스아이레스에서 캘리포니아로
돌아와서 집을 임대해 재정비를 했다. 그리고 유럽에서 7개월을 보낼
준비와 마지막으로 계획을 점검하고 가지고 갈 옷을 고르느라 소란을
피웠다. 출발일이 다가오자 우리 둘 다 거의 잠을 자지 못했다. 대체
로 새벽 두세 시쯤이면 내 머릿속에서 복잡한 대화가 되풀이됐다.

14일 동안이나 배를 타고 있는 게 싫어지면 어떡하지? 객실이 폐
소공포증을 불러일으키면 어떻게 한담? 블라우스랑 스웨터를 충분히
챙겼나? 얇은 빨랫줄을 짐에 넣었던가? 7개월 동안 여행한 뒤에 팀
이 나를 미워하게 되지는 않을까? 아니면 내가 팀을 미워하게 되지는
않을까? 우리 딸들과 손주들이 이렇게 오래 떠나 있는 우리를 용서해
주려나?

드디어 우리는 유람선을 타기 위해 비행기를 타고 플로리다로 갔
다. 팀의 딸인 아만다가 그곳에 살고 있었다. 우리는 그곳에 잠시 머
무르면서도 바짝 긴장해서 끊임없이 수다를 늘어놓으며, 프린터와 전
화와 페덱스를 수시로 이용하고, 막판에 각종 필수품들을 챙기려고

즐겁지 않으면 인생이 아니다

왔다 갔다 했다. 이 모습을 아만다와 사위인 제이슨이 인내심 있게 받아줬다. 아마 그들은 부두에 나와 짐을 내려놓고 여전히 정신없는 우리를 떠나보내면서 안도의 한숨을 내쉬었을 것이다.

두 사람이 차를 몰고 떠나자마자 우리는 기분 좋은 분위기에 휩싸였다. 유람선의 짐꾼은 우리에게 미소를 지으며 농담을 건넸고, 순식간에 짐을 날랐다.

우리는 세련되고 즐거우면서도 약간은 따분해 보이려 노력하며 항만 터미널로 들어갔다. 사실 우리는 기대와 두려움과 안도감이 뒤섞여 무척 떨렸다. 팀이 소곤거렸다.

"평생 이렇게 흥분되긴 처음이야."

그제야 나도 태연한 척하려던 노력을 포기했다.

"나도 그래요. 맙소사, 엄청나게 크네요!"

나는 숨이 턱 막혔다.

우리를 마이애미에서 로마로 데려다 줄 304미터에 달하는 거대한 유람선이 바로 눈앞에 있었다. 우리는 디즈니랜드에 온 꼬마들처럼 잔뜩 신이 났다. 주변을 살펴보니, 탑승 절차를 밟고 있는 짧은 줄에 늘어선 승객들은 흥분되고 느긋하며 행복해 보였다. 담당 직원은 활짝 웃으며 서류 작업을 신속하게 마치고는 플라스틱으로 된 귀중한 승객 카드를 우리에게 건넸다. 승객 카드는 2주 동안 화폐 노릇을 할 유일한 통화였다. 유람선에 음악이 잔잔히 깔렸다. 소리를 질러대는 갓난아이도, 가방으로 우리를 치고 지나가는 사람도, 요란하게 경적을 울리며 휠체어와 보행기를 나르는 카트도 없었다. 공항에서 흔히 부딪히는 정신없는 갖가지 소란은 찾아볼 수가 없었으며, 입구가 단하나라서 어디로 가야 할지 고민할 필요도 없었다. 승객들과 선원들은 모두 상냥하고 공손했다. 모두가 행복해하는 가운데, 반사적으로 아르헨티나에서의 경험이 떠오르며 흥분이 의심으로 바뀌었다.

왜 다들 이렇게 행복해하는 거지? 이 사람들, 혹시 약이라도 먹었나? 대체 여기에서 무슨 일이 벌어지고 있는 거야?

그러나 더욱 쾌활한 사람들이 우리의 승선을 반겼고, 새로운 보금자리를 자세히 살피던 우리의 표정도 기쁨으로 환하게 밝아졌다. 공동 사용 구역은 라스베이거스의 건물들처럼 화려하고 번쩍거렸으며, 밝고 널찍해서 화려함과 즐거움이 공존하는 느낌을 줬다. 탐험에 나선 우리는 수영장과 바, 식당, 도서관, 컴퓨터실, 아름다운 응접실이 딸린 스파, 광고에 나온 대로 멋들어진 바다의 전경이 보이는 데다가 요가와 줄넘기와 사우나와 거품욕 시설이 갖춰진 체육관을 둘러봤다. 그리고 많은 상점과 카페와 바가 늘어서 있는 활기가 넘치고 매력적인 '중심가'를 따라 걸었다. 한쪽에서는 재즈 밴드가 생음악을 연주했다. 모든 사람이 활짝 웃었다.

"그래, 지금까지의 감상은 어때?"

우리가 묵을 객실로 통하는 갓 청소를 마쳐 깔끔하고 널따란 통로를 걸으며 팀이 물었다. 나에게 마음에 든다는 말을 듣고 싶어서 조바심치는 마음이 고스란히 느껴졌다. 팀을 흘긋 본 나는 그가 객실에 가는 것을 불안해하고 있음을 알아챘다. 예전에 나는 그에게 유람선을 예약하라고 말하면서, "계획을 세우지 않은 내가 불평을 하면 안 되

즐겁지 않으면 인생이 아니다 ————

죠."라고 말한 적이 있었다. 그래서 입에 발린 말로는 팀의 걱정을 잠재울 수가 없었다. 나는 속으로 팀의 마음을 편하게 해주고 그동안 기울인 엄청난 노력을 보상해 줘야겠다고 마음먹었다. 그렇다고 불안감이 완전히 가신 것은 아니었다.

"환상적이에요, 여보. 우리 선실도 괜찮을 거예요. 사진으로 봤을 때 멋졌잖아요. 또 당신이 현명하게도 뱃머리에 있는 선실로 예약을 했으니, 틀림없이 경치가 기가 막힐 거예요."

바로 그때 우리는 끝에 문 세 개가 있는 짧은 복도에 다다랐다. 문두 개에는 '승무원 전용'이라고 씌어 있었다. 세 번째는 우리의 새 집인 2308호였다. 그곳은 유람선에서 뱃머리로 꺾이는 곡선의 첫 지점에 있어서 사생활이 보장되는 자그마하고 아늑한 보금자리였다.

문을 열고 안을 들여다본 나는 커다란 둥근 창 앞에 놓인 2인용 안락의자와 유혹적인 킹사이즈 침대에 홀딱 반했다.

"우와, 팀! 정말 대단해요."

나는 어린아이처럼 작은 선실을 뛰어다니면서 배에서의 생활을 소꿉놀이처럼 느껴지게 하는 신기한 장치들을 살펴보며 소리쳤다. 잡아당기면 펴지거나 접히거나 아래로 들어가게 돼 있는 장치들이 많았다. 모든 장치들이 여러 가지 기능을 하도록 설계되어 있었다. 게다가 승객들이 바나 수영장에서 시간을 보내거나 카드실에서 노름이나 브리지를 하거나 소형 골프 코스에서 공을 치는 동안, 승무원이 하루에도 몇 번씩 선실에 들러 정리를 하고 윤이 나게 닦아내고 물건을 보충하고 얼음을 가져다놓으니 생활이 편할 게 분명했다. 배에 소형 골프 코스가 있다니, 믿을 수가 없었다. 유람선이 마음에 들지 않을 이유가 없었다.

확성기가 작동하는 소리가 작은 복도에 울렸다. 선장이 아주 행복한 노르웨이인 특유의 억양으로 모든 승객이 대피 훈련에 참여해야 한다고 알렸다. 대피 훈련을 하던 중에 나는 승객들이 이미 친목 활동을 시작했음을 눈치챘다. 저녁 식사 때쯤이면 각 무리에서 우세한 위치를 차지하려는 경쟁이 배 곳곳에서 본격적으로 일어날 터였다. 고등학교의 인기 콘테스트를 보는 듯했고, 많은 사람들이 왕과 여왕의 자리를 놓고 서로 겨뤘다.

잠시 후에 우리는 보금자리로 돌아가던 길에 잠시 멈춰서 여행을 기념하는 칵테일을 마셨다.

"방금 보니 사람들이 벌써부터 무리를 지어 모이고 있더군요."

"그러게. 이곳은 인구 3,000명이 사는 작은 마을이나 마찬가지야. 사람은 혼자서 살 수 없는 법이지. 자연스레 서로 뭉치고 그러고 나면 다른 무리들에게 배타적인 태도를 취하게 마련이야. 닭들도 그런다는데, 그거 알아? 새로운 닭을 무리에 들여 놓으면 다른 닭들이 새로운 닭을 공격한대. 그런 면에서 사람도 닭처럼 멍청한 생명체야."

"음, 당신이랑 나는 사람들과 좀 거리를 두고 친구를 사귀고 싶을 때까지는 누구하고도 어울리지 않았으면 해요. 괜찮죠? 자칫 실수해서 누군가와 서먹해지기라도 하면 2주 내내 불편할 거예요."

"좋은 생각이야."

인생에서 아무것도
미루지 말 것

　　　　　　　　우리는 유람선에서 필요한 또 다른 소중한
교훈을 배웠으며, 현재까지도 그 교훈을 잘 따르고 있다. 어느 날 밤,
우리는 게리와 로렌 싱어 부부와 저녁 식사를 했다. 게리는 파킨슨병
에 걸려 보행기를 사용했지만, 두 사람은 그 영향을 전혀 받지 않았
다. 쾌활하고 박식하며 재미있는 두 사람은 50년 동안 방방곡곡을 여
행했다. 우리는 항구에 정박하는 동안 관광을 할 때마다(폐허가 된 유적
지를 기어오르거나, 항구에서 식사를 하거나, 좁다란 길을 돌아다닐 때), 돌멩이
와 자갈로 뒤덮인 길을 보행기에 의지해 느리지만 꾸준히 걸으며 여
유롭게 여기저기를 구경하는 게리와 로렌의 모습을 늘 발견했다. 유
람선 여행이 끝난 뒤에도 로렌과 나는 이메일을 주고받았는데, 어느
날 로렌이 보낸 이메일은 다음과 같았다.

　　게리가 안부 인사 대신 해 달래요.
　　'아무것도 미루지 말라.'는 말을요.

용감한 사람이 해준 심오한 충고였다.

"아무것도 미루지 말라."는 말은 내 데스크톱 컴퓨터 화면에 커다란 글자로 떠 있고, 우리 부부의 좌우명이 되었다. 우리는 비용을 감당할 형편이 안 되거나 실행하기에 너무 힘들 것 같거나 "우린 너무 늙었어."라는 한탄에 빠져 그냥 미뤄 두고 싶은 일이 생길 때마다 이 좌우명을 명심하려고 노력한다. 게리가 할 수 있다면 우리도 할 수 있다!

망망대해에서 펼쳐지는 꿈같은 낭만에 젖었던 날들이 끝나갈 무렵, 나는 수평선의 한 점을 바라봤다. 유람선 전체가 흥분한 사람들로 와글거렸지만, 내 마음은 갈등으로 복잡했다. 앞으로 펼쳐질 여행을 시작할 만반의 준비가 되어 있었지만, 유람선에서의 생활이 워낙 즐거워서 안락한 보금자리가 된 이곳을 떠나기가 싫었다. 수평선의 한 점이 점점 커지더니, 모로코 해안 근처의 스페인령 카나리아 제도 중 가장 큰 섬인 테네리페 섬이 드러났다. 유람선은 그곳에서부터 스페인 해안을 에둘러 흐르는 지브롤터 해협을 향해해 최종 목적지인 로마에 도착하기로 돼 있었다.

선실의 여기저기에 감춰진 효율적인 수납공간에서 소지품을 빼서 짐을 싸던 중에, 대서양 횡단 유람선의 끝이 우울하다는 생각이 퍼뜩 들었다. 바다에서 긴 하루를 보내다 보면 끝없이 펼쳐진 대양, 반복되는 일과, 영원히 끝나지 않을 것 같은 여가 활동의 즐거움으로 인해 마음이 평온해지게 마련이다. 그런 생활이 곧 끝난다는 게 안타까웠지만, 앞으로 하게 될 경험에 대한 기대에 곧 다시 마음이 들떴다.

우리는 너무 흥분한 나머지 마지막 밤에 잠을 제대로 이루지 못했

즐겁지 않으면 인생이 아니다

"아무것도 미루지 말라."는 말은
내 데스크톱 컴퓨터 화면에 커다란 글자로 떠 있고,
우리 부부의 좌우명이 되었다.
우리는 비용을 감당할 형편이 안 되거나
실행하기에 너무 힘들 것 같거나
"우린 너무 늙었어."라는 한탄에 빠져
그냥 미뤄 두고 싶은 일이 생길 때마다
이 좌우명을 명심하려고 노력한다.

다. 육지에 내리면 집을 떠나 낯선 나라를 여행하는 7개월간의 모험이 시작될 참이었다. 이 모험은 팀이 수백 시간을 들여서 꼼꼼하게 세운 계획의 진정한 실험장이 될 터였다.

유람선에서 제공하는 버스가 우리를 공항으로 데려다줬다. 며칠 동안 익숙한 안식처에서 한적하게 지낸 뒤여서 공항의 부산함이 사뭇 놀라웠다. 공항에는 사람들이 넘쳐났고 우리가 탈 비행기는 계속해서 연착됐다. 드디어 비행기에 오르자, 아쉽게도 폐소공포증이 있는 팀은 창이 달리지 않은 벽 쪽 작은 좌석에 몸을 구겨 넣었다. 나는 팀이 너무 우울해 보여서 차마 쳐다볼 수도 없었다. 입국 심사대와 세관 심사대에 늘어선 줄이 고통스러울 정도로 느리게 움직인 덕에 고단한 밤의 일정이 한층 복잡해졌다. 우리가 후줄근하고 기진맥진한 데다가 완전히 낯선 외국 땅에 약간 겁을 먹은 채로 이스탄불의 세관 검사를 마쳤을 때는 거의 새벽 1시 30분이었다.

흔히 국제공항에서는 여행자들이 자동문으로 이어지는 홀이나 통로에서 배웅 나온 사람들과 작별인사를 한다. 그 자동문이 열리면 나는 막이 올라가는 무대에 서 있는 기분이 든다. 밝은 조명과 소음, 손을 흔들며 친구와 가족의 이름을 부르는 사람들, 이름이 적힌 종이를 들고 예약된 손님들을 기다리는 수많은 운전기사들의 모습이 갑자기 밀려든다.

바로 이때 나는 울컥했다. 저 현수막들 사이에 '마틴 부부'라는 이름도 적혀 있을까? 너무 늦은 밤이라 우리가 예약한 운전기사가 기다리지 않고 가버렸을까 봐서 걱정됐다.

즐겁지 않으면 인생이 아니다

우리는 재빨리 사방으로 시선을 돌렸다. 우리가 예약한 잘생긴 젊은 운전기사인 쿠빌라이가 눈에 띄었다. 우리가 그를 보고 말할 수 없이 반가웠듯이 그 역시 우리를 보고 반가워했다. 쿠빌라이는 팀과 악수를 하고 나서 내가 끌고 있던 가방들을 집어들고 밤공기가 상쾌한 바깥으로 안내했다. 쿠빌라이는 짐을 다 싣자 우리에게 다가와서 작은 금색 상자를 내밀었다. 그리고 상자를 열면서 말했다.

"어머니가 보낸 터키시 딜라이트전 세계적으로 유명한 터키의 달콤한 젤리—옮긴이예요. 우리나라에 오신 걸 환영합니다."

우리는 감동을 받았다. 그 쫀득쫀득한 캔디는 우리의 입과 마음을 달콤하게 감싸주었다. 이를 시작으로 몇 주 동안 우리는 수많은 친절을 경험했다. 우리가 탄 차는 깊은 밤 현대식 다차선 고속도로를 따라 주행했다. 이스탄불의 불빛이 보스포러스 해협 양쪽에서 반짝였다. 오른쪽의 아시아와 왼쪽의 유럽을 조명으로 환한 다리들이 이어 주고 있었다. 드디어 우리는 고속도로를 벗어나 자갈이 깔린 도로로 접어들었다. 유명한 건축물인 블루 모스크의 환하게 빛나는 첨탑 여섯 개와 만화 속 왕관 모양처럼 주위를 날아다니는 갈매기 떼들이 우리 머리 바로 위로 희미하게 보였다.

그 모습이야말로 우리가 새로운 도시에 도착했으며, 이제 유럽에서 모험을 시작함을 절감하게 하는 기가 막힌 장관이었다!

06 사소한 감동들이
모여서 마법 같은
세상을 이룬다.

_터키

가치 있는 일에는
어려움이 따르는 법

이스탄불의 자갈길을 덜거덕거리면서 달리던 쿠빌라이는 조용한 거리에 차를 세웠다. 블루 모스크는 우리 뒤편의 옥상 위로 당당한 술탄처럼 자리 잡고 있었다. 건너편 편의점 앞에서 조용히 이야기를 나누는 두 남자가 보였다. 우리는 새벽 2시에 오는 손님은 뭐하는 사람이며, 도대체 어떤 물건을 사는지 끝내 알아내지 못했지만, 어쨌든 그 가게는 항상 열려 있었다.

팀과 내가 여행으로 굳은 몸을 여기저기 주무르며 거리를 살펴보는 사이에 쿠빌라이는 실례한다고 말하더니 길모퉁이로 사라졌다. 거리에는 치장 벽토가 발라진 낮은 건물들이 늘어서 있었고, 새벽 시간인지라 완전히 정적에 감싸여 있었다. 곧이어 종업원 옷을 입은 젊은이가 모퉁이에서 달려나왔다. 그는 웃으며 인사한 뒤 작은 아파트 건물의 좁은 문을 열쇠로 열었다. 아래층 아파트 문 앞에 신발 네 켤레(두 켤레는 크고 두 켤레는 작았다)가 터키 카펫에 가지런히 놓여 있었다. 유모차가 계단참 밑에 들어가 있었다. 젊은 종업원은 콘크리트로 된 좁고 둥근 계단을 걸어서 바퀴가 달린 커다란 더플백들을 2층까지 나르

즐겁지 않으면 인생이 아니다 ⸻⸻

면서도 힘든 소리 한번 내지 않았다. 쿠빌라이가 나머지 짐을 들고 그 뒤를 따라 올라갔다. 팀과 나는 가파른 계단을 느릿느릿 올라가면서도 숨이 차서 헐떡거렸다.

종업원은 자기 일을 하러 다시 거리로 뛰어 내려갔다. 쿠빌라이는 전기 기구 위치를 빠르게 보여준 뒤 자물쇠를 사용하는 세 곳을 설명했다. 하나는 아파트에서 좁은 현관으로 들어갈 때 사용하고, 다른 하나는 콘크리트 계단을 올라갈 때 사용하며, 나머지 하나는 개인 테라스용이었다. 쿠빌라이는 명함을 건네주고 가다가 어깨너머로 고개를 돌리더니 큰 소리로 말했다.

"도움이 필요하시면 그 번호로 전화하세요."

그러고 나서 쿠빌라이는 사라졌다.

유럽에서의 생활을 처음으로 시작하게 될 28제곱미터의 아파트에 우리만 남았다. 아파트는 자그마한 침실 하나, 소꿉놀이용 장난감처럼 작은 주방, 욕실, 우리 짐 때문에 발 디딜 틈이 없는 아주 좁은 거실로 구성되어 있었다. 모든 전기 기구와 가구와 창문이 완전 새 것이었다. 심지어 식기세척기까지 있었다. 놀랍도록 편리하게 갖춰진 공간이었다. 우리가 새로 시작한 생활 방식에서 주거지에 대한 기본 원칙은 체류 기간을 짧게 잡은 아파트에서는 배치나 안락함이 그리 중요하지 않다는 것이었다. 한 달 이상 지낼 계획인 아파트라면 돈이 더 들더라도 좀 더 넓은 장소를 찾겠지만, 이번처럼 일주일만 머물 때는 적당히 편안한 침대가 있는 조용하고 깨끗한 곳이면 충분했다.

우리는 아이폰의 손전등 어플리케이션의 불빛에 의지해서 바깥쪽으로 나가는 문의 까다로운 자물쇠를 열어야 했다. 문을 열고 보니 커다란 테라스에 흉측한 플라스틱 의자들 위에 빨랫줄이 걸려 있었고, 갈매기의 분비물이 여기저기 보였다. 하지만 한쪽으로는 블루 모스크가, 반대쪽으로는 마르마라 해가 훤히 보이는 것만으로도 만족스러웠다. 가구 정도야 부족한들 어떠랴!

테라스로 나가면서 눈앞에 펼쳐진 풍경에 숨이 턱 막혔다. 우리는 사방을 둘러보면서 미식축구 선수들이 엔드존에 들어가 터치다운을 하고 춤을 출 때의 기분과 버금가는 기쁨을 느꼈다. 팀이 아주 좋은 아파트를 찾아낸 것이다. 나는 행복한 얼굴로 의기양양하게 웃는 팀의 모습을 바라보았다.

"오, 세상에나! 저기 좀 봐요, 여보."

블루 모스크 뒤로 밝은 보름달이 떠서 웅장한 첨탑 여섯 개의 윤곽을 드러내고 있었다.

"저 배들 좀 봐."

팀이 속삭였다. 위풍당당하게 앞으로 나아가는 대형 선박들에서 흘러나온 불빛이 빛났다. 공중에 기다란 목걸이처럼 드리워진 전구들이 보스포러스 해협 위로 이어진 우아한 다리들을 밝혀 주고 있었다.

"저쪽이 아시아야."

팀이 반대쪽의 반짝이는 불빛을 가리키며 말했다.

"팀, 그 많은 귀찮은 일과 스트레스와 불안을 겪은 가치가 있네요. 여기가 바로 우리가 바라던 곳이에요. 고마워요!"

우리는 짐도 풀지 않은 채 침대에 몸을 던졌다. 세 시간 후, 신경을

즐겁지 않으면 인생이 아니다

확 잡아끄는 소리가 우리 아파트 근처의 거리에서 들렸다. 기도 시간을 알리는 사람들이 스피커에 대고 아침 기도를 할 때가 됐다고 외치는 소리였다. 한 목소리는 멀리서 들리고, 다른 목소리는 가까이에서 들리더니 점차 그 수가 늘어나 사방에서 들렸다. 이슬람교의 예배인 살라트는 흥미롭고 매력적이며 아름다웠다. 우리는 침대에 누워 기도 소리를 들었다. 콧소리가 강하게 섞여 있었으며, 각자 다른 음으로 노래를 하지만 처음 접하는 우리의 귀에는 단조의 조화로운 음률로 들렸다. 이국적이며 흥분되면서도 이상하게 위안이 되는 소리였다. 하루에 다섯 번씩 예배를 드리는 게 사원의 첨탑에서 울려 퍼지는 소리처럼 당연하게 여겨질 정도였다. 실제로 점차 예배에 익숙해진 우리는 나중에는 예배가 열리고 있는지 알아채지도 못했다.

우리는 잠깐 자고 일어나서 부에노스아이레스에서 정했던 여행 첫날의 일과를 시작했다. 팀은 커피와 기본적인 아침 식사용 식품을 살 겸 가게에서 파는 물건도 살펴볼 겸해서 새벽에 본 길모퉁이에 있는 작은 가게로 뛰어갔고(아무래도 그 가게는 하루 종일 영업하는 듯했다), 그 사이에 나는 새로운 우리의 집을 자세히 살펴봤다. 아침에 본 풍경은 어젯밤에 본 풍경보다 더 아름다웠다. 한 방향으로 향한 고대의 빨간색 타일 지붕들 아래로 반짝이는 바다가 펼쳐져 있었다. 다른 쪽에는 블루 모스크의 물결 모양이 있는 양파 형태의 금색 꼭대기가 햇빛을 받아 빛나고 있었다. 아파트는 깔끔했고, 인터넷이 완벽하게 연결돼, 우리가 가장 중요하게 생각하는 두 가지를 충족시켰다.

잠시 후에 우리는 블루 모스크로 향하는 가로수가 늘어선 거리를 한가로이 걸었다. 이른 아침 햇살 아래 이미 문을 연 작은 상점들이 보였고, 여성들이 머리에 스카프를 두른 채 아이들을 학교에 데려다 주고 있었다. 또 야외 카페에는 차를 마시고 담배를 피우며 한담을 나누는 터키 남자들로 가득했다. 낮은 벽돌 건물들은 색감이 다르긴 했지만 뉴욕의 이스트 빌리지를 연상시켰다. 어디에서나 보석 모양의 직물이 보였다. 양탄자와 코트, 재킷, 양산, 가구에 빨간색과 황토색과 파란색과 초록색과 같은 풍성한 색감이 넘쳐났다.

우리는 커피의 진한 향기, 페이스트리를 굽는 냄새, 고기를 숯에 지글지글 굽는 냄새를 한껏 들이마셨다. 이런 먹음직스러운 향기들은 주변의 아파트들에서 나오기도 했지만, 대부분이 길거리의 작은 식당들과 카페들에서 퍼져 나왔다. 김이 나는 찻주전자와 찻잔, 페이스트리가 가득 쌓인 쟁반을 든 청년들이 거리를 뛰어다니며 아침 식사를 가게 주인들에게 배달했다. 무척 분주해 보였으며, 다들 기분이 좋아 보였다. 사람들이 크게 웃으며 여유롭게 잡담을 나누는 모습이 마치 서로를 즐겁게 해줄 시간이 넘쳐나는 것처럼 보였다. 알고 보니 그게 사실이었다.

우리가 만난 대다수 터키 사람들은 미국 정치의 안타까운 현실을 비롯해서 모든 주제를 놓고 우리와 활기찬 대화를 나눴다. 미국인들은 터키라고 하면 고대 유적과 청록색 바다와 아름다운 직물과 향신료와 첨탑과 궁전 정도를 떠올리지만, 사실 터키의 진정한 보물은 터키 사람들이었다. 터키 사람들은 다정하고 영리하며 사귐성이 좋고 재미가 있었다. 설사 그들이 우리와 말이 잘 통하지 않더라도 적어도 하루에 한 번은 우리를 정신없이 웃게 만들었다. 진정으로 대화를 나누려고 노력하면 언어 장벽은 별 문제가 되지 않는 법이다.

우리는 블루 모스크에서부터, 원래 비잔틴 제국의 대성당이었으나 현재 미술관으로 사용되는 하기아 소피아를 지나서, 400년 동안 오스만 제국 술탄들의 살았던 토프카프 궁전으로 이어지는 웅장한 공터로 들어갔다. 세 건축물 모두 위대한 건축물에 걸맞은 위엄 있는 자리인 높고 평평한 드넓은 광장에 세워져 있었다.

"세상에나! 팀, 내가 이곳을 무척 좋아하리라는 말을 당신이 몇 번이나 했는데도 이렇게 웅장한 곳일 거라고는 상상도 못했어요."

나는 모든 광경을 눈에 담으려고 사방을 빙빙 돌아보며 말했다.

"마음에 든다니, 기분이 좋네. 당신이 이렇게 좋아할 줄 알았어!"

팀이 환하게 웃었다. 사랑하는 사람에게 웅장한 도시를 보여주는 것은 삶의 커다란 기쁨 중 하나이며, 어쩌면 최고의 선물일 터였다.

블루 모스크의 입구에 다다르자, 여자들이 말없이 마루에 끌리는 긴 천을 내 허리에 두르더니 끝부분에 달린 벨크로^{일명 찍찍이—옮긴이}를 붙여 여몄다. 이슬람교도가 아닌 모든 여성은 사원에 들어갈 때 파란색 치마를 입어야 했다. 블루 모스크에 들어서는 사람들마다 저도 모르게 숨을 헉 들이쉬거나 한숨을 짓거나 "우와"라는 작은 탄성을 내뱉었다. 하늘을 향해 수백 미터나 치솟은 수백만 개의 모자이크 타일이 붙은 돔은 감탄사가 저절로 나오도록 만들었다. 스테인드글라스 창들을 통해 널따란 공간에 비추는 빛은 이 세상 것이 아닌 듯 신비로웠고, 한쪽에는 황금빛 제단이 있었다. 커다란 돔 주변에는 작은 돔 여러 개

터키의 진정한 보물은 터키 사람들이었다.
터키 사람들은 다정하고 영리하며
사귐성이 좋고 재미가 있었다.
설사 그들이 우리와 말이 잘 통하지 않더라도
적어도 하루에 한 번은 우리를 정신없이 웃게 만들었다.
진정으로 대화를 나누려고 노력하면
언어 장벽은 별 문제가 되지 않는 법이다.

즐겁지 않으면 인생이 아니다

가 있었고, 여행객의 입장이 금지된 곳에는 많은 터키 사람들이 무릎을 꿇고 기도를 드리고 있었다. 기도를 드리는 공간에는 파란색 꽃무늬가 있는 주홍색 카펫이 깔려 있었으며, 사람 키 높이의 거대한 나뭇가지 모양의 촛대에 꽂힌 초가 밝게 타오르고 있었다. 화려한 색감과 빛이 황홀할 정도였다. 나는 완전히 경외감에 사로잡혔다.

"그래, 당신 감상은 어때?"

팀은 내가 말문을 뗄 수 없을 만큼 감동받았다는 걸 알고 물었다. 나는 아무 말도 할 수 없었다. 그저 건축물 자체가 기적이었다.

얼이 빠질 정도로 감동스러운 경험을 하고 나니 자연스레 배가 고팠다. 우리는 그날 아침에 블루 모스크에 가는 길에 눈에 띄었던 호감이 가는 작은 식당을 선택했다. 우리는 바로 테이블로 안내됐다. 의자가 아주 편하고 주름 하나 없는 화려한 식탁보 위에 아름다운 도자기로 된 식기류가 펼쳐진 그곳에서 내가 먹어본 중에 최고의 식사를 했다. 대부분의 지중해 음식과 마찬가지로 터키 음식은 양고기와 생선과 견과류와 요구르트가 주가 되며 올리브 오일을 많이 사용한다. 이런 모든 재료가 테이블에 펼쳐졌으며, 하나같이 아름답게 장식돼 있었고 우아하게 서빙이 됐다. 나는 첫 코스로 나온 말린 민트와 레몬이 들어간 뜨거운 요구르트 수프가 무척 마음에 들었다. 그리고 코스의 최고봉은 뭐니 뭐니 해도 속에 호두를 채우고 겉에 정향 시럽을 듬뿍 뿌린 무화과 디저트였다.

작은 순간들이 모여
잊을 수 없는 추억을 만든다

　　　　　　　　우리는 이스탄불에서 지내는 매 순간이
무척 마음에 들었다. 부에노스아이레스에서의 경험과 달리, 우리 생
애 최고의 시간을 보냈으며, 집을 떠나 다른 나라를 모험하는 생활이
애초에 기대했던 대로 흘러가서 더욱 기뻤다. 흠, 어느 쌀쌀하고 흐린
날에 역사가 오래된 스파이스 마켓을 찾아가기로 결정했던 때를 제외
하면 거의 모든 순간이 천국 같았다.

　지도를 살펴보니 마켓이 그리 멀지 않아 걸어서 갈 만한 거리처럼
보였다. 그래서 늦은 오후였지만 길을 나섰다. 그런데 몇 블록을 걷고
나서 문득 길을 잃었음을 알아챘다. 사람들에게 물었지만 엉뚱한 방
향으로 가르쳐 주는 바람에 우리는 45분 동안 거리를 헤맸다. 갑자기
비가 내려서 택시도 잡을 수 없었고 결국 식당으로 들어가 음료수를
시키며 비를 피했다. 비가 그쳐 식당 여종업원에게 음료수 값을 낸 뒤
에 집을 찾아가는 이정표 역할을 해줄 블루 모스크로 가는 방향을 물
었다. 그런데 우리가 식사를 안 해서인지 여종업원은 어깨너머를 가
리키며 "바로 저기예요."라고 퉁명스럽게 말했다. 나는 불쾌한 기분

으로 식당을 나서며 화가 나서 말했다.

"저 여자가 거짓말을 하는 게 틀림없어요. 여기에서 집이 그렇게 가까울 리 없잖아요. 몇 킬로미터나 걸어왔는데 말이에요!"

팀은 어떻게든 길을 찾으려고 비에 젖어 눅눅해진 지도를 이리저리 돌려가며 살펴봤다.

"당신 말이 맞아. 그렇게 가깝다면 우리가 한 곳을 빙빙 돌았다는 말인데."

그러나 길모퉁이에 이르러 고개를 들자 갈매기가 끊임없이 빙글빙글 돌고 있는 금빛 첨탑이 바로 눈앞에 있었다. 여종업원이 거짓말을 한 게 아니었다. 우리는 축 처진 기분으로 미치광이처럼 큰 소리로 웃어대며 휘청거리며 길을 걸었다. 손님을 맞으러 가게 앞에 나와 있던 한 남자가 불퉁거리며 말했다.

"당신들, 취한 거요?"

지금도 우리는 둘 중 하나가 미친 듯이 웃으면 "당신, 취한 거예요?"라고 장난스럽게 말한다. 우리는 5분도 지나지 않아 아파트에 도착해서 흠뻑 젖은 청바지를 짜냈다.

그리고 다음 날, 드디어 스파이스 마켓을 찾아냈다. 식도락가들에게 스파이스 마켓은 성지나 마찬가지였다. 색감이 화려한 천막이 쳐진 시장 바로 옆에는 드넓은 묘목장이 있었다. 싱그러운 허브와 식용 꽃의 달콤한 향기가 사방에 가득했으며, 모퉁이를 돌자 넓은 장터가 나타났다. 샤프란, 가레, 머스터드, 바닐라, 대추 냄새가 뒤섞인 향이 아치 모양의 거대한 천장 아래로 맴돌고 있었고, 여기저기로 이어진 통로에 들어찬 수백 명의 사람들이 웅성거리는 소리와 상인들의 외침이 파도처럼 오르내렸다. 각 가판대마다 가루로 된 향신료가 수북이 쌓여 있었다.

만일 우리가 그날 오후의 유혹에 굴복했다면, 아마 짐 가방에서 향신료가 옷에 밴 자국이 평생 가도 지워지지 않을 만큼 마구잡이로 사들였을 것이다. 그러나 우리는 용케 유혹을 이겨냈다.

우리는 화려한 옷과 보석과 음식과 직물과 보물들을 파는 가판대가 4,000여 개나 늘어서 있는 그랜드 바자도 찾아냈다. 그랜드 바자는 스파이스 마켓보다도 오밀조밀하고 이국적이었으며, 모든 천장과 벽이 아름답고 정교한 타일로 뒤덮여 있었고, 높고 넓은 천장에는 커다란 깃발들이 달려 있었다. 다양한 색감과 직물과 수많은 사람들의 열기가 숨이 멎을 만큼 뜨거웠다. 물건들이 얼마나 많은지 이번에도 우리는 구매욕을 꼭꼭 누르느라 힘이 들었다.

이스탄불의 경이로운 기쁨은 그랜드 바자를 중심으로 블루 모스크의 반대편에 있는 하기아 소피아에서 절정에 달했다. 하기아 소피아의 거대한 돔 아래에는 기나긴 역사에 걸친 오스만 제국과 비잔틴 제국의 문화가 완벽하게 어우러져 있다. 이곳은 서기 363년부터 1453년까지 동방 정교회였으며, 이후 이슬람 사원이었다가 다시 1931년까지 로마 가톨릭 성당의 역할을 했다. 이어서 1935년에 미술관으로 바뀌었다. 우리는 40개의 유리창으로 들어온 찬란한 햇빛이 비추는 탁 트인 넓은 공간의 대리석 벽과 웅장한 돔을 입을 딱 벌리고 바라봤다. 이 건물은 무구한 세월과 수많은 지진을 견뎌냈으며, 수세기 동안

즐겁지 않으면 인생이 아니다

역사학자와 건축가와 기술자의 관심을 사로잡았다.

우리는 늘 장관을 보고 나면 배가 고파져서 점심 식사를 할 곳을 찾아나섰다. 건축학적으로 대단히 소중한 성지와 같은 하기아 소피아를 뒤로 하고 조금 걷자 여행자들이 밀집한 거리인 아크비이크 카데시가 나왔다. 이 길은 구시가지의 중심지를 가로지르며 좀 더 정비된 구역에 있는 포 시즌 호텔로 이어졌다. 포 시즌 호텔 앞에 선 경비원들은 출입자들을 신중하게 걸러냈으며, 우리처럼 그저 둘러보려는 서민들이 들어가지 못하게 막았다. 우리 같은 보통 사람들은 포 시즌 호텔 반대쪽 끝에 있는 동네에서 밤을 보내야 했다. 길가의 골목마다 들어선 카페에는 하루 종일 독일인과 미국인, 아시아인, 스칸디나비아 인을 비롯해서 각국에서 온 다양한 연령층의 여행자들이 북적였다. 밤이 무르익자 시끌벅적한 젊은이들은 커다란 셀프 서비스 통에서 맥주를 따라 마셨고 테이블마다 놓인 다채로운 색의 후카로 물 담배를 피우며 큰 소리로 웃고 떠들었다. 보통 팀과 나는 나이를 먹어가는 것에 다분히 만족하며 사는 편이다. 그런 우리조차 이스탄불에서는 술집 의자에 털썩 주저앉아 커다란 맥주 통을 주문하고는 스물다섯 살짜리 젊은이들과 이야기를 주고받으면서 웃고 떠들며 물 담배를 피우고 싶어질 지경이었다. 그러나 고작 10분 정도만 지나면 그런 분위기가 불편해질 게 뻔했다.

그래서 그저 우리는 실내외의 밝은 색 파라솔 밑에 작은 테이블들이 놓여 있는 평범한 식당에서 점심 식사를 했다. 이런 식당들은 모두 케밥과 밥, 가지·토마토 퓌레, 납작한 피타 빵, 꿀이 잔뜩 뿌려진 과

일과 페이스트리와 같은 디저트를 판매했다.

우리는 점심 식사를 마치고 바다로 이어진 길을 걸으며 몇 군데를 둘러봤다. 이스탄불 구시가지의 길가에는 작은 가게들이 늘어서 있었고, 가게 앞에 나와 선 상인들은 보통 사람은 상상도 못할 기발한 방법으로 호객 행위를 했다. 양탄자를 파는 한 남자는 나에게 다가오더니, "이봐요, 나한테 돈 좀 주고 가요."라고 말했고, 우리가 늘 걸어 다니는 길에서 본 한 남자는 "좋은 아침이에요. 두 분을 계속 기다리고 있었답니다."라고 말했다. 그들은 온순하되 끈질겨서 여행객들에게 아름다운 양탄자를 제법 팔았다.

우리는 잠시나마 그곳에서 사는 사람들이기에 사진과 추억을 제외한 무엇도 사들이지 않았지만, 물건들을 구경하고 적극적인 가게 주인들과 이야기를 주고받는 시간들을 즐겼다. 유명 관광지 주변이라서 가게가 없더라도 여행자들의 주머니를 가볍게 하는 상인들도 많았다. 의자에 앉아 공단 모자를 파는 남자는 머리끝부터 발끝까지 술탄의 옷을 제대로 차려 입고 있었다. 그 사람은 귓가에 휴대 전화를 대고 있는 점을 제외하면, 진짜 술탄처럼 보였다. 우리가 집을 떠나 세계 곳곳을 여행하고 싶던 이유는 바로 이처럼 흥미로운 광경을 접하는 순간들 때문이었다. 순식간에 그 모자 장수는 우리 삶에서 지울 수 없는 추억, 우리가 영원히 기억할 사람으로 자리 잡았다. 이런 사소한 감동들이 모여서 마법 같은 세상을 이룬다.

즐겁지 않으면 인생이 아니다

우리가 집을 떠나 세계 곳곳을
여행하고 싶던 이유는
바로 이처럼 흥미로운 광경을 접하는
순간들 때문이었다.
이런 사소한 감동들이 모여서
마법 같은 세상을 이룬다.

서로에 대한 믿음만큼
중요한 건 없다

이스탄불에서의 마지막 날이 되자 떠날 준비를 하느라 법석을 떨었다. 이스탄불에서 구경하고 싶은 곳이 몇 군데 남아 있긴 했지만, 다음 날 아침 일찍 비행기를 타고 터키의 중심 도시인 이즈미르로 갈 참이라 얼마 전부터 단계적으로 짐을 싸 놓았다. 팀은 아파트 문을 열고 테라스로 나가 거대한 유람선이 바다를 향해 나아가는 모습을 바라봤다. 나는 늘 팀보다 늦게 준비를 끝내는 편이어서, 서둘러 핸드백을 집어 들고 아파트 문을 닫았다.

"준비 끝이에요. 점심은 어디에서 먹을까요?"

"전에 요구르트 수프를 먹었던 그 맛있는 식당으로 갑시다. 잠깐만 기다려요. 다른 안경을 챙겨가는 게 좋겠어."

팀은 복도로 나오더니 아파트 문의 손잡이를 돌렸다.

"문이 잠겼네. 열쇠 좀 줘 봐요."

"열쇠 없는데요."

"열쇠도 없이 어떻게 문을 잠갔는데?"

"그냥 꼭 닫기만 했는데 저절로 잠겼나 봐요."

즐겁지 않으면 인생이 아니다 ⸻⸻

"아이고 맙소사."

팀은 천천히 몸을 돌리더니 계단과 연결된 다른 문의 손잡이를 잡았다. 그 문도 잠겨 있었다. 우리 둘 다 오전 내내 아파트 밖을 나가지 않았으니, 계단 쪽 문도 열려 있을 리가 없었다. 우리는 오도 가도 못하고 문 밖에 갇혔다.

팀이 다소 날카롭게 말했다.

"대체 왜 문을 닫은 거야? 잠시 바깥 경치를 구경하러 나왔을 뿐인데, 나는 아직 나갈 준비를 끝내지 못했단 말이야."

나도 쏘아붙였다.

"흠, 아저씨! 당신이 아까 문 밖으로 나갈 때 가방을 들고 있었거든요. 나는 당신이 외출할 준비가 다 됐고 늘 그렇듯이 열쇠를 챙긴 줄 알았단 말이에요."

우리는 문에서 멀찍이 떨어진 채 냉랭한 침묵을 지키며 해결 방법을 찾느라 고심했다. 때는 태양이 강렬한 정오였고 햇빛을 가려줄 게 거의 없는 3층 테라스에는 마실 것이라고는 바닥이 거의 보이는 작은 생수 한 병뿐이었다. 우리는 건물 덕에 생긴 좁은 그늘 쪽으로 플라스틱 의자를 옮겨 앉았다. 먼저 내가 말문을 열었다.

"내 아이폰으로 집주인한테 이메일을 보내서 도와 달라고 할게요."

"좋은 생각이야."

이제 차분해진 팀이 윽박질렀던 것을 사과하는 표정으로 나를 바라봤다.

이메일을 보낸 후에 우리는 기다렸다. 하지만 답장은 오지 않았다.

우리는 아래에 있는 가게를 향해 도와 달라고 소리를 칠까도 생각해 봤다. 그러나 영어를 모르는 가게 사람들에게 우리 사정을 제대로 설명하지 못할 게 뻔했다. 게다가 옥상에서 바보처럼 소리를 지르기가 창피해서 조금 더 기다리기로 했다. 침묵 속에서 15분 정도가 지난 후, 우리 둘 다 뜨거운 태양을 피하려고 슬금슬금 뒤로 물린 의자가 벽에 한 치의 틈도 없이 딱 붙게 됐을 때 팀이 말했다.

"이봐, 당신 전화에 스카이프가 깔려 있잖아. 집주인한테 전화해 보지 그래."

집주인은 바로 전화를 받았다. 우리가 처한 곤란을 이야기하자 집주인은 최대한 빨리 쿠빌라이와 자물쇠 수리공을 올려 보냈다. 우리가 실수했으니 수리비를 내겠다고 했지만, 집주인은 못 들은 걸로 치겠다고 말했다. 집주인이 전에도 이런 일이 있었다고 말하자, 창피한 마음이 조금은 줄어들었다.

이윽고 아파트로 들어간 우리는 팀의 안경을 챙기고 물을 벌컥벌컥 마셨다. 주방에서 물컵을 헹구고 있는데, 팀이 거실에서 욕을 내뱉는 소리가 들렸다.

"무슨 일이에요?"

팀이 잔뜩 기가 죽어 나를 바라봤다.

"당신에게 사과하고 싶어. 완전히 얼간이가 된 기분이네. 내 가방에서 뭘 찾았나 봐봐."

그의 손가락에 아파트 열쇠가 달랑거리고 있었다.

우리는 폭소를 터뜨렸다.

"아무한테도 말하지 않을게요."

나는 팀에게 말했고, 지금 이 순간까지는 그 약속을 지켰다.

다음 날 아침, 내가 현지에서 만난 친구들과 작별인사를 하느라 분주한 사이에 팀이 어제 그 소란을 피웠던 테라스에 서서 나를 불렀다. 쿠빌라이가 와서 우리를 기다리고 있었던 것이다. 얼마 지나지 않아서 우리가 탄 자동차는 에게 해에 있는 휴양 도시인 쿠샤다시 행 비행기를 탈 공항을 향해 달렸다.

쿠샤다시는 고대 세계의 7대 불가사의 중 하나인 아르테미스 신전이 있는 에페소스에서 단 몇 킬로미터 거리에 있었다. 전날 밤에 대화를 나눌 때, 뭐든지 잊는 법이 없는 팀은 에페소스가 원래 물 위에 있었지만 인접한 강의 흐름에 따라 서서히 항구에 모래가 쌓이면서 수 세기에 걸쳐 내륙으로 이동했다고 설명했다.

이처럼 터키에서 맞는 두 번째 주는 우리의 일상적인 여행 계획과 달리 길에서 시작됐다. 팀은 에페소스에서 몇 가지 유물을 둘러보고 싶어 했는데, 우리는 그곳에 며칠 동안만 머물 생각이라 아파트를 임대하는 것보다는 호텔에 묵는 게 훨씬 실용적이라고 의견을 모았다. 우리는 웅장한 디디마의 아폴로 신전에 가기 전에, 마르마리스로 가서 에게 해 근처에서 며칠 동안 놀고먹으면서 즐겁게 보내기로 했다. 그렇게 에게 해에서 햇볕에 선탠을 하며 휴식을 취한 후 다음 예정지인 파리로 가면 딱이지 싶었다.

이즈미르에 도착한 우리는 차를 몰고 쿠샤다시를 향해 출발했다.

"팀, 여기 좀 봐요."

팀이 조랑말이 끄는 마차를 교묘히 피한 데 이어 맞은편에서 오는 여행객들을 가득 실은 버스와 부딪히지 않으려고 방향을 홱 틀며 운전을 하는 와중에, 내가 큰 소리로 외쳤다.

"이곳 시골 풍경은 캘리포니아 중부와 비슷해요!"

나는 미국에서 가져온 GPS인 빅토리아를 조작하고 있었다. 빅토리아는 터키에서의 첫 활동을 앞두고 데이터를 분주하게 다운받고 있었다. 빅토리아는 우리가 실수를 저지르더라도 간단하게 경로를 바꾸어 목적지에 빠르게 도달하는 방법을 알려주므로, 우리는 빅토리아를 완전히 애지중지했다.

농경지가 완만하게 경사진 언덕에 드문드문 보였고, 바짝 마른 옅은 황토색 풀과 우거진 나무의 풍경이 무척 친숙했다. 계곡을 중심으로 오른쪽과 왼쪽에 낮은 산맥이 이어져 있었고, 두 산맥 사이에 파릇파릇한 수풀이 우거진 비옥한 토지가 자리 잡고 있었다. 잠시 뒤에 우리는 산맥 기슭의 작은 언덕에 도달해 비탈길을 올라가기 시작했다. 항상 나는 자동차가 정상을 향해 올라가면 심장이 떨리다가도 갑자기 멀리 하늘과 맞닿은 바다가 딱 나타나면 나도 모르게 숨을 죽였다. 캘리포니아의 태평양 연안에서 수십 년을 살았는데도 나는 아직도 정상에서 내려다보이는 바다의 풍경에 넋을 잃었다.

나는 아름다운 경치에 연달아 큰 소리로 감탄했지만, 가여운 팀은 운전을 하느라고 경치에 시선을 돌릴 여유가 없었다. 그래서 가능하면 밖으로 표현하지 않으려 노력했지만, 때로 나도 모르게 감탄이 터져 나왔다.

나는 시력이 좋지 않다. 그래서 거리감을 판별하는 능력도 떨어진다. 대신에 빅토리아를 효율적으로 활용할 줄 아는 괜찮은 길 안내자였다. 따라서 팀과 나와 빅토리아가 협력하면 운전상의 어떤 문제라도 별 어려움 없이 해결했다.

움푹 파인 육지 쪽으로 청록색 바다가 파고들어 와 있는 쿠샤다시의 풍경을 팀이 내려다볼 수 있도록 잠시 차를 세우기로 했다. 해변 도로 주변에는 콘도미니엄과 호텔과 식당이 빽빽이 들어서 있었고, 부두에 정착해 있는 거대한 유람선들이 드문드문 보였다. 양탄자 판매점, 관광객을 상대하는 싸구려 기념품점, 편의점, 아름답고 값비싼 요트가 가득 들어선 정박지가 도시 여기저기에 흩어져 있었다. 다시 자동차에 올라 서행하는 사이에 빅토리아는 직진하라고 충고했고, 나는 예약된 호텔을 찾느라 목을 길게 빼고 두리번거렸다. 팀은 해변에서 신나는 시간을 보낸 뒤 슬리퍼를 신고 돌아가는 관광객들을 치지 않으려고 신경을 곤두세우는 동시에 도로에 가득한 많은 승용차와 버스와 자전거와 씨름하느라 정신이 없었다.

혼잡하고 기나긴 도로의 끝에 거의 다다르자 종착지인 카라반세라일 호텔이 보였다. 그 호텔은 1648년에 오스만 제국의 술탄이 그 지역을 지나가는 지배자들과 수행원들을 대접할 목적으로 지은 첨탑이 달린 커다란 직사각형 모양의 건물이었다. 대로 주변의 현대식 건물과 완전히 딴판인 호텔 건물은 구시가지의 번화한 시장으로 가는 길목에 세워져 있었다.

수년 전에 그 호텔에 묵은 적이 있었던 팀은 내가 터키 전통 의상을 입은 종업원들이 정찬용 테이블을 차리고 있는 넓은 안뜰을 보며 흥분을 감추지 못하자 무척 흐뭇해했다. 남자 두 명이 작은 나무에서 시든 이파리들을 조심스레 떼어내고 있었고, 2층에 있는 넓은 베란다에는 작은 테이블들과 의자들이 놓여 있었으며, 활짝 핀 부겐빌레아 덤불이 역사 깊은 벽을 타고 내려와 있었다. 완벽했다! 이제부터 우리는 술탄의 궁전에 있는 방에서 편하게 지내면 될 터였다. 비록 단 3일 동안이라지만, 그게 어디인가!

　그날 밤에 우리는 오래전 향신료 무역상들이 머물렀던 낭만적이고 신비로운 공간인 안뜰에서 촛불을 밝히고 저녁 식사를 즐겼다. 화사한 제라늄이 심어진 커다란 화분들이 늘어선 돌계단을 올라가면 모자이크 타일로 장식되고 몰딩을 두른 천장이 높다란, 우리가 묵을 방이 나왔다. 우리는 수천 명의 입주자들이 500년 동안 이 공간에서 생활했던 방식을 상상해 보려고 노력했으며, 그들의 이야기를 들을 수 있으면 얼마나 좋을지 생각했다. 이곳은 화려한 현대식 호텔은 아니었다. 그래서 오히려 더 감사했다.

용기 있는 도전이
즐거운 인생을 만든다

어느 날 오전, 여행자를 상대로 하는 여러 기념품점(그중에서 '델 보이, 유명 모조 시계점'은 우리 부부가 인정한 최고로 재미있고 정직하기까지 한 상점이다)을 둘러본 뒤에, 나는 우리 객실 밖에 있는 석재 베란다에 놓인 자그마한 테이블에 앉아 있었다. 대서양을 횡단한 유람선 여행담을 마무리해서 블로그에 게시할 때까지 컴퓨터 작업을 하자고 마음먹었다. 내가 가장 좋아했던 부분(물론 음식)을 쓰려는데, 익숙한 딸그락 소리가 들렸다. 잠시 후 다시 딸그락 소리가 들리더니 낮은 웃음소리가 뒤따랐다. 나는 실크로 짠 아름다운 터키 카펫이 드리워진 2층 난간 너머로 내려다봤다. 호텔 주인인 알리가 한 남자와 주사위 놀이를 하고 있었는데, 손이 어찌나 빠른지 내 눈으로는 움직임을 전혀 따라가지 못할 정도였다.

참고로 말하자면, 나는 주사위 놀이를 무척 좋아한다. 그래서 나는 블로그 게시 글과 주사위 놀이 사이에서 잠시 고민을 한 끝에(내가 이겼다), 널따란 돌계단을 내려가 테이블로 다가섰다. 그리고 주사위 놀이의 광팬이라고 설명한 뒤에 구경해도 되는지 정중하게 물었다. 두 사람은 공손하게 허락하더니 옆에 와서 앉으라고 손짓을 했다. 이후 45분 동안 말로 다 못할 정도로 즐거웠다. 두 사람 모두 전문가였고, 오랜 세월 우정을 이어오는 동안 주사위 놀이를 수만 번 이상 한 게 분명했다.

그들은 이제껏 본 중에 가장 작은 주사위 한 쌍을 분간할 수 없을 만큼 빠른 속도로 앞뒤로 굴렸다. 나는 엄두도 못 낼 혹은 아예 생각도 해본 적이 없는 아슬아슬한 솜씨였다. 한참을 구경하던 나는 쓰던 글을 마무리하지 않고 내려왔다는 양심의 가책 때문에 어쩔 수 없이 터벅터벅 위층으로 되돌아왔다.

그런데 몇 분 후, 호텔 주인이 옆구리에 주사위 판을 끼고 나에게 찾아왔다. 나는 불안한 마음이 들기 시작했다.

'이를 어쩐담. 나랑 주사위 놀이를 하려고 하나 봐. 완전히 창피당하게 생겼네.'

나는 수십 년 전부터 주사위 놀이를 했고, 운이 좋아 자주 이기기도 했다. 그러나 호텔 주인의 실력은 나와 완전히 차원이 달랐다. 호텔 주인은 주사위 판을 내밀었다.

"저희 호텔에서 드리는 선물입니다. 그토록 주사위 놀이에 열성적인 사람은 제대로 된 주사위 판을 가질 자격이 있지요."

순간 나는 말문이 막혔다. 잠시 후 정신을 차린 나는 최고로 기분좋고 멋진 선물이라고 말하며 진심으로 감사의 인사를 전했다. 우리는 짐을 최소로 줄여 가볍게 여행을 다니지만, 카라반세라일 호텔에서 선물받은 주사위 판은 무슨 수를 써서라도 가방에 챙겨야 할 소중

즐겁지 않으면 인생이 아니다 ─────

한 선물이 되었다. 예상치 못했던 호텔 주인의 배려 덕에 터키 사람들에 대한 우리의 애정이 더욱 강해졌으며, 여행객에 대한 그들의 관대함을 또다시 확인하게 됐다.

우리는 건물 중심에 있는 뜰을 드나들 때마다, 호텔 건물 아래 눈에 띄지 않는 곳에 있는 가게에 관심이 갔다. 시장에 있는 다른 가게들이 물건을 높이 쌓아놓고 적극적인 판매원들을 내세워 큰 소리로 여행자들의 관심을 서로 차지하려고 앞다퉈 경쟁하는 것과 달리, 타이펀 카야의 가게는 사려 깊고 고상했다. 알고 보니 호텔에 호화로운 느낌을 더해 주는 양탄자는 모두 그 가게의 제품이었다. 양탄자와 함께 비싸고 우아한 보석류도 판매했다. 타이펀과 몇 번 이야기를 나눠 보니 교양 있고 성실한 사람이었으며, 영어를 아주 잘했다.

어느 날, 가게 앞을 지나가다 보니 타이펀 카야가 누에에서 실을 뽑아 인기 있는 실크 제품을 만드는 과정을 한 무리의 여행자들에게 설명하고 있었다. 타이펀이 설명을 끝내고 나자 우리는 예정보다 체류 기간을 늘리기 위해 쿠샤다시로 돌아갈 예정이라고 말했다. 그리고 내일 쿠샤다시를 떠나는데 다음에 꼭 다시 와서 이번보다 오랫동안 체류하고 싶은데, 아파트 임대 가격을 알아보니 너무 비싼 것 같으며, 각 지역의 실제 부동산 시세나 생활 환경에 대해 아는 바가 없다고 이야기했다. 타이펀이 굵직한 목소리로 말했다.

"이리 오세요, 친구분들. 내 사무실로 들어가서 한번 알아봅시다."

먼저 타이펀은 숨이 막힐 정도로 아름다운 십대 딸 두 명과 뉴욕의 모델처럼 생긴 부인과 함께 찍은 가족사진을 여러 장 보여줬다.

이어서 컴퓨터 키보드를 잠시 두드리더니, 영어로 된 여러 사이트들에 나온 가격의 절반에 아주 좋은 아파트와 콘도미니엄을 소개하는 터키의 한 웹사이트를 찾아냈다. 타이펀은 다음에 우리가 다시 들르면 적당한 집을 찾아봐 주겠다고 약속했다. 그 정도 임대료라면 언젠가 다시 쿠샤다시로 여행을 와 오랫동안 지낼 수 있을 터였다. 이러니 우리가 좋아하는 사람 목록에서 터키 사람들의 순위가 계속 올라갈 수밖에 없었다.

다음 날, 우리가 호텔을 막 떠나려던 참에 타이펀이 로비를 가로질러 우리에게 다가왔다.

"아이쿠, 타이펀, 바쁘신데 시간을 너무 뺏는 것 같아서 죄송하네요. 당신 가게에서 양탄자를 사가고 싶은데, 아시다시피 지금 우리는 양탄자를 깔 방 하나 없어서요."

걸음을 멈춘 타이펀이 껄껄 웃었다.

"이런, 농담하세요? 두 분께는 양탄자를 한 장도 팔 생각이 없답니다. 저희 가게는 순전히 관광객들만을 상대로 양탄자를 파는 곳이니까요."

우리는 타이펀의 농담에 키득거리며, 마르마리스로 향했다. 우리 둘 사이에 연애 감정이 다시 불붙었을 때부터 팀이 끊임없이 이야기하던 마법의 장소라 한시라도 빨리 가고 싶은 마음이 간절했다.

"여보, 마르마리스는 우리가 파리로 가기 전에 며칠 동안 쉬기에 완벽한 곳이야. 그냥 하는 말이 아니라, 만▨이 아주 대단해. 두 개의 산맥이 에게 해에서 만나는데, 정말 장관이야!"

즐겁지 않으면 인생이 아니다

팀은 마르마리스에 대해 말할 때마다 극찬을 했다.

"나는 그 호텔이 무척 마음에 들어. 기가 막히게 멋진 곳이지. 숲이 바다로 이어지는 아름다운 배경, 근사한 객실, 맛있는 음식, 좋은 서비스! 게다가 싸기까지 하다니까! 파리의 물가가 엄청나게 높을 게 분명하니까, 그 호텔의 저렴한 가격이 더욱 큰 장점이지. 우리 둘 다 그곳에서 아주 즐거운 시간을 보내게 될 거야. 여유롭게 책을 읽거나 수영을 할 수 있고 극진한 대접을 받게 될 거야. 조용하고 평화로워. 이스라엘 사람들이 자주 찾는 곳이라니, 모든 게 1등급이라는 점은 두말할 필요가 없지. 음식도 아주 맛있어. 분명히 당신 마음에도 쏙 들거야."

팀은 그 호텔에 워낙 깊이 빠져 있었던지라 자기도 모르게 한 이야기를 하고 또 했다. 나 역시 여러 번 들었지만 매번 처음 듣는 척하며 열성적으로 대답했다.

호텔 건물과 환경은 광고에 나온 그대로였다. 아주 멋졌다. 우리 짐을 날라준 벨보이는 산뜻한 유니폼 차림이었으며, 안내 데스크 직원은 일처리가 유능했고, 우리에게 필요한 조언을 해주었다. 그리고 호텔의 널따란 로비와 바는 인상적인 설계에 안락한 가구가 적재적소에 배치돼 있었다. 딱 보기에도 훌륭한 호텔이었고, 이곳에서의 숙박이 안락할 터였다.

벨보이는 골프 카트에 우리를 태우고 양 옆으로 나무가 길게 늘어선 자갈길을 운전해 우리 객실로 데려다줬다. 우리가 묵기로 한 곳은 멋들어진 외관에 발코니가 달린 4세대용의 귀여운 주택 형태로 마음에 쏙 들었다. 정말이지 완벽했다. 팀은 자신의 탁월한 선택에 어깨가 으쓱했다.

객실로 들어간 우리는 일단 발코니로 나가 마치 사진 속 한 장면 같은 탁 트인 경치를 둘러봤다. 그때 어디에선가 붐 소리가 나더니, 다시 붐–붐에 이어서, 추카–추카–붐 하는 소리가 났다. 이 소리는 붐–추카–붐–추카–붐–붐–붐 안정적인 음으로 이어졌다. 유로 트래시 음악은 이 호텔에서 묵은 4일이라는 긴 시간 동안 점차 우리 부부에게 일종의 친구처럼 익숙해졌다.

우리는 거의 하루 종일 호텔 밖으로 피난을 나가 있다가 아무 곳에서나 저녁을 먹고 돌아와 밤이 되면 객실의 에어컨 소리로 붐–추카–추카–붐 소리를 가리려고 노력했다. 그렇다고 해서 햇살을 즐기거나 멋진 풍경을 감상하거나 저녁 식사로 맛있는 해산물을 먹지 못한 것은 아니다. 추가 비용이 들기는 했지만 말이다. 어쨌든 여행객들로 시끌벅적한 호텔에서 멀어지고 싶었기 때문에 추가 비용을 들일 가치는 충분했다.

마지막 날 밤은 터키에 작별을 고하는 시간을 가졌다. 우리는 저녁 식사를 하면서 터키에서 만난 새로운 친구들과 그동안 둘러봤던 경이로운 고대 문물들을 위해 건배를 했다. 우리는 터키에서 대단히 풍성한 경험을 했다.

그날 밤 나는 생각했다. 비록 터키에 머무는 동안 폭풍우와 형편없는 호텔 때문에 고생하기는 했지만, 앞으로 하게 될 여행이 터키에서처럼만 즐겁고 흥미진진하다면 집을 떠나 세계 곳곳을 돌아다니기로

즐겁지 않으면 인생이 아니다

한 결정을 결코 후회하지 않을 거라는 걸.

어쨌든 지금도 나는 붐—추카—추카—붐—붐 소리가 떠오르면 빙그레 웃음이 나온다. 애초에 우리가 여행에 나서며 원했던 것은 도전을 받아들이고 과감하게 모험해 보자는 것이 아니던가!

07 노인이라는 말보다
어른이라는 말이
더 좋다.

_프랑스

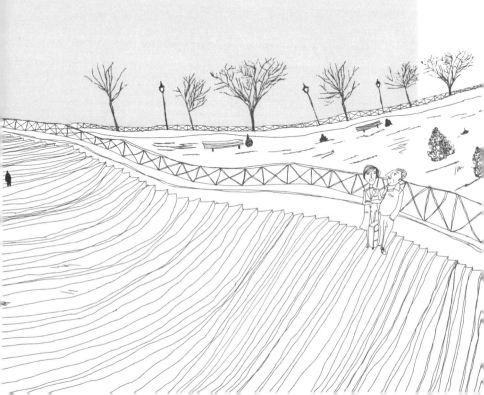

나이에 얽매이지 말고
파리지앵처럼

       길 건너편에 사는 여자가 발코니 창가 화단에 있는 선홍색 제라늄을 손질하려고 광택이 흐르는 프렌치 도어를 열었다. 창가 화단에는 푸른색과 흰색의 풍성한 꽃송이들이 3층에서부터 인도를 향해 흐드러지게 늘어져 있었다. 그 부인이 사는 세련된 석조 연립주택은 건축 관련 잡지에 실린 사진 속 건물처럼 멋졌다. 그 부인 역시 흠 잡을 데 없이 완벽했다. 진주 귀걸이가 옅은 베이지색 캐시미어 스웨터와 잘 어울렸고, 그 스웨터는 완전히 하얗게 센 머리카락과 멋지게 어울렸다.

    나는 그녀가 싫었다. 그녀가 잘못한 것은 없었다. 나는 단 한 달만 파리에 머무르는데, 그녀는 파리에 내내 살기 때문에 질투가 났을 뿐이었다. 내가 그녀를 바라보고 있는데, 마침 밖에 나갔던 팀이 들어왔다. 팀의 얼굴에 미소가 떠올랐다.

  "뭐가 그렇게 재미있어요?"

  "아, 주변을 거의 다 둘러봤거든. 이제 옷을 사러 가야겠어."

  "무슨 소리예요?"

156   즐겁지 않으면 인생이 아니다 ─────

팀의 뇌는 대다수 사람들보다 훨씬 빠르게 돌아가기 때문에 가끔 그의 사고체계를 따라가기가 힘들었다. 나는 그런 점을 팀의 매력 중 하나라고 생각한다……. 적어도 거의 대부분의 시간은 말이다.

"근방의 지리를 파악하려고 요 밑 모퉁이에 내려갔다 왔거든. 거기에서 햇살이 내려쬐는 벤치에 앉아 있는 키가 크고 멋진 흑인 한 명을 봤는데 황금색 카프탄_{아랍 국가 남자들이 허리에 벨트를 매고 입는 소매가 길고 헐렁한 옷―옮긴이}을 입고 거기에 어울리는 페즈_{이슬람 국가에서 남자들이 쓰는 챙이 없는 빨간 모자―옮긴이}를 쓰고 있더라고."

"그래서요? 그런 차림의 아프리카계 사람들이야 많잖아요."

"그런 사람들 중에《월 스트리트 저널》같은 보수적인 신문을 읽는 사람은 없을걸. 벤치에 앉아 있는 그 남자를 보니, 진짜 파리식이라는 생각이 들더라고!"

그처럼 화려하게 차려 입은 남자가 그처럼 보수적인 신문을 읽고 있는 별난 조합이 그제야 머리를 스쳐 지나갔다. 나와 팀은 서로를 바라보며 커다란 웃음을 터뜨렸다. 우리가 겨우 웃음을 가라앉혔을 때 팀이 다시 말했다.

"쇼핑을 하러 가야겠어. 지금 내 스타일은 파리 스타일에 비하면 너무 점잖단 말이야. 뭐든지 파리에서 유행하는 옷을 살 거야."

잠시 후, 우리는 꽃무늬가 그려진 파스텔색의 남성용 스카프를 찾아냈다. '저항 만세*Viva La Resistance*'라고 적힌 티셔츠를 입고 이전 가게에서 산 베레모를 쓴 팀이 그 꽃무늬 스카프를 두르고 태평스럽게 목 뒤로 넘기자 정말 프랑스 사람처럼 보였다.

기꺼이 자존심을
버리는 용기

　　　바로 전날 파리에 도착한 우리는 아파트 주인인 앤디가 문을 열며 우리를 맞이하는 순간, 이곳에서 행복한 시간을 보낼 거라는 걸 직감했다. 자그마한 체구에 예쁘고 원기 왕성한 앤디는 브루클린 출신으로 영어 학원을 운영하고 있으며, 파리에서 35년 동안 살았다. 매력적이고 유쾌하며 활기찬 앤디는 우리를 아주 잘 챙겨줬다. 우리는 앤디를 보자마자 우리와 아주 좋은 친구가 될 운명임을 느꼈다.

　우리가 빌린 방 하나짜리 아파트는 작았지만, 아주 깔끔하고 멋지게 장식돼 있었다. 인터넷 연결이 아주 잘됐고(만세!), 커다란 창들 덕에 침실과 주방에 환하게 빛이 들어왔다. 길 건너에 있는 우아한 캐시미어 니트를 입은 여자의 아름다운 집 옆에는 현대적인 감각이 그다지 조화롭지 않게 가미된 전통적인 프랑스식 3층짜리 집이 있었다. 앤디의 말에 따르면, 그 집 주인이 유명한 아방가르드 건축가에게 설득당해서 집 전체에 상자 모양의 통유리를 설치하기로 했단다. 조금 이상하지만 멋진 건축물이었다. 우리는 그것을 볼 때마다 설계자의 의도가 무엇이었을지 궁금했다. 그리고 그 집에 사는 사람들이 들어오고 나가는 모습을 지켜볼 때마다 요란하게 이야기꽃을 피웠다. 그 집에 사는 프랑스인 가족은 다들 영화배우처럼 인물이 좋았고, 커다란 차를 여러 대 가지고 있었는데, 믿을 수 없을 만큼 집이 늘 지저분했다. 우리는 어쩌다 보니 이번에도 역시 부에노스아이레스에서처럼 다른 사람들이 생활하는 모습을 구경하게 됐다.

많은 프랑스인이 영어를 할 줄 알지만, 일부 사람들은 영어를 쓰지 않으려 하기 때문에 우리는 "미안하지만 나는 프랑스어를 못합니다*Pardonnez-moi, Je ne parle pas français*."라는 말을 배웠다. 잘 모른다는 사과와 함께 진심어린 미소를 지으면 사람들은 자연스럽게 경계심을 풀었다. 상대방도 프랑스어를 모르는 우리에게 공감어린 미소를 보이며 영어나 혹은 만국의 언어인 몸짓으로 우리와 대화하려고 진정으로 노력했다.

첫날에 앤디가 계속 연락하자는 약속을 하고 간 뒤에, 우리는 한 블록 정도의 거리를 슬슬 걸으며 첫 여행지에 갈 때마다 하는 일과를 시작했다. 모든 식당 밖에 게시된 메뉴를 읽었고, 음식 종류가 무척 다양해서 선택할 수 있는 여지가 많아 기뻤다. 또 보석 가게의 보석처럼 고급스럽고 정교하게 장식된 초콜릿이나 페이스트리가 진열된 가게들의 창을 들여다보며 군침을 흘리기도 했다. 그리고 세계적인 슈퍼마켓 체인인 까르푸의 지점을 발견했고, 괜찮은 약국도 몇 군데 찾아냈다. 마지막으로 지하철역의 위치도 확인했다. 파리에서 살 만반의 준비를 끝낸 것이다.

파리는 워낙 유혹거리가 많아서 우리가 늘 처음 여행지에 도착할 때 반복하는 일과를 실천하기가 그리 쉽지는 않았다. 하지만 정해 놓은 규칙을 지켜야 낯선 곳에서 생활하기가 훨씬 수월하다는 걸 우리는 알고 있었다. 다음 날 아침, 우리는 마음으로야 당장 샹젤리제로 달려가거나 뤽상부르 공원을 거닐고 싶었지만, 일단 짐부터 풀고 주방에 음식을 제대로 채워 놓기로 했다.

그날 우리는 길을 걷다가 팀이 첫날 언급했던 아프리카인 친구를 지나쳤으며, 나는 단박에 팀이 했던 말의 의미를 이해했다. 선홍색 옷을 입고 《월 스트리트 저널》 최신판을 쥔 채 길거리를 어슬렁거리며 걸어가는 그 친구는 상당히 당당하고 우아해 보였다. 내가 키득거리면 그 친구가 오해할 수도 있어서 나는 예의범절을 지키려고 노력했다. 나는 그 사람을 비웃은 게 아니라 오히려 그의 손에 들린 단조로운 색깔에 초라해 보이는 신문에 웃음이 나왔던 것이다. 아름다운 실크 바지와 길게 늘어뜨려진 상의에다가 옷에 잘 어울리는 페즈는 누구도 범접할 수 없는 위엄을 과시했고, 페즈 덕분인지 그의 키는 2미터가 훨씬 넘어 보였다.

먼저 우리는 장을 볼 때 끌고 다닐 수 있도록 바퀴가 두 개 달린 방수가 되는 실용적인 시장바구니용 카트를 샀다. 아르헨티나에서 사서 쓰다가 남겨두고 온 초록색 카트와 같은 모양이었다. 이제 우리는 어디로 여행을 가든지 시장바구니용 카트를 하나 사서 쓰다가 그곳을 떠날 때 남겨 두고 온다. 그러니 카트는 피렌체에서부터 멕시코에 이르기까지 우리의 행적을 보여준다고 할 수 있다. 할머니처럼 보이는 걸 괘념치 않는다면 시장바구니용 카트야말로 대도시에서 살 때 필수품이다. 나는 카트 덕분에 별난 깨달음을 얻었다. 그 깨달음은 일정한 거주지 없이 외국의 도시를 돌아다니면서 사는 시간이 길어질수록 어리숙하거나 촌스러워 보이는 것에 덜 신경을 쓰게 된다는 것이다. 여행을 다니면서 우리의 자존심은 갈수록 낮아졌다.

나이가 많은 사람일수록 힘에 겨운 상황에 처하면 훨씬 벅차한다. 특히 자신은 어쩔 줄 몰라서 허둥대고 있는데, 주변 사람들은 무엇을 할지 정확하게 알고 있을 때 더욱 그렇다. 이미 노인(나는 노인보다 '어른'이라는 말이 더 좋다)인 우리 부부는 항상 스스로가 하는 일을 잘 알고 있다고 생각한다. 그러나 사실은 그렇지 않다. 이를테면 파리에서의 둘째 날에 우리는 처음으로 지하철 표를 사면서 끔찍하게 고생했다. 승차권 발매기가 우리의 신용카드를 인식하지 못했고, 그래서 유로화를 집어넣었지만 그 돈도 자꾸 반환됐다. 우리 뒤에 서 있던 사람들이 특유의 프랑스 방식으로 짜증난다는 티를 냈다. 우리 뒤에 바짝 붙어 작게 한숨을 내쉬며 발바닥을 탁탁 치는 방식으로 서두르라고 표현했던 것이다. 결국 역무원이 부스로 우리를 불러서 직접 표를 팔았다. 우리는 또다시 창피를 당하느니 앞으로는 부스에서 표를 사기로 결심했다. 하지만 역무원은 항상 자리에 있지 않았고, 결국 우리는 한숨소리와 발바닥을 치는 소리를 감수한 채 창피를 꾹 참고 다시 도전해 봤다. 마침내 우리는 승차권 발매기를 사용하는 방법을 알게 됐으며, 스스로 알아서 자유자재로 승차권을 구매할 수 있게 되었다.

또 하나 달라진 점은 사람들이 투덜거리는 소리와 불쾌해하는 눈초

나는 카트 덕분에 별난 깨달음을 얻었다.
그 깨달음은 일정한 거주지 없이
외국의 도시를 돌아다니면서
사는 시간이 길어질수록 어리숙하거나
촌스러워 보이는 것에
덜 신경을 쓰게 된다는 것이다.
여행을 다니면서 우리의 자존심은 갈수록 낮아졌다.

즐겁지 않으면 인생이 아니다

리를 무시하고 의연한 자세를 고수할 수 있게 됐다는 점이다. 우리는 목표가 완료될 때까지 묵묵히 하던 일을 계속하며, "저 사람들은 뭘 제대로 할지 모른다."는 식의 주변 시선을 의식하지 않았다. 왜냐하면 지하철 승차권을 사든 버스 노선을 알아내든 우리가 스스로 그것을 해내면 거기에 따른 성취감과 자신감이 엄청나게 커졌기 때문이다.

파리에서 시장에 처음 갔을 때 우리는 먹을 만한 음식들이 뭐가 있는지 살펴보느라고 장보는 시간이 한 시간을 훌쩍 넘겼다. 대부분의 프랑스 시장은 배고픈 미국인들에게 보물섬이나 마찬가지였다.

우리가 고른 먹을거리들을 쳐다보면서 기분이 좋아서 빙글빙글 웃으며 계산대로 가자, 계산원은 우리가 골라온 청과물을 의아한 얼굴로 봤다. 그리고는 우리에게 미소를 짓는 동시에 봉지에 물건을 넣는 일을 하는 점원에게 뭔가를 말했다. 그러자 점원은 청과물을 들고 잽싸게 달려갔고, 그 사이에 계산원은 나머지 물건의 계산을 계속했다.

나중에야 알고 보니, 프랑스에서는 구매자가 청과물을 비닐봉지에 담아 저울에 직접 무게를 달아야 했다. 저울에는 모든 청과물의 그림이 붙은 버튼이 달려 있어 구매자가 해당 버튼을 누르면 가격이 써진 스티커가 왔다. 그걸 비닐봉지에 붙여서 가지고 와야 했다. 우리는 첫 구매에서 이 모든 과정을 생략했던 것이다! 그러나 계산원이나 다른 손님들은 우리에게 불평을 하지 않았다. 프랑스에서 저지른 첫 번째 무례를 예의바르게 용서받은 이 일은 우리가 프랑스를 사랑하게 된 또 다른 이유였다.

여유를 가지면
다시 보이는 것들

　　　　　　　우리는 서둘러서 아파트로 돌아와 풍성한
먹을거리들을 정리해 놓고 전날 풀지 못한 가방을 마저 풀었다. 이 정
도면 우리 스스로에게 상을 줄 만했다. 그래서 밖으로 나와 노트르담
대성당 근처의 지하철역에서 내려 우리가 좋아하는 식당을 찾았다.
그곳은 장엄한 교회를 에둘러가는 작은 거리들 중 한 곳에 있는 오래
된 오 부낫이라는 식당이었다. 몇 년 전에 파리로 여행을 왔을 때, 그
곳에서 식사를 한 적이 있었다. 여행자들이 주로 찾는 식당이라고 생
각하는 사람도 있지만, 우리가 생각하기에 그곳의 음식 맛은 일관되
게 좋고 서비스 역시 매우 흡족했다.
　팀은 앞장서서 한 줄로 강가를 걷기 시작했다. 사람들이 서둘러 지
나다녔으며 우리는 보행자들의 리듬에 맞춰서 빠르게 걸으려고 노력
했다. 아무리 조심하고 신경을 써도 보행자들의 팔꿈치에 찔리는 것
을 피할 수 없었다. 한참동안 빠르게 앞으로 걷다가 문득 주변을 둘
러보니 우리는 완전히 잘못된 방향으로 가고 있었다.
　"제기랄."

팀이 왼쪽으로 돌아 다른 길로 접어들며 투덜거렸다.

"여보, 거기가 아니라 반대 방향인 것 같아요."

이어서 여러 번에 걸쳐서 잘못된 방향으로 돌았고, 보행자들과 거의 부딪히기 직전까지 간 뒤에 나는 빈 벤치를 가리키며 불쑥 말했다.

"잠깐 저기에 앉았다 가면 안 될까요?"

"오케이. 잠시 쉬는 것도 좋지 뭐."

우리는 나란히 앉았고 나는 몇 번 심호흡을 했다.

팀은 내가 서로 밀치며 급하게 걷는 사람들과 속도를 맞추느라고 짜증이 났음을 눈치채고 부드럽게 말했다.

"어느 나라를 가든 도시 사람들은 늘 서두르잖아. 그들은 우리와 달리 휴가 중이 아니고 먹고살기 바빠서 우리를 배려할 여력이 없지."

"그래요. 그런데 우리는 왜 이렇게 짜증이 나고 화가 나는 걸까요? 우리가 너그럽지 못한 사람들인 걸까요?"

"아니야. 우리는 새로운 것을 배우고 있는 사람들일 뿐이야. 오히려 다른 도시에서 접하는 실상이 예상과 다를 수도 있다고 말한 사람은 바로 당신이잖아. 그저 우리는 강해지기만 하면 돼. 새로운 문화에서는 새로운 수준의 인내심이 필요하다는 사실을 나는 당신보다 더 못 받아들이잖아."

나는 팀을 바라보며 정말 옳은 말이라고 생각하면서 고개를 끄덕였다. 우리가 다른 나라의 진짜 시민이 되려면 미국에서 가졌던 기대치를 버리고 적응력을 키우는 방법을 배워야 했다. 바로 그 순간 나는 이 점을 매일 유념하자고 결심했다.

자신감을 되찾은 나는 팀의 볼에 부드럽게 입을 맞췄다.

"고마워요. 당신 말이 완전히 옳아요. 안내하시지요, 스승님. 가는 길을 모른다고 할지라도요."

어렵게 찾아간 식당은 우리를 실망시키지 않았다. 팀은 반숙한 달걀과 샬롯 드레싱을 얹은 따뜻한 리크큰 부추같이 생긴 채소—옮긴이를 주문했는데 무척이나 먹음직스러웠다. 내가 선택한 부드럽고 감칠맛 나는 송아지 간은 이제껏 먹어본 중에 가장 제값을 하는 요리였다. 우리는 돈을 아끼지 않고 노릇하게 튀긴 바나나에 진한 바닐라 아이스크림이 곁들인 비싼 디저트를 먹었다. 그러고 나서 센 강의 가운데에 있는 시테 섬에 자리 잡은 유구한 역사를 자랑하는 장엄한 노트르담 대성당까지 몇 블록을 부푼 배를 안고 뒤뚱거리며 걸었다.

그곳을 찬탄하며 둘러보던 나는 젊은 아시아인 커플에게 노트르담 대성당을 배경으로 사진을 찍어주겠다고 제안했다. 그들 역시 우리 사진을 찍어줬다. 그 사진은 몇 달 후에 나에게 아주 중요해졌다. 그 사진이 국제 신문에 실린 내 기사의 일러스트레이션으로 사용되리라고 누가 상상이나 했을까? 이는 "예스yes."라는 말의 힘을 잘 보여주는 예이다.

끊임없는 활동에 "노no."라고 말하는 것 역시 중요하다. 사람은 때때로 재충전할 시간이 필요하기 때문이다. 우리가 집 없이 세계 여행을 한다고 해서 끊임없이 휴가 기분에 젖어서 움직이는 것은 아니다. 우리는 집에서 생활할 때와 마찬가지로 휴식을 취했다.

휴식의 날로 정한 어느 날 밤, 우리는 문을 잠그고 편한 옷으로 갈

아입은 다음 집에 칩거했다. 팀이 우리의 오락 기구이자 소통 기구인 전자제품들을 만지는 동안 나는 저녁에 먹을 음식을 찾아보았다. 통조림에 든 카술레 돼지고기, 양고기 들이 들어간 흰콩을 넣어 만든 스튜―옮긴이가 도저히 뿌리칠 수 없을 만큼 먹음직스러웠고, 여기에 냉장고에 있는 샐러드 재료에 마늘 향 식초를 약간 뿌려 곁들이면 제격이지 싶었다. 팀이 지하철역에서 집으로 오는 길에 뜨거운 바게트를 사놓았으니 저녁 식사를 차릴 만반의 준비가 되어 있었다.

그날 밤은 집에 전화할 좋은 기회였다. 우리는 늘 딸들이나 친구들과 자주 통화하려고 노력하며 유럽과 캘리포니아의 9시간 시차를 극복하는 방법을 배웠다. 미국에 있는 딸들과 친구들이 아침에 커피를 마시는 시간이 유럽에서는 밤 시간이라 나는 그 시간을 틈 타 하루 동안 즐거웠던 일을 페이스북이나 스카이프로 이야기했다. 컴퓨터에 스카이프를 처음 깔았던 날, 우리는 플로리다에 사는 팀의 딸인 아만다와 오랫동안 채팅을 했다. 그날 네 살배기 손자 숀이 풀장 옆에서 발차기를 하는 모습을 보기도 했다.

우리는 가족이 몹시 보고 싶고 그리울 때 슬펐다. 가족 행사에 빠지는 것은 정말 안타까웠으며, 가족에게 일어나는 수많은 일들을 놓치는 것도 잘 알고 있었다. 가족의 포옹과 키스, 파티, 사랑하는 가족과 친구와 가까이 살면서 생기는 유대감을 절실하게 갈망하기도 했다. 그나마 다행인 것은 현대 기술 덕분에 새로운 형태의 소통을 할 수 있다는 점이었다. 우리가 그들과 대화를 나누며 함께하는 시간이 예전보다 훨씬 화목하고 소중해지는지라, 어쩌면 이는 가족과 가까이 지내는 또 다른 방법일 수도 있었다.

우리는 일정에 없던 짧은 관광이나 일정 변경도 적극적으로 받아들였다. 평소에는 애플 대리점에 잠시 들렀다가 로열 거리를 걸으며 루이비통, 크리스찬 디오르, 입생 로랑을 비롯한 명품 매장을 얼이 빠진 채 구경했다. 구경은 우리의 실제 주머니사정에 맞는 갭 매장에서 마무리됐다. 나는 입자마자 몸무게가 4킬로그램은 덜 나가 보이는 담갈색과 짙은 남색, 검정색 무늬가 있는 원피스와 카트린느 드뇌브처럼 어깨에 살짝 걸칠 수 있는 아주 세련된 남색 스웨터를 발견했다. 팀이 고른 겨자색 코르덴 반바지를 입은 모습이 어찌나 프랑스인 같던지 갑자기 그의 입에서 유창한 프랑스어가 술술 나올 것 같은 착각을 불러일으켰다.

이쯤 되면 우리가 끊임없이 이 도시에서 저 도시로 옮겨 다니는 신세인데, 어떻게 해서 옷을 살 수 있는지 궁금해하는 사람이 있을 것이다. 우리가 짐을 적게 가지고 여행할 수 있는 비결은 어디서든 두루 입을 수 있는 옷을 고르기 때문이다. 단, 새 옷을 사면 이전에 있던 옷을 기꺼이 처분한다. 다만 정말로 마음에 드는 옷만 산다는 규칙을 철저히 지켰다. 스웨터 열 개와 청바지 일곱 개를 모두 가지는 호사는 여기저기 옮겨 다니지 않고 늘 같은 집에서 사는 사람이나 누릴 수 있는 법이다.

첫째 주가 지나갈 무렵, 우리는 이미 파리에 푹 빠져서 다음 해에 다시 와서 석 달 동안 머물기로 결정했다. 우리가 묵은 앤디의 아파트는 워낙 인기가 많아서 다음 해까지도 이미 예약이 돼 있었기에 우리

　　　　즐겁지 않으면 인생이 아니다 ───────

는 근처에서 적당한 집을 알아보기 시작했다. 다시 파리에 오기로 결정하고 나니 당장 모든 곳을 구경해야 한다는 조급함이 사라졌다. 그래서 우리는 날마다 아무 계획 없이 파리를 여기저기 돌아다니며 내키는 대로 맛있는 음식들을 마음껏 먹었다. 비가 내릴 때는 하루 종일 아파트에서 글을 쓰거나 책을 읽거나 맑고 축축한 파리의 공기를 쐬러 나가서 잠시 산책을 했다. 그야말로 사치스러운 생활이었고, 순간순간이 무척 마음에 들었다.

자기만의 속도로
사는 삶

우리는 유럽식 삶의 속도를 소중히 여기게 됐다. 특히 대다수 사람들이 사실상 모든 활동을 중단하는 일요일이 그랬다. 유럽 사람들은 일요일이 되면 자녀들과 놀거나 공원을 산책하거나 외식을 하거나 게임을 하거나 자전거를 탄다. 교통이 원활해지고 대부분의 가게가 문을 닫기 때문에 사람들이 재충전할 수 있는 기회가 생긴다.

어느 일요일에 우리는 마리 드 메디치 왕비가 1611년에 지은 아주 아름다운 궁전을 둘러싼 뤽상부르 공원을 돌아다녔다. 마리 드 메디치는 피렌체에 있는 피티 궁전을 본 떠서 궁전을 지었는데, 그녀는 이탈리아의 르네상스에 자금을 조달한 유력한 가문 출신으로 피티 궁전에서 어린 시절을 보냈다. 뤽상부르 공원은 파리의 중심부에 자리 잡고 있어 걸어가기에 편하며, 모든 연령대가 즐길 수 있는 놀이거리를 제공해서 많은 사람들로 북적였다. 파리 사람들은 일요일에 뤽상부르 공원을 산책하거나 소풍을 즐기며 장난감 보트를 빌려 궁전 앞에 있는 웅장한 옵세르바투아 분수에서 아이들끼리 경주를 하게 한다. 여

즐겁지 않으면 인생이 아니다 ————

러 개로 나뉜 잔디 경기장에서는 볼링과 비슷한 보체를 하는 남자들도 있고, 넓은 잔디에 느긋하게 누워 책을 읽거나 휴식을 취하는 사람들도 있다. 공식적인 부지만 해도 24만 제곱미터가 넘는 공원 곳곳에 흩어져 있는 수백 개에 달하는 조각상들의 보호를 받으며, 연인들은 벤치에 앉아 키스를 나누거나 포옹을 한다. 모든 게 그저 즐거운 광경이다.

파리에서는 모든 것이 먹기 위한 핑계처럼 보인다. 먹는 즐거움을 아주 중요하게 여긴다는 말이다. 그래서 우리는 작은 카페에 들어가 식사를 하면서 공원에서 펼쳐지는 활동을 구경했다. 한 악단이 근처에 있는 정자에 하나 둘 모이기 시작했다. 금색 수술이 많이 달린 검정 정장을 입고 악기를 든 단원들은 공원으로 들어가더니 서로 키스를 하고 인사를 나누며 악보대와 의자를 배열했다. 얼마 지나지 않아 대규모의 구세군 악단이 제 모습을 갖췄으며, 공원에 있는 사람들을 위해 한 시간 동안 콘서트를 열었다. 구세군 악단은 록 음악에서부터 클래식 음악에 이르기까지 모든 장르의 음악을 연주했으며, 내가 기억하는 한 최고의 일요일 오후를 선사했다. 일요일이란 바로 이렇게 보내야 하는 법이다.

그날 우리는 그곳의 일원이 된 기분을 느꼈지만, 프랑스어를 잘 못하기 때문에 주변 사람들과 이야기를 나누지는 못했다. 여기저기 떠돌아다니면서 살 때 어려움 중 하나가 바로 외로움이었다. 우리 부부가 서로에게 친구가 되기 위해서 아무리 노력한다 해도, 우리 둘 다 사교적이어서 다른 친구들이 필요했다. 우리는 여행을 시작한 즉시 깨달은 사실이 하나 있다. 여행 중에 새로 사귄 사람들이나 고향에 있는 친구들에게 우리의 일정에 맞춰 그들의 일정을 재조정해 주기를 바라는 것은 무리한 요구였다. 이는 우리가 자유를 누리는 대신 치러야 하는 대가였다.

그렇지만 나는 평범한 여자들처럼 자잘한 수다를 나누는 시간이 절실했다. 문제는 남의 흉을 보거나 소문을 늘어놓는 식의 대화를 하려면 여자 친구가 있어야 하는데, 아직 찾지 못했다. 그래서 우리는 파리에서 친구를 찾기 시작했다.

먼저 미국인 작가인 짐이 매주 자신의 아파트에서 30년 동안 개최해 온 여행자들과 현지인들의 모임에 참석했다. 나는 예전에 《뉴욕 타임스》에서 이 모임에 대한 기사를 읽었으며, 여행을 떠나기 훨씬 전에 미국에서 이메일로 예약을 했다. 이 모임은 꽤 실용적으로 보였다. 30유로를 내면 보통 수준의 식사와 와인이 제공되는데, 무엇보다 큰 매력은 새로운 사람들을 만날 기회가 생긴다는 점이었다. 빨간색 앞치마를 두르고 뷔페의 끝에 있는 바의 의자에 앉은 짐은 참가비를 받으며 처음 참가한 사람들과 이야기를 나눴고, 그 사이에 자동차 전조등 앞에 선 사슴처럼 겁먹은 사람들로 행사장이 꽉 들어찼다. 5분도 지나지 않아 대화 소리로 시끌벅적해져서 과장해서 말하면 귀마개를 해야 할 정도가 됐다. 다들 하고 싶은 이야기가 많았다. 20명이 들어가면 적당할 공간에 100여 명의 사람들이 빽빽이 들어차 비좁기는 했지만, 우리는 그곳에서 즐거운 시간을 보냈다. 파리를 여행하는 많은 미국인을 비롯해 여러 나라 사람들과 대화를 나눴다. 모임이 끝나고 지

즐겁지 않으면 인생이 아니다 ——

하철역으로 가는 길에 팀이 말했다.

"흠, 괜찮은 자리였어. 그렇지만 내가 진짜로 친구로 사귀고 싶은 사람은 만나지 못했네. 당신은 어때?"

나는 한숨을 쉬었다.

"마찬가지예요. 그저 앤디가 전화해 주기를 바랄 뿐이에요. 앤디는 진짜 다정하고 활력이 넘치잖아요. 앤디가 그 자리에 함께 있었으면 정말 즐거웠을 거예요. 내 생각에 우리 셋 다 처음 만난 날부터 서로 교감이 잘됐던 것 같아요. 앤디의 남편 조르주도 진짜 만나고 싶네요. 우리가 먼저 앤디에게 전화하면 어떨까요?"

"아직 아니야, 여보. 며칠 더 있어 보자고. 우리가 불청객이 되면 안 되지. 두 사람은 자신들의 생활이 있고, 우리는 그저 잠시 머물다 가는 사람들이잖아."

나는 한숨을 쉬며 팀의 말에 동의했다.

집에 도착해 확인해 보니 기쁘게도 앤디에게서 이메일이 와 있었다. 앤디는 다음 날 저녁에 함께 칵테일을 마시자고 우리를 초대했다. 우리는 매우 기뻤다. 드디어 파리에서 잠재적인 새 친구를 만나게 되는 것이다! 다음 날 저녁, 처음 데이트를 하는 젊은이처럼 잔뜩 긴장한 우리는 와인 한 병과 작은 꽃다발을 초조하게 움켜쥔 채 정확히 6시에 앤디와 조르주 집의 초인종을 눌렀다.

두 사람의 멋진 아파트는 넓고 안락하고 밝았으며 미술품과 전 세계를 여행하면서 모은 가지각색의 기념품들로 가득했다. 예전에는 두 사람의 아파트와 우리가 묵고 있는 방 하나짜리 아파트는 연결되어 있었다. 말하자면 우리는 벽 하나를 사이에 둔 이웃인 셈이었다. 앤디는 첫날 아침에 만났을 때와 똑같이 다정하고 매력적이었으며, 앤디의 남편이자 뼛속까지 철저하게 프랑스인인 미남자 조르주는 진심으로 우리를 환영했다. 두 사람은 우리보다 훨씬 활동적이었다. 그들은 신혼여행 때 킬리만자로 산을 등반한 반면에, 우리는 2주 동안 가볍게 산미겔 데 아옌데 거리를 거닐었다. 자전거를 타고 등산을 하고 오토바이를 타며 마라톤까지 하는 그들의 모습이 그저 가만히 앉아서 텔레비전이나 보는 우리들에게는 무척 새롭고 멋지게 느껴졌다.

우리의 첫 '데이트'는 오래지 않아 편안하고 즐거운 우정으로 바뀌었다. 우리는 몇 주 동안 기억에 남을 만한 멋진 식사를 같이 했고, 이야기를 나눴고, 산책을 했다. 두 사람은 프랑스에서의 삶에 대해 많은 이야기를 해주었으며, 그들이 아니었다면 우리는 절대 그런 지식을 갖지 못했을 것이다. 우리의 대화 주제는 프랑스의 역사와 정치와 건축과 언어, 특히 멀쩡한 사람도 파리에 오면 정신없이 빠지게 되는 음식을 비롯해서 온통 프랑스에 관한 것이었다. 게다가 나는 약간이나마 가십을 듣기까지 했다. 다른 사람들의 어처구니없는 짓에 대한 이야기를 듣는 것만으로도 그동안 채우지 못한 수다 욕구가 채워졌다. 이상하게도 주변 사람들의 실제 삶을 알게 될수록, 내가 뿌리 없이 떠돌아다니는 사람이 아니라 잠시나마 집이 있는 도시의 삶을 직접 경험하고 현지인들과 유대감을 느끼는 사람이 되어가는 느낌이 들었다.

젊은 날의 꿈과
다시 만나는 설렘

어느 날 아침, 욕실에 있는 내 소형 옷장을 뒤지고 있을 때 팀이 물었다.

"이봐, 거기에서 뭐하고 있는 거야?"

고개를 살짝 돌려 보니 팀은 컴퓨터 키보드를 두드리고 있었다.

"내일 입을 옷을 찾고 있어요. 정말 뭘 입어야 할지 모르겠어요!"

"여보, 뭘 입든 괜찮을 거야. 알잖아? 사실 줄리아는 그 자리에 있지도 않을 거라고."

팀이 너그러운 미소를 지었다.

토요일은 나에게 무척 중요한 날이었다. 나는 미국인들이 사랑하는 요리 연구가 줄리아 차일드가 다녔던 요리 학교이자 내가 생각하는 요리 학교의 최고봉인 르 코르동 블루에서 열리는 공개 수업을 구경 가기로 한 터였다.

내가 음식을 아주 좋아한다는 말을 했던가? 1965년에 친구에게 줄리아 차일드가 쓴 프랑스 요리책을 선물로 받은 뒤로 르 코르동 블루의 성스러운 복도를 걷는 꿈을 꿨다. 거의 반세기가 지난 지금에 와서 마침내 그 꿈이 실현되려는 중이었다. 르 코르동 블루는 우리 동네에 있었다. 르 코르동 블루가 나에게 중요한 의미가 있다는 사실을 이해하는 사랑스러운 내 남편은 전날 그곳의 위치를 미리 파악하도록 배려해 줬다. 내가 가고 싶은 그 요리 학교가 맞는지 확인할 겸 중요한 순간에 지각하지 않도록 길을 익혀두게 할 겸이었다.

나는 필요하지 않는데도 알람을 맞췄다. 크리스마스를 앞둔 여섯 살짜리 아이처럼 흥분했고, 당장 침대를 박차고 일어나 밖으로 뛰어나가고 싶었다.

다음 날, 이 유명한 요리 학교로 이어진 모퉁이를 돌자 요리복을 입은 젊은이들이 가죽 칼집을 움켜쥔 채 건물 안으로 들어가고 있었다. 일찍부터 진로를 결정하고 열심히 나아가는 그들의 모습에 부러움이 밀려들었다. 내가 지금까지의 삶에서 후회하는 일은 별로 없지만, 만약에 젊은 시절로 돌아가서 다시 살 수 있다면 요리사의 길을 걸으려고 노력할 것이다. 내 생각에는 요리 전문가야말로 가장 만족스러운 직업이다.

곧 나는 관람자들이 요리사의 동작을 하나도 놓치지 않도록 작업대 위에 큰 거울이 달린 작은 강의실로 들어가서 앉았다. 조수들이 요리사의 작업 준비를 하느라고 총총거리며 뛰어다녔으며, 곧이어 열렬한 박수를 받으며 요리사가 등장했다. 그는 유익한 정보를 제공하며 재미있게 강의를 진행했으며, 특히 간을 키우려는 사육사 때문에 억지로 사료를 먹어야 하는 오리 흉내를 절묘하게 냈다. 그리고 캘리포니아에 그런 관례를 불법화하지 않는 상황이 이해가지 않는다며 고개를

즐겁지 않으면 인생이 아니다

절레절레 흔들었다. 파테간이나 고기 등을 갈아서 밀가루 반죽을 입혀 오븐에 구워낸 프랑스 요리—옮긴이에 중독된 남편과 사는 캘리포니아인인 나는 아무 말도 할 수가 없었다.

요리사는 애피타이저부터 디저트까지 전 코스를 요리했다. 그는 각 요리를 완성할 때마다 관람자들을 불러내 맛을 보도록 했다. 꼭 요리사의 성당에서 성찬식을 받는 기분이었다.

나는 르 코르동 블루 내의 상점에 들러서 내가 지금까지 가져본 것 중에서 가장 좋은(그리고 가장 비싼) 앞치마를 샀다. 그 앞치마는 허리를 완전히 휘감게 돼 있었고 아주 많은 주머니와 식품용 온도계 전용 주머니가 달려 있었다. 나는 그 앞치마를 두르는 것만으로도 엄청나게 위엄이 있는 전문가가 된 기분이 들었다. 내가 항상 가지고 다니는 웨이터용 와인 따개에는 르 코르동 블루의 마크가 새겨져 있으며, 나는 그 와인 따개를 사용할 때마다 힘이 솟아났다.

나는 행복함에 구름 위에 붕 뜬 기분으로 집으로 돌아왔다. 내가 좋아하는 요리사와 이야기를 나눴고, 세계적인 수준의 새로운 요리 기법을 배웠으니, 행복할 수밖에 없었다. 아파트에 도착하니, 사랑스럽고 관대한 남편은 진심으로 감탄하며 내 경험담에 귀를 기울였다. 그 날 밤에 나는 새로 산 앞치마를 두르고 열정적으로 요리를 했다.

마음 가는 대로,
그러나 정중하게

　　　　　　　　늘 그렇듯이 우리는 파리가 유혹의
손짓을 하는 대로 따랐다. 하루는 밖으로 나가 우표라는 뜻인 르 텅브르라는 곳에서 점심 식사를 했다. 이 식당은 우아하고 간소하게 꾸며져 있어서 이름에 걸맞았다. 영국인인 주방장 크리스 라이트가 직접 전통적인 프랑스식으로 요리를 서빙하는데, 크리스와 조수가 말도 안 되게 작은 주방을 오가며 움직이는 모습이 자못 재미있었다. 그 모습을 보고 있노라면 린다의 멕시코 주방에서 조화롭게 움직이던 여자들의 모습이 생각났다. 팀이 푸아그라 피테를 황홀한 표정으로 맛봤고, 나는 튀겨낸 맛난 돼지족발 요리와 이어서 나온 감자·사과 퓌레 위에 메추라기 고기를 얹고 오렌지 소스를 뿌린 요리를 먹으며 찬탄을 금치 못했다.

　　그런 다음 오후에는 1357년부터 파리 시청사로 사용되고 있는 화려한 건물을 지나 천천히 산책을 했다.

　　"저기 접이식 의자에 앉은 사람들, 뭘 하고 있는 거지?"

　　나는 팀의 시선을 따라갔다. 수백 명의 사람들이 등받이가 뒤로 젖혀지는 긴 의자에 느긋하게 누워 있는가 하면 밝은 주황색 파라솔 그늘에 놓인 테이블에 앉아 있었다.

"글쎄요, 수요일 오후 3시에 대체 무슨 일일까요?"

가만히 보니 그들 모두가 강을 바라보고 앉아서 손으로 한 방향을 가리키거나 웃음을 터뜨리거나 서로 이야기를 주고받고 있었다. 두말할 것 없이 다들 와인을 마시고 있었다. 나는 그 이유를 알아챘다.

"우와, 팀. 저 엄청나게 큰 텔레비전 화면 좀 봐요. 프랑스 오픈을 보나 봐요."

전형적인 프랑스 스타일대로 그 사람들은 일 대신 테니스 경기를 선택해 오후를 마음껏 즐기고 있었다. 정장 차림의 사람들이 손수 의자를 배치했고, 먹을거리를 날랐을 터였다. 그들 중 누구도 직장에서 슬쩍 빠져나온 사람으로는 보이지 않았고, 다들 평일 오후에 직장에 반차를 낸 것에 대해서 신경 쓰지 않는 듯했다.

"파리에서 몇 주 살다 보니, 여기 사람들이 왜 그리도 행복해 보이는지 알 것 같아. 대체로 프랑스 사람들은 일하기 위해 사는 게 아니라 살기 위해서 일하지. 그리고 자신의 일을 소중하게 생각해. 프랑스 사람들이 아주 정중하다는 걸 눈치챘어? 택시기사, 식당 종업원, 심지어 녹색 청소복을 입은 청소부들마저 자기 직업에 만족하는 게 보여. 다들 상대방에게 예의가 바르지. 나는 여기 사람들이 노동자들을 열등한 계층으로 취급하는 모습을 한 번도 본 적이 없어."

팀이 그 모습을 사진찍은 뒤 우리는 다시 걷기 시작했다.

"당신 말이 맞아요. 여기 사람들은 바쁘게 살아가지만, 일요일에는 절대로 일을 하지 않고 주중에는 오후 5시쯤 되면 일을 끝내죠. 점심 식사와 저녁 식사 시간이 아주 길고요. 새벽부터 출근하는 사람도 없을 걸요. 그리고 수많은 아름다운 공원의 모습도 생각해 봐요. 다들 공원을 제대로 활용할 줄 알잖아요. 어제 오후에 센 강 근처로 소풍을 나와서 와인을 마시면서 보트 구경을 하고 아이들과 놀며 즐거워하던 부부, 기억나죠? 그나저나 파리를 떠나기 전에 나도 꼭 그렇게 해보고 싶어요."

우리는 길을 건너 강가로 갔다. 세계적으로 가장 방대한 인상파 미술 작품을 소장하고 있는 오르세 미술관에 들르기에 딱 좋은 시간이었다. 1900년 만국 박람회의 개최를 맞이해서 오르세 기차역으로 세워졌다가 훗날 미술관으로 바뀐 오르세 미술관 건물은 그 자체로 예술품이었다. 이곳은 넓은 공간과 무엇에도 견줄 수 없는 자연광 때문에 내가 가장 좋아하는 그림들을 제대로 감상할 수 있었다. 건물 중심부의 높은 천장은 서로 연결된 전시실들에서 친밀감을 조성하고 각 전시실에 걸린 그림과 관객과의 상호작용을 높였다. 우리는 숨이 막힐 만큼 훌륭한 작품들과 아름다운 주변 분위기를 마음껏 즐기는 호사를 누렸다.

오르세 미술관에서 가장 높은 곳에는 센 강의 아름다운 풍경이 내려다보이는 시계탑이 있었는데, 그곳을 걷다 보니 갑자기 눈물이 차올랐다. 나는 고인이 된 전 남편 가이와 함께 즐거운 시간을 보냈던 장소에 다시 가거나 분명히 그가 감탄했을 만한 장관을 볼 때마다, 알츠하이머병 때문에 그가 빼앗긴 너무 많은 것들에 울컥해졌다. 이런

즐겁지 않으면 인생이 아니다 ────────

파리에서 몇 주 살다 보니
여기 사람들이 왜 그리도 행복해 보이는지 알 것 같아.
대체로 프랑스 사람들은 일하기 위해 사는 게 아니라
살기 위해서 일하지.
그리고 자신의 일을 소중하게 생각하지.
프랑스 사람들이 아주 정중하다는 걸 눈치챘어?
택시기사, 식당 종업원,
심지어 녹색 청소복을 입은 청소부들마저
자기 직업에 만족하는 게 보여.

프랑스

마음이 든다고 해서 팀을 뜨겁게 사랑하는 내 마음이 줄어드는 것은 아니었다. 여러 면에서 행복한 결혼 생활을 했던 경험이 있는 사람은 다음 사랑도 솔직하고 깊이 있게 하는 경향이 있다.

팀이 내 손을 잡았다.

"이런, 여보. 미안해. 속상해하지 마. 그저 가이가 멋진 삶을 살았고, 사랑했던 일에서 큰 성공을 거둔 행운아였다는 사실만 기억해. 무엇보다도 가이는 당신과 20년 동안이나 결혼 생활을 하는 행운을 누렸잖아."

팀은 가이가 나에게 아주 소중한 사람이었다는 사실을 잘 이해해주며, 우리는 가끔 가이가 좋아했음직한 것들을 이야기했다. 이런 팀의 세심한 배려에 나는 늘 감동했다.

팀은 빙그레 웃으며 내 볼에 입을 맞췄다. 이 남자는 내 기분을 좋게 하는 방법을 잘 알고 있었다.

오르세 미술관에서 나온 우리는 파리 시내가 내려다보이는 높은 언덕에 있는 예술가들의 터전인 몽마르트로 향했다. 피카소와 살바도르 달리, 반 고흐를 비롯한 다양한 화가들이 그곳에서 살았고 작업을 했다. 우리는 엄청나게 가파른 계단을 올라 사크레 쾨르 대성당까지 걸어갔다. 수천 명의 관광객들이 파리에서 가장 기억에 남는 풍경일 사크레 쾨르 대성당 아래로 수십 킬로미터가 펼쳐진 파리의 스카이라인이 잘 보이는 자리를 차지하려고 북적대고 있었다. 물론 우리는 정상에 도착하고 나서야 편하고 싼 케이블카가 꼭대기까지 연결돼 있다는 것을 알았다.

즐겁지 않으면 인생이 아니다 ----------------

우리는 케이블카를 들고나는 관광객들의 깔끔하고 시원해 보이는 모습을 부러운 눈으로 바라보면서, 천천히 계단을 올라갔다. 심장이 세차게 뛰었고 온몸이 땀범벅이 됐으며 무릎이 콕콕 쑤셨다. 하지만 그만큼 운동 효과가 있을 테니 그걸로 됐다고 스스로를 위로했다.

삶의 리듬을 가지고
여행하기

파리에서 한 달을 지내는 동안, 에펠탑이나 파리에서 그리 멀지 않은 곳에 있는 모네의 집인 지베르니를 한 번도 가지 않았다. 날씨가 협조를 해주지 않아 센 강가로 소풍을 가지도 않았다. 그 대신 현지 시장과 마트에서 싹 쓸어온 맛있는 음식들과 식품 저장실이나 냉장고에 남은 음식들을 작은 테이블에 잔뜩 올려놓고 대부분 집에서 점심 식사를 했다.

대부분의 나라는 6월에 여름이 시작되지만 유럽은 기온이 내려가고 날마다 비가 내려서 소풍을 망치기가 쉬웠으며 곱슬머리를 더 고불거리게 했다. 어쩔 때는 아주 덥고 건조해져 지하철역까지 걸어가는 게 엄청나게 힘들 때도 있었다. 현명한 여행자들은 어떤 날씨에도 대비할 수 있도록 준비하며 외출할 때 얇은 옷을 여러 개 겹쳐 입기도 한다. 우리는 이 방법을 나중에야 배웠다.

우리는 딱히 목적지를 정해 놓지 않고 사랑하는 파리 곳곳을 수없이 걸어 다녔는데, 그 거리를 다 합하면 수백 킬로미터는 족히 될 것이다. 심지어 어느 날은 우거진 나무 아래 유명한 시인과 소설가와 작곡가가 사이좋게 잠들어 있는 몽파르나스 공동묘지에서 오후 내내 어정거리기도 했다. 그렇게 우리는 보들레르와 사르트르, 베케트와 같은 프랑스 문화계의 거장들의 무덤 근처에서 그들에게 오래도록 조의를 표했다.

프랑스에서의 체류가 끝나갈 때쯤인 어느 날, 우리는 노릇노릇하게 구워진 부드러운 스크램블 에그를 만들어서 그 전에 먹고 남은 바게트, 약간의 캐비아, 꿀, 훈제 연어, 파슬리와 아르굴라와 양상추를 넣고 호두유와 부드러운 식초를 뿌린 샐러드와 함께 먹었다. 아직도 나는 '평범한' 음식만 구할 수 있는 곳으로 여행을 가게 되면, 이때 살았던 프랑스 집의 냉장고와 식품 저장실에 쟁여 놓았던 음식들이 눈앞에서 아른거리고 마냥 그리워진다.

나는 전날 밤에 마시고 남은 과일 맛이 나는 소비뇽 블랑을 음미했고, 팀은 무알콜 독일 맥주를 맛있게 마셨다. 우리는 팀이 잔잔하게 틀어놓은 감미로운 재즈풍 음악을 들으며, 건너편 건물에 사는 제라늄을 키우는 부인이 집안일을 하는 모습과 역시 건너편 건물에 사는 영화배우처럼 생긴 주부가 커다란 BMW를 타고 어디론가 가는 모습을 구경했다. 우리는 꼭 고향 집에 있는 기분이었고, 주변 환경이 익숙하고 편했다. 집을 떠나 여러 나라를 여행하며 살다 보니 새로운 생활에 적응할 줄 알게 됐기 때문이리라! 삶에 리듬이 있었다. 우리는 친구를 사귀었고 사교 생활도 했다. 우리는 제대로 하고 있었다.

이제 파리에 머무를 날이 얼마 남지 않았다. 파리를 떠난다는 생각만으로도 금세 풀이 죽었다. 게다가 자제하려고 열심히 노력하기는 했지만, 챙길 물건이 엄청나게 늘어나 있었다. 그나마 심각하게 우울한 기분에 빠지지 않을 수 있었던 것은 순전히 다음 해에 다시 파리에 와서 3개월 동안 지내기로 한 계획 덕분이었다.

우리는 파리를 떠나기 전날 밤에 늦게까지 잠자리에 들지 않은 채, 마지막으로 점검한 세부 사항을 확인했으며, 앞으로 며칠 동안 인터넷이 잘 연결될지 장담할 수 없었던 터라 딸들과 손주들에게 미리 전화를 했다. 그리고 팀과 나는 서로를 비난하고 툭탁거리기도 했다. 걷잡을 수 없는 초조함과 불안감 때문에 일어나는 이런 증상은 우리가 여행지를 떠날 때마다 일상처럼 반복됐다. 물론 그리 심각한 것은 아니었다. 다만 우리 둘 다 머릿속에 이런 생각으로 꽉 차 있었다.

'다음 도시도 이곳처럼 멋질까? 바지를 한 벌 더 샀어야 했나? 나한테 진짜 잘 맞았고 그렇게 딱 좋은 길이의 바지를 찾기가 힘들 텐데. 아까 통화할 때 로빈이 나한테 화가 나 있었던 것 같은데, 아니면 그저 내 착각일까? 샤를 드골 공항에서 자동차를 렌트할 건데 그곳에서 시내까지 가는 길이 막히지는 않을까?'

다음 날 아침, 8시에 갑자기 문을 두드리는 소리가 들렸다. 공항까지 우리를 싣고 갈 운전기사가 벌써 온 것일까? 운전기사는 원래 30분 뒤에 오기로 돼 있었다. 그렇다고 해서 항상 아침 9시는 되어야 일어나는 앤디와 조르주일 리도 없었다. 그런데 문을 열자 놀랍게도 운동복 차림에다 머리카락이 여기저기 눌리고 뻗쳐 있는 앤디와 조르주가 서 있었다. 우리가 떠나는 모습을 보러 온 것이었다! 우리는 일부러 아침 일찍 와준 두 사람에게 감동을 받았고, 다음에 꼭 다시 만나

즐겁지 않으면 인생이 아니다 ────

자고 약속했다. 두 사람은 두 번씩 키스를 한 후에 집으로 돌아갔고, 잠시 후에 우리 짐을 들어 주러 로비로 다시 왔다.

"오르부아Au revoir, 안녕—옮긴이!"

건너편 집에 사는 제라늄을 키우는 부인이 우리를 보고 정원용 가위를 흔들며 외쳤다. 나도 손을 흔들었다. 마침내 그 부인이 우리에게 아는 척을 해줘서 기쁘기 그지없었다.

나는 거리 끝 쪽을 바라봤다. 내가 가장 좋아했던 옷인 보라색 숫자와 금색 줄무늬가 들어간 상의를 입은 아프리카인 친구가 늘 그렇듯이 당당한 모습으로 앉아 있었다. 문득 나는 그가 정말로 《월 스트리트 저널》에 나온 대로 주식 투자를 하는지 궁금해졌다.

앤디와 조르주는 택시를 타고 떠나는 우리에게 손 키스를 날렸다. 우리가 파리에서 보낸 환상적인 한 달의 흔적인 세탁해야 할 더러운 침구류가 가득 담긴 주머니가 길모퉁이에 서 있는 두 사람의 발치에 축 늘어져 있었다. 우리는 하루 빨리 파리에 다시 오고 싶었다.

08 내면의 목소리에
귀를 기울이는 게
중요하다.

_이탈리아

때로는 단순한 것이
답이다

　　　　　　　　우리는 샤를 드골 공항에서 푸조를 렌트해
파리를 지나 남쪽으로 향했다. GPS인 빅토리아가 세련된 영국식 억
양으로 방향을 안내하는 소리만 들릴 뿐 우리 둘 다 말이 없었다. 우
리는 빅토리아가 잘못 안내를 할 때조차 동요하지 않았는데, 무척 드
문 일이었다. 물론 빅토리아는 고맙게도 우리가 안내받는 길이 아닌
다른 길로 가더라도 즉각 바로잡아서 새로운 길을 알려줬다. 우리는
빅토리아처럼 좋은 친구가 있어서 정말 기뻤다.

　우리는 빅토리아의 안내에 따라 프랑스의 전원 지대를 지나서, 버
건디 지역에 있는 베즐레로 향했다. 베즐레는 10세기에 세워진 수도
원으로 유명한 유서 깊은 마을이다. 차를 타고 달리며 바라보는 주변
풍경이 너무 아름다워서 마치 그림을 보는 것 같았다. 스쳐 지나가는
멋진 마을들마다 우아한 첨탑들이 자리 잡고 있었고, 녹음이 우거진
포도밭들과 이어진 목초지에서는 소들이 한가로이 풀을 뜯어 먹고 있
었다. 나는 '오오'와 '우와'와 같은 감탄사를 억누르느라고 혼이 났다.
늘 그렇듯이 불쌍한 팀은 풍경을 거의 감상하지 못했다. 그렇지만 다

　　　　　　　　즐겁지 않으면 인생이 아니다 ──────

행히 팀은 정신없이 운전하는 차들, 도로에서 어슬렁거리는 가축들, 나뭇가지를 잔뜩 실은 수레를 끄는 말들을 놓치지 않고 잘 피했다. 우리는 둘 다 얽매인 데 없이 자유로우며 몸이 건강한 데다가 마음껏 즐길 수 있는 아름다운 자연 속에 있다는 사실이 정말 기뻤다.

베즐레에 도착해서 보니, 드 라 포스트 에 뒤 리옹 도르 호텔은 생각했던 대로 완벽해 보였다. 이 호텔은 망사르드 지붕, 프랑스식 파란색 덧문, 오래된 돌로 된 외관, 커다란 굴뚝 아래에 빨간색 제라늄이 흐드러지게 피어 있는 창가 화단이 특색이었다. 로비로 들어간 우리는 고급스러운 카펫과 고가구, 회화 작품, 반짝이는 황동으로 장식된 멋진 모습에 또다시 흐뭇해졌다.

"뵙게 되어서 기쁩니다! 두 분의 객실은 4층에 있습니다. 현재 호텔에 엘리베이터가 없지만 내년에 개보수를 할 예정이랍니다."

안내 데스크에 있는 예쁘장한 아가씨가 프랑스어 억양이 섞인 영어로 떠들썩하게 환영했다. 하지만 우리의 기쁨은 금세 가라앉았다. 우리는 '내년'의 상황에는 관심이 없었다. 올해는 유난히 더웠고 호텔 계단이 척 봐도 가팔랐으며, 무척 피곤한 데다가 4층까지 끌고 가기에는 짐이 너무 많았다. 우리는 그 직원을 설득해서 다른 객실로 바꾸려 했지만, 소용이 없었다. 우리는 곤경에 빠졌다.

나는 짐을 가지러 차로 돌아가는 길에 팀에게 말했다.

"좋아요, 이렇게 하죠. 대충 물건을 추려 봐요. 하룻밤 묵는 데 다 필요하지는 않으니까요. 우리가 이 짐을 다 끌고 계단을 올라가자면 응급차를 불러야 되는 비상 상황이 생길지도 몰라요."

"주차장에서 수트케이스를 뒤적거리겠다는 게 진심이야? 촌뜨기처럼 보일 텐데? 속옷이랑 양말이 여기저기 날아다녀도 괜찮아?"

"아이고, 진정해요, 여보! 나는 전혀 창피하지 않아요. 그리고 이 사람들을 다시 볼 일도 없는 걸요, 뭐."

이렇게 해서 주차장의 굴욕이 시작됐다. 우리는 세면도구와 속옷을 다시 정리해서 작은 가방에 밀어 넣었다. 여행자들이 우리를 신기한 듯 바라보며 웃었지만, 거의 신경 쓰지 않았다. 우리는 이것저것 뒤섞인 가방을 들고 헐떡이며 로비로 들어갔다. 안내 데스크 뒤에 앉은 청년이 우리를 보고 얼굴을 찌푸렸다. 그는 도와주겠다는 말도 없이 아까 우리가 봤던 아가씨를 손으로 가리켰다. 아무래도 그 아가씨는 접수뿐만 아니라 짐꾼 역할도 하는 모양이었다. 그녀는 우리 가방 두 개를 불끈 들더니 계단을 빨리 올라갔으며, 그 사이에 우리에게 조금만 가면 되니 힘내라는 말까지 했다. 그녀는 4층까지 올라가는 내내 활기가 넘쳤다. 우리는 숨이 차서 창피할 정도로 헐떡거렸다.

다음 날 아침, 식사를 한 후에 푸조에 올라 빅토리아에게 바다로 가는 길을 알려 달라고 입력했다. 그러나 먼저 프랑스와 이탈리아 사이의 관문인 알프스 산맥을 올라야 했다. 로마인들은 고대 유럽의 갈리아를 정복하기 위해 무자비한 겨울에 알프스 산맥의 정상을 향해 나아갔겠지만, 우리는 적어도 한겨울보다는 나은 날씨에 차를 타고 조금 편한 길을 따라 목적지로 향했다. 그리고 중간에 여러 번 차를 세우고 풍경을 구경하며 휴식을 취했으며, 그때마다 장관에 취해 감탄하는 동시에 재킷을 찾느라 차를 뒤졌다. 길을 갈수록 수천 개쯤 되어

즐겁지 않으면 인생이 아니다

보이는 수많은 터널이 나타났고 엄청나게 많은 비가 내렸다. 폐소공
포증이 있는 팀에게는 그리 좋은 상황이 아니었다. 나는 그를 바라보
며 농담을 했다.

"이봐요, 저기 좀 봐요. 프랑스 사람들은 터널에 일정한 거리마다
파란색 네온사인을 달아놨네요. 음⋯⋯, 당신이 저 파란색 네온사인
에 차를 부딪치지만 않는다면, 대규모 차량 충돌을 유발해서 16킬로
미터 길이의 터널 속에서 질식당할 일은 없을 거예요."

"대단한 상상력을 발휘해 줘서 고마워. 당신이 있어서 늘 편안해!"

이탈리아 사람들은 안전 규칙을 엄격하게 준수하지 않는다. 이탈리
아 지역에 해당되는 알프스 산맥으로 접어들자 위험을 감수하며 운전
하는 터프 가이들이 많았다. 각자 알아서 몸을 사려야 하는 살벌한 분
위기였고, 몇몇 사람들은 어찌나 급하게 차를 몰던지 심지어 터널 안
에서까지 추월을 했다. 나는 눈을 꾹 감은 채 당장 비명을 지르고 싶
은 충동을 억누르느라고 기를 썼다. 이때의 경험은 이탈리아의 방식
을 우리에게 제대로 알려줬다. 이탈리아 사람들은 말하는 속도만큼
차를 모는 속도도 빨랐다.

작지만 강력한 작은 자동차가 안전하게 알프스 산맥을 통과해 산타
마게리타까지 우리를 무사히 데려다줬을 때 얼마나 기쁘고 안심이 됐
는지 모른다. 게다가 훨씬 따뜻했다. 산타 마게리타는 이탈리아의 아
름다운 해변 도시로 제노바에서 동남쪽으로 약 32킬로미터 떨어져 있
으며 포르토피노와 가까웠다.

우리가 묵은 아름다운 객실의 편안한 발코니에서 바다가 훤히 내려

다보였고 해변 반대편으로는 화려한 소도시가 보였다. 바로 아래에는 정확한 간격으로 줄지어 배열된 긴 의자와 파라솔이 해변에 빼곡히 들어차 있었다. 유니폼을 입은 종업원들이 일광욕을 즐기는 손님들의 시중을 들며 음료수와 타월을 나르고 있었다. 늘 내가 꿈꾸던 이탈리아 해변 리조트의 모습 그대로였다. 고맙게도 사랑스런 팀은 우리가 이탈리아 해변을 호화롭게 즐길 수 있도록 예산을 늘려 줬다. 아마 이 모습을 친정어머니가 봤다면, '부자 행세'라고 빈정거렸을 것이다.

이때쯤에 우리는 한 도시에서 장기간 거주한 뒤, 다음 도시에서 장기간 거주하기 전에 며칠 짬을 내서 잠시 휴가를 즐기도록 계획을 세우는 방식에 익숙해졌다. 미국에서의 주말 휴가와 같은 맥락으로 느긋하게 쉬면서 기력을 회복하는 거였다. 아무리 일정한 거주지가 없이 세계 여행을 하는 사람들이라도 쇼핑과 요리와 세탁에서 벗어나 여유롭게 쉬는 시간이 가끔씩 필요했다.

그렇지만 며칠 뒤, 피렌체의 미칠 것 같은 교통 상황은 우리를 최악의 상황으로 몰아넣었다. 로터리와 신호등이 교통의 흐름을 원활하게 통제했지만, 로터리마다 선택할 수 있는 경로가 적어도 네 개 이상이었다. 더구나 대부분의 도로가 일방통행이어서 잘못된 차선으로 들어가면 골치가 아팠다. 주변을 몇 바퀴 돌아서 처음 지점부터 다시 출발하기란 아예 불가능했다.

올바른 길로 접어든 뒤에야 나는 피렌체 시가지를 둘러볼 여유가 생겼다. 빛바랜 분홍색과 황토색과 황갈색의 치장 벽토 건물들이 들어서 있었고, 모든 건물들의 지붕에 햇볕에 달궈진 빨간색 타일이 덮여 있었다. 널따란 대로를 따라서 말을 타고 있는 장군들을 형상화한 거대한 청동상들, 대리석으로 만든 천사 조각상들과 어우러진 로마의 신들의 조각상들이 드문드문 있었고, 그 위로 유구한 역사를 지닌 나무들이 지붕처럼 드리워져 있었다. 우리가 지나가는 길을 따라 고급 보석과 실크 스카프를 파는 상점들이 늘어서 있었고, 거의 모든 블록마다 맛있는 젤라토 가게가 있었다. 보도에 있는 카페에는 에스프레소를 죽 들이켜거나 간식으로 페이스트리를 먹는 사람들이 보였다.

한참 여행자의 감상에 빠져 주변을 구경하고 있는데, 갑자기 요란한 경적 소리가 들렸다. 화를 가까스로 억눌렀던 팀이 마침내 버럭 소리를 지르며 욕을 하고 국제적으로 통용되는 불쾌한 손가락 짓을 했다. 그런 다음 갑자기 팀의 날카로운 눈빛이 부드러워졌다.

"우와! 저기 좀 봐. 마르타가 말했던 주유소가 있네. 저 옆에 있는 작은 치즈 가게에서 턴하면 돼. 제대로 찾아온 것 같군."

드디어 우리의 새 보금자리가 될 곳에 도착하자 흥분해서 날뛰는 개 두 마리와 집 주인인 프란체스코와 마르타 부부, 정원사, 가정부, 지나가는 길이던 이웃 사람이 우리를 맞았다. 모든 사람들이 팔을 걷고 나서서 우리의 수트케이스를 끌고 올라가 날라줬다. 갑자기 영화 〈투스카니의 태양〉의 한 장면 속으로 걸어 들어가는 느낌이었다.

영화에서와 마찬가지로 아파트가 우리 기준으로는 어마어마하게 컸다. 몇 개월 여행을 하다 보니 우리는 46제곱미터 이하의 아파트에 사는 것에 익숙해져 있었다. 이 아파트는 92제곱미터가 넘어 보였다. 모든 방에서 엽서에나 나올 법한 포도밭과 빌라, 교회, 과수원, 파릇파릇한 농경지의 가장자리에 동일한 간격으로 줄지어 서 있는 이탈리아 특유의 사이프러스 나무가 어우러진 멋진 풍경이 보였다. 계곡의 중심부에 있는 피렌체 대성당의 모습도 어슴푸레하게 보였다. 테라스에는 야외 벽난로와 깊이가 깊은 개수대, 편리한 조리대가 있었다. 우리가 계약한 조건에는 위층에 있는 수영장도 사용할 수 있게 돼 있으니, 멋진 풍경을 감상하며 수영도 할 수 있을 터였다. 모든 게 완벽했다!

팀이 큰 소리로 말했다.

"정말 즐거운 시간을 보내게 될 거야. 오전에는 글을 쓰고 오후에는 구경을 다니자고. 늦은 오후가 되면 집에 돌아와서 수영을 하고 간단한 저녁 식사를 준비해서 테라스에서 먹으면 되겠다."

다행히 팀은 아주 체계적인 사람이었다. 누군가는 계획을 세워야 하는 법, 나는 그의 열의가 부럽고 존경스러웠다.

"이곳 생활에서 중심 단어는 '심플'로 정해요. 파리에서 한 달을 보내고 이동하며 나흘을 보냈더니 이제 거창한 저녁 식사 정도는 그냥 넘어가도 되지 싶네요."

그러나 나는 이 말을 하면서도 키안티 와인을 한입 가득 들이켜고 나서 신선한 허브 염소 치즈와 햇볕에 말린 토마토를 듬뿍 올린 빵으로 손을 뻗었다.

즐겁지 않으면 인생이 아니다 —————

훌륭한 여행자가 되는 일은
마음먹기 나름

다음 날 아침, 우리는 여행지에 도착할 때마다 실천하는 일과에 따라 식료품을 사러 갔다. 그런데 기온이 섭씨 60도는 족히 넘을 것 같았다. 우리는 빌라 건물 앞의 좁은 도로에 세워둔 차에 앉아서 기온이 떨어지기를 기다리며, 또다시 복잡한 이탈리아의 도로로 뛰어들 마음의 준비를 했다. 나는 빅토리아에 위치를 입력했다. 팀은 몇 번 심호흡을 하며 용기를 끌어모은 뒤 시동을 걸고 애비뉴 볼로네즈(빅토리아는 '바울 아흐 크니스'라고 발음했다)를 향해 언덕길을 내려갔다. 팀은 유명한 자동차 경주 선수인 마리오 안드레티 못지않은 용기로 급커브와 사각 지대에 도전했다. 올바로 길을 찾아가는 팀을 보고 내 눈이 갑자기 커졌다. 심지어 팀은 오토바이 운전자들이 우리 차에 닿을 정도로 딱 붙어서 빠르게 지나가도 의연했다(물론 욕설을 내뱉기는 했지만 그래도 침착한 편이었다).

그날따라 빅토리아가 제 역할을 못했다. 게다가 마르타가 알려준 사이프러스 나무나 다른 지형지물들을 찾지 못했다. 그런데도 에살룬가에 무사히 도착했다. 그저 본능을 따라갔을 뿐이었다. 이제 앞으로도 종종 이 방법을 사용해야 할 듯 싶었다. 에살룬가는 다른 모든 대형 슈퍼마켓과 비슷하지만, 분명히 이탈리아 특유의 감수성이 어우러져 있었다. 즉, 지극히 혼란스러웠으며, 자신들의 앞길에 걸리적거리는 우리 같은 신참들을 배려하지 않고 급하게 움직이는 사람들로 북적였다.

얼마 지나지 않아서 우리는 에살룬가에서 식품을 사는 게 권투나 미식축구처럼 선수들이 서로 신체 접촉을 하며 고도의 기술과 단호한 결의가 필요한 스포츠와 마찬가지라는 결론에 도달했다. 이탈리아 슈퍼마켓에서 청과물을 사려면 거쳐야 하는 절차가 있었다. 청과물 코너의 가운데에 있는 기계에서 비닐장갑 하나와 비닐봉투 몇 개를 빼서 물건을 고른다. 손으로 꽉 쥐는 것은 금지되어 있다. 그저 눈으로 보고 고른 다음 비닐장갑을 낀 손으로 물건을 집어 재빨리 비닐봉지에 넣어야 한다.

나는 처음 몇 번은 카트를 끌고 다녔는데, 그 덕분에 다른 쇼핑객들에게 부딪히고 떠밀리는 꼴을 여러 번 겪었다. 그래서 한없이 짜증났다. 그 사람들이 일부러 그런 무례한 행동을 한 것이 아닌데도 그랬다. 팀은 언제나 사람들이 몰리는 상황에서는 가장자리 쪽으로 물러나 있었다. 그러면서 조금 떨어져 서 있는 팀은 내가 보지 못한 패턴을 감지했다. 그 슈퍼마켓에서 몇 번 장을 본 뒤에, 팀은 이탈리아 사람들은 카트를 일단 슈퍼마켓 가운데에 놔두고 비닐봉지와 비닐장갑만 들고 다니더라고 말해 주었다. 그래서 서로 밀거나 카트를 토마토 상자에 부딪힐 일이 없었다. 바로 그것이었다. 이 방법을 따라하자 쇼핑을 하기가 훨씬 수월해졌다. 훌륭한 여행자의 필수 항목은 여행하는 나라에 적응해야 한다는 것이다. 이렇게 되면 걱정거리가 사라져 마음이 편해지는 것은 말할 것도 없다. 나는 이 점을 늘 기억하려고 노력한다.

많은 이탈리아 사람들이 우리가 이탈리아에 도착하기 전부터 집단적으로 불쾌한 기분에 빠져 있었다. 현지인들의 말로는 그 해가 수백년 만에 가장 더운 여름이라서 다들 진이 빠져 있다고 했다. 날이 갈수록 기온이 38도 이상으로 치솟았고 밤에도 열기가 식지 않았다. 열기가 얼마나 강렬한지 우리는 오전에만 장을 보러 가거나 관광을 했다. 그러고 나면 아파트로 돌아와서 하루 종일 틀어 놓은 선풍기 근처에서만 조금씩 움직였다. 어느 날, 덧문을 열 수 있는 저녁이 오기를 기다리며 앉아 있는데, 팀이 말했다.

"르네상스 시대의 컨벡션 오븐에서 사는 두더지가 된 기분이야!"

팀의 말이 맞았다.

한동안 비가 전혀 오지 않았다. 모기를 두루마기 종이로 휙 때려잡을 때를 제외하면 산들바람 한 자락도 불지 않았다.

그렇지만 우리는 뜨거운 오후에 거품이 나오는 수영장에서 천국 같은 시간을 보냈다. 우리 아파트에서 보는 피렌체의 풍경도 기가 막혔지만, 더 높은 곳에 있는 수영장에서 보는 풍경은 환상적이었다. 열기가 누그러진 날이면 음료수와 간식, 책과 컴퓨터를 챙겨 가지고 수영장으로 올라가 나무 그늘 아래서 시간을 보냈다. 우리는 여름의 배경음악으로 완벽한 매미 소리를 들으며 책을 보거나 글을 쓰거나 이야

훌륭한 여행자의 필수 항목은
여행하는 나라에 적응해야 한다는 것이다.
이렇게 되면 걱정거리가 사라져
마음이 편해지는 것은 말할 것도 없다.
나는 이 점을 늘 기억하려고 노력한다.

즐겁지 않으면 인생이 아니다

기를 나누다가, 가끔씩 수영장에 몸을 푹 담가 열기를 식혔다.

날마다 떠오르는 찬란한 이탈리아의 태양은 언덕과 도시를 빛나는 금빛 미술 작품으로 바꾸어 놓았다. 유명한 이탈리아 화가들이 그처럼 경이로운 작품들을 선물로 남길 수 있었던 이유가 충분히 이해되었다.

우리는 융통성을 발휘해 환경에 적응하기로 결심하고, 이탈리아의 뜨거운 열기와 싸울 방법을 계속 강구했다. 어느 날 아침, 커피를 마시며 피렌체의 장엄한 풍경을 감상하는데 내 발 옆에 있던 정원용 호스가 갑자기 확 움직이는 바람에 놀라서 발딱 일어나느라고 컵이 날아갔다. 팀이 테라스 구석에 서 있었다. 머리 위로 호스를 들어 올려 물을 뿌리려고 잡아당겼던 것이다. 팀은 물을 뿌려 더위를 식히려는 자신의 아이디어가 아주 마음에 들었는지 껄껄거리며 웃었다. 나 역시 키득거리며 팀의 옆으로 가서 티셔츠가 흠뻑 젖을 때까지 물을 듬뿍 맞았다. 이때부터 더위를 쫓기 위한 물 뿌리기는 우리가 아침마다 거행하는 의식이 됐다.

"물장난이 끝나면 시내에 나가자고. 적어도 에어컨이 잘 작동되는 식당이 있을 거야. 봐서 관광도 좀 하던지."

팀은 나에게 물을 더 뿌려줬고 나는 시원한 물을 마음껏 즐겼다. 사실 매력적으로 보이기를 포기한 지는 이미 오래됐다. 어쨌든 너무 더워서 머리카락이 힘없이 가라앉았고 화장을 해봤자 금방 지워져버렸다.

우리는 물을 다 말리고 나서 차를 몰고 관광 안내소에 가서 제대로 된 시내 지도를 신중하게 골랐다. 그리고 그늘을 찾아서 건물에 딱 붙어 걸으며 시원한 공기가 필요할 때마다 상점에 들러 음료수를 마신 뒤 힘겹게 두오모로 갔다.

에어컨이 나오는 식당에서 점심을 먹고 나니 기운이 났다. 하지만 가장 덥다고 하는 오후 2시가 되자 도저히 미술관에 갈 수가 없었다. 우리 머릿속에는 옥상의 수영장 생각으로 꽉 차 있었다. 어쨌거나 이 더운 날에 여기까지 오는 모험을 했다는 사실만으로도 우리는 의기양양해졌다.

즐겁지 않으면 인생이 아니다 ───────

함께 있는 것만으로도
행복해지는 존재, 가족

피렌체에서 보낸 여름 중 가장 절정을 이뤘던 때는 내 딸 로빈이 열흘 동안 놀러 왔을 때였다. 팀과 나는 로빈이 오는 날을 몇 달 전부터 고대했으며, 나는 그 아이가 도착하기 전날에 얼마나 설레었는지 한숨도 자지 못했다. 우리는 와인과 음식을 꼭꼭 쟁여 놨고, 로빈의 숙소로 잡은 우리 집 위층의 작은 아파트에는 꽃을 꽂아 놨다.

위층의 아파트는 여러 점에서 살기가 좋았다. 수영장으로 바로 연결될 뿐 아니라 무엇보다도 에어컨이 설치되어 있었다. 우리는 서투른 운전 솜씨와 피렌체의 복잡한 길을 잘 인식하지 못하는 빅토리아를 감안해서 한 시간 먼저 서둘러서 공항으로 로빈을 마중 나갔다. 그런데 그날따라 빅토리아가 실수하지 않아 아주 빨리 공항에 도착했다.

참으로 오랜만에 사랑스럽고 아름다우며 발랄한 로빈을 만났을 때의 반가움이란! 로빈를 데리고 아파트로 가는 길에 우리 세 사람 모두 입을 다물지 못하고 끊임없이 수다를 떨었다. 그러나 끔찍한 도로 상황은 어느새 우리로 하여금 침묵하게 만들었다. 피렌체에는 일차선과 일방통행 도로가 너무 많아서 종종 같은 장소로 오고 가는 두 경로가 완전히 달랐다. 빅토리아는 가장 짧은 경로로 안내했고, 그러다 보니 우리는 좁고 가파른 언덕을 올라야 했다. 어떤 경우에는 자동차 문이 바위벽에 닿을 정도로 아슬아슬하게 급격한 턴을 해야 했다. 언덕이 얼마나 가파른지 되돌아갈 수도 없었다. 반대편에도 높은 바위벽이 사정없이 치솟아 있었다. 팀은 한 번에 몇 센티미터씩 조심조심 바위벽을 돌아갔다. 정말 겁이 나서 입도 뻥긋할 수 없었다. 뒷자리를 돌아보니 시차 때문에 피곤에 절어 있는 불쌍한 우리 딸 로빈은 아예 스웨터를 얼굴에 덮고 기도를 하고 있었다.

로빈의 밝은 성격과 색다른 유머 감각 덕에 우리는 끈질기게 뜨거운 날씨마저 새로운 시각으로 보게 됐고, 피렌체가 보존하고 있는 장대한 문화유산을 로빈에게 보여주는 게 신이 났다. 노후한 상태마저도 문화유산의 아름다움을 가리지 못했다.

우리는 로빈을 데리고 언덕 기슭에 있는 그림처럼 아름다운 토스카나 마을인 스티아로 점심 식사를 하러 갔다. 작년에 이곳에 처음 왔을 때 아주 마음에 들었던 식당이었다.

나는 언덕을 내려가는 길에 신이 나서 로빈에게 말했다.

"로빈, 여기에서 네 생애 최고의 식사를 하게 될 거야."

그 작은 식당은 연녹색과 연분홍색으로 아름답게 장식되어 있었으며, 식탁보는 주름 하나 없었고, 포크와 나이프는 티 하나 없이 반짝반짝했다. 작은 시골 마을에 있는 식당이지만 워낙 우아한 분위기여서 대도시에 있는 유명한 식당이라고 해도 손색이 없었다. 전체적으

즐겁지 않으면 인생이 아니다

로 소박하고 절제되어 있었지만, 음식만은 어디에서도 맛볼 수 없는 최고급 요리였다. 식당 주인의 어머니인 주방장은 고기소스와 크림 소스가 들어간 두 종류의 맛있는 라비올리를 기가 막히게 요리했다. 또한 비프스튜와 어우러진 리소토도 엄청나게 맛있었으며, 나는 설탕에 졸여 겉이 바삭하면서도 달콤한 과일과 직접 만든 아이스크림을 디저트로 먹으며 정말이지 천상의 경험을 했다. 우리는 모든 메뉴를 주문했다. 조금씩 맛을 본 15개 요리 하나하나가 모두 잊지 못할 맛이었다.

내 건너편에 앉은 로빈은 한 입 입에 넣을 때마다 눈이 동그래졌다. 가족들 사이에서 로빈의 이 버릇은 "지금까지 먹어본 중에 최고의 맛이야."라는 의미로 통했다. 로빈이 즐거운 시간을 보내고 있는 모습에 나는 신이 났다. 로빈은 평소처럼 명랑하고 밝은 성격으로 우리를 행복하게 해줬고, 식당 주인과 그의 어머니까지 우리 테이블에 합류해서 즐겁게 이야기를 나눴다.

우리는 로빈이 머무는 동안 베키오 다리, 미술관, 기념물, 주요 성당과 같은 피렌체의 주요 볼거리를 구경시켜 주려고 도심으로 잠깐씩 외출했다. 시에나로 차를 몰고 가서 베니스로 가는 기차를 타기도 했지만, 고통스러울 만큼 날씨가 더워서 짧게 끝내고 돌아와야 했다. 대신에 우리는 수영장에서 많은 시간을 보냈다. 너무 더운 날씨 때문에 애초에 우리가 계획했던 대로 하지 못했는데도 착한 로빈은 아무런 불평을 하지 않았다.

우리는 로빈을 여기저기 데리고 다니지 못해서 안타깝기는 했지만,

로빈과 함께 있다는 사실만으로도 행복했다. 뭔가에 방해를 받지 않고 오롯이 서로에게만 관심을 집중할 수 있었기 때문이다. 우리는 카드 게임을 하고, 마음 편하게 오랫동안 수다를 떨며 느긋하게 지내는 호사를 누렸다.

특유의 유머 감각과 풍부한 상상력으로 평생 나를 즐겁게 해준 로빈이 우리를 만나러 와 주고 우리의 새로운 생활의 일부를 함께 경험해 줘서 정말 고맙고 기뻤다.

좋은 시간은
영원히 기억된다

　　　　　다음 날 아침, 아침 식사를 하면서 기온이
다시 올라가는 것을 느꼈다.

"여보, 이 집의 계약 기간이 몇 주 더 남았지만, 이 날씨를 더는 견
딜 자신이 없네요. 물론 쉽지 않겠지만 이쯤에서 결단을 내렸으면 해
요. 부에노스아이레스에서 그랬듯이 예정보다 빨리 이곳을 떠나는 게
좋지 싶은데, 당신 생각은 어때요?"

팀은 잠시 생각했다.

"나도 같은 생각이야. 그래서 다른 여러 대안을 찾아보기까지 했
지. 그렇지만 베로나에서 열리는 오페라 티켓을 예약해 놨잖아. 우리
가 환상적인 로마 시대의 원형극장에서 〈아이다〉와 〈투란도트〉를 보
는 호사를 꼭 누렸으면 해. 며칠만 더 참았다가 오페라를 보러 간 뒤
에 결정을 내리면 어떨까?"

팀의 판단이 옳았다. 우리는 무섭게 질주하는 트럭들을 피하느라
마음을 졸이며 고속도로를 달려 베로나에 도착했는데, 그럴 만한 가
치가 충분히 있었다. 걷고 싶은 거리가 즐비한 베로나는 즐거운 도시

였다. 피렌체보다 기온이 낮아서 저녁에 산책할 만했으며, 예쁜 건물과 나무가 줄지어 선 깔끔한 거리가 마음에 들었다. 사람들은 느긋하고 친절했으며, 그런 성격과 완벽하게 어우러지는 느리고 편한 속도로 살아가고 있었다. 셰익스피어의 유명한 작품들로도 알 수 있듯이 베로나는 낭만적인 도시였다. 우리는 용케 수많은 관광객들을 뚫고 나가 줄리엣의 방에 난 발코니를 구경하기도 했다.

점심 시간이 되자 우리는 원형극장을 마주 보고 있는 광장 한쪽의 식당 앞에 늘어선 긴 줄에 합류했다. 음식은 매우 훌륭했다. 더운 날씨에 제격인 차갑고 아삭아삭한 샐러드로 시작해서, 섬세하고 완벽한 반죽에 딱 적당한 양의 치즈와 맛있는 이탈리아 소시지를 올려 구운 황홀한 맛의 피자를 먹었다. 우리 테이블을 담당한 유능한 웨이터는 뚱한 표정이어서 말을 붙이기 쉽지 않았지만 눈에는 숨길 수 없는 장난기가 가득했다. 우리는 그와 농담을 주고받으며 첫 번째 줄의 테이블을 잡아 주면 밤에 저녁 식사를 하러 다시 오겠다고 말했다. 그리고 오페라를 보러 가기 전에 저녁 식사를 하러 들르자 그는 단번에 우리를 알아보고 왕래하는 사람들을 관찰하기에 딱 좋은 자리로 안내했다.

이번에도 놀라울 정도로 맛있는 음식에 우리는 감탄했다. 해산물 리소토는 부드럽고 가리비와 새우, 문어가 가득 들어 있었다. 팀은 파스타를 맛있게 먹었다. 그 웨이터는 우리를 마치 오랜 친구처럼 대했다. 우리는 그의 융숭한 대접에 우쭐해졌다. 그러면서도 지나친 환대에 조금 얼떨떨하기도 했다.

의문은 웨이터가 계산서를 가져왔을 때 풀렸다. 그는 잠시 망설이더니 팀이 롤링스톤스의 키스 리처즈에게 경의를 표하는 의미로 매일 끼고 있는 해골 모양의 은반지를 가리켰다. 그는 빙그레 웃더니 옷소매를 올려 해골이 달린 은팔찌를 보여줬다. 우리는 환호성을 지르며 은팔찌를 자세히 구경했다. 셔츠의 첫 단추를 풀고 가죽 끈에 달린 해골 펜던트를 꺼내 보여주면서 그의 미소가 점차 커졌다. 셔츠 앞섶을 잡고 재빨리 열었다 닫을 때는 그의 웃음이 완전히 함박웃음으로 변했다. 그는 속에 커다란 검정색 해골이 그려진 티셔츠를 입고 있었다. 사람들이 미치광이처럼 정신없이 웃어대는 우리 세 사람을 빤히 쳐다봤다. 해골 반지 덕분에 식당에서 최고의 자리를 차지하고 앉아, 염세적인 웨이터에게 왕 같은 대접을 받게 될지 누가 상상이나 했겠는가. 우리는 다른 사람들이 그렇듯이 이탈리아 사람들도 온정과 존경심을 가지고 대하면 같은 식으로 되돌려 주며 알고 보면 모든 사람들이 처음 생각보다 많은 공통점을 가지고 있다는 사실을 다시 한 번 확인했다.

우리는 저녁 식사를 하고 나서 원형극장으로 걸어갔다. 돌로 된 외벽이 저녁 노을을 받아 분홍색으로 물들며 우아한 곡선이 두드러졌다. 이윽고 우리는 1000년 동안 수백만 명의 사람들을 맞아들였을 입구로 들어섰다.

아름다운 극장을 배경으로 펼쳐지는 웅장한 오페라를 보려고 온 수많은 사람들이 빼곡히 들어차 있었다. 우리가 자리를 찾아 앉을 때 원형극장 한쪽으로 태양이 지고 있었다. 원래의 관람석 가운데 유일하게 남은 네 단의 높다란 아치 모양 관람석이 하늘을 배경으로 당당하게 자리 잡고 있었다.

"우와, 이럴 줄 알았어. 대단한 곳이군."

애초에 혼자 나서서 오페라를 예약했던 팀이 자랑스러운 목소리로 말했다. 바로 그때, 원형극장에 들어온 사람들마다 하나씩 들고 있던 수천 개의 촛불이 깜박이기 시작했다. 이 놀라운 광경은 평생 잊지 못할 공연에 걸맞은 완벽한 시작이었다.

무대가 원형극장의 3분의 1을 차지하고 있었다. 이 고대 원형 경기장은 원래 서기 30년에 세워졌으며, 3만 명을 수용할 수 있었다. 공연 중 한 장면에서는 백마 두 마리가 마차를 끌고 무대로 올라가고 로마 병사의 옷을 입은 40명의 남자가 활활 타오르는 횃불을 높이 들고 제일 꼭대기 단 위에 동일한 간격으로 떨어져서 위엄 있게 서 있는 가운데 300명의 전 출연진이 최고의 성량으로 합창을 했다. 우리는 각각 〈아이다〉와 〈투란도트〉를 관람한 이틀 동안 평생 다시 볼 수 없을 규모의 조명과 의상과 무대와 음악이 어우러진 호화로운 장관에 흠뻑 빠졌다. 나는 뉴욕과 런던, 할리우드, 로스앤젤레스에서 대규모 오페라를 많이 관람해 봤지만, 여기에서 본 오페라가 단연 최고였다. 열성적인 오페라 팬인 팀은 예전에 베로나에 왔던 적이 있었다. 그런데 이번에는 자신이 좋아하는 오페라를 보았을 뿐만 아니라 내가 무아지경에 빠져들자 더욱 즐거워했다.

즐겁지 않으면 인생이 아니다

융통성으로
시행착오 돌파하기

다음 날, 우리는 트리에스테를 향해 출발했다. 우리가 이 도시를 선택한 이유는 1960년대와 1970년대에 우리가 읽었던 냉전을 배경으로 한 소설에 이곳이 엄청나게 자주 등장했기 때문이다. 우리는 트리에스테라고 하면 몰래 숨어 도망 다니며 비밀 정보를 빼돌리고 동료를 공산단원들에게 밀고하는 중절모를 쓴 스파이들이 연상됐다. 아드리아 해에서 세 번째로 큰 항구도시인 트리에스테는 로마시대로 거슬러 올라가는 유구한 역사를 가지고 있었고, 이 점이 우리의 흥미를 끌었다. 우리 둘 다 트리에스테에 가본 적이 없어서 즐거운 모험이 될 것 같았다.

트리에스테로 가는 길은 장관이었다. 숲길을 달리다가 어느 순간 급회전을 했는데, 갑자기 우리 앞에 끝없이 펼쳐진 평온한 푸른 빛 아드리아 해가 보였다. 트리에스테는 만이 육지 속으로 깊이 들어와 있는 지형이었다. 절벽 꼭대기에 인접한 멋들어진 주택들의 테라스가 나란히 바다를 향해 있었다.

팀은 1873년 이후로 수많은 저명인사들이 묵었던 호텔 두치에 객실을 예약해 놨다. 호텔은 아주 우아했고 고풍스러운 서비스는 흠 잡을 데가 없었다. 호텔은 시내에서 최적지인 아드리아 해를 마주 보는 광장에 자리 잡고 있었다. 광장을 둘러싼 신고전주의 건물들은 거대했다. 밤에 불이 들어오면 정교한 외부 장식이 더욱 두드러져 웨딩케이크처럼 아름다웠다. 트리에스테는 이탈리아의 다른 도시들과 달리 중부 유럽의 느낌을 풍겼다. 이곳은 오스트리아-헝가리 제국이 붕괴된 후에 이탈리아로 합병됐지만, 여전히 오스트리아의 독특한 외관과 분위기가 남아 있는 곳이었다.

호텔에 들어서자 견장과 반짝이는 금색 단추가 달린 파란색 유니폼을 입은 문지기들이 대걸레를 들고 부지런히 움직이며 짙은 색의 나무 바닥에 윤을 내고 있었다. 광택이 흐르는 황동 장식들을 보니, 마치 왕을 맞으려고 만반의 준비를 해온 느낌이 들었다. 꽃무늬 벽지와 벨벳 소파도 품격이 흐르던 시대로 돌아간 느낌을 자아내는 데 한몫했다. 우리 객실에는 무늬를 새긴 우아한 가구와 금박의 꽃무늬가 넘쳐났다.

트리에스테에서 피렌체로 돌아오니 이곳은 여전히 용광로처럼 더웠다. 우리는 아파트에 들어서자마자 가방을 던져 놓고 서둘러서 수영장으로 피신했다. 발을 담그고 첨벙거리며 물장난을 치던 중에 팀이 말했다.

"여기에서 지낼 날이 2주밖에 남지 않았고, 우리가 예약해 놓은 것은 푸치니의 고향에서 열리는 〈라보엠〉 공연뿐이잖아. 난 당신이 그 오페라를 꼭 봤으면 좋겠어. 그런데 일기예보를 보니, 그날 밤에 루카의 기온이 섭씨 40도까지 올라갈 거래. 그 정도 기온이면 울 코트를 입고 스카프를 두른 배우들이 무대에서 쓰러질 정도 아니겠어?"

"우리도 졸도할지 몰라요. 그 극장에 가려면 상당히 많이 걸어야 한다고 했죠? 그 오페라를 보러 가는 게 그리 좋은 계획은 아닌 것 같네요. 당신은 어때요?"

"내 생각도 그래. 마르타에게 오페라 티켓을 주고 우리는 이 지독한 더위에서 빨리 벗어나는 게 어떨까? 그래서 좀 알아봤는데 말이야, 우리에게 딱 맞는 장소를 찾아낸 것 같아. 파리에서 그리 멀지 않은 곳이니까, 나중에 파리에 들러서 렌트한 자동차를 돌려주고 곧바로 런던으로 가면 될 것 같아. 아파트가 아주 좋아 보이더라고. 아담한 도시에 있는 아파트이고, 에어컨이 세 개나 달려 있어."

나는 팀을 꼭 껴안고 키스한 뒤에 곧바로 집 안으로 달려가 짐을 싸기 시작했다. 팀도 나를 뒤쫓아와 짐을 챙겼다. 우리는 뜨거운 굴에서 빠져나가려는 두더지처럼 재빨리 움직였다.

며칠 후, 우리는 다음 목적지에 안전하게 도착했다고 알리려고 마르타에게 전화를 했다. 마르타의 말에 따르면, 우리가 준 티켓을 가지고 마르타의 딸이 오페라를 보러 갔는데 오페라 배우들과 관객들이 엄청난 더위 때문에 졸도했다는 것이다. 우리는 그 소식에 그리 놀라지 않았다. 오히려 그 오페라를 보러 가지 않은 게 다행이다 싶었고, 공연을 위해 그런 고통을 겪어야 하는 배우들이 참으로 안쓰러웠다.

다음 날, 오히려 얼마나 신이 났는지 터널에서 미친 속도로 위험하게 운전하는 사람들조차 신경 쓰이지 않았다. 알프스 산맥이 가까워질수록 기온이 내려갔다. 얼마 지나지 않아서 섭씨 26도가 됐다. 이틀 동안 이동하는 내내 끔찍한 더위에서 벗어난 것만으로도 날아갈 것 같았다. 우리는 길을 잃거나 배가 고프거나 교통 체증에 막히거나 갑작스러운 폭풍우에 옴짝달싹 못할 때조차 말다툼 한번 하지 않았다.

우리는 많은 탑과 자갈길이 있는 프랑스의 중세 도시인 라 샤리테르 루아르를 향해 차를 달렸다. 앞으로 며칠 동안 우리 보금자리가 될 도시였다. 팀이 씩 웃으며 나를 바라봤다.

"당신한테 일부러 말하지 않은 깜짝 소식이 있어. 주말에 거기에서 블루스 페스티벌이 열릴 거야! 아주 훌륭한 가수들이 참석할 예정이라더군. 벌써 표도 예매해 놨어. 멋지지 않아?"

"우와, 〈아이다〉와 완전히 다른 공연을 보겠네요. 재미있을 것 같아요."

우리가 머물기로 한 곳은 원래 15세기에 지어진 건물이며, 집주인인 미국인 켈리 하커와 브라이언 하커 부부가 여러 채의 아파트로 개조한 곳이었다. 그곳은 가파른 원형 돌계단을 올라가서 꼭대기 층에 있었다. 사생활이 보장되는 자그마한 테라스는 페스티벌이 벌어지는 장소인 근사한 중세 교회 바로 옆에 나란히 붙어 있었다. 아파트는 넓고 아름다웠을 뿐만 아니라 시원하기까지 했다.

우리는 블루스 페스티벌에서 미국에서 탄생한 블루스 음악이 전 세계의 가수들과 연주자들을 통해 재해석돼 불리는 것을 들으며, 좋은 시간을 보냈다. 들어본 중에 최고의 블루스 음악이었고, 배경이 기가 막히게 멋져 모든 사람들이 신나는 시간을 보냈다.

즐겁지 않으면 인생이 아니다

우리는 전원 지대를 여기저기 탐험했고, 강가로 소풍을 갔으며, 기차를 타고 파리에 가서 우리의 친구인 앤디와 조르주와 점심 식사를 하기도 했다. 시내의 중심가를 느긋하게 산책하기도 하고, 파리행 기차에 훌쩍 올라타기도 하다 보니 우리가 전 세계를 집처럼 여기고 사는 범세계주의자가 된 기분이었다.

두 시간 동안 기차를 타고 베르시 역에 도착하면, 그곳에서 바로 연결된 지하철을 타고 친구들을 만나러 여러 번 파리로 갔다. 뤽상부르 공원 옆 거리를 천천히 걷고 있으면 약속 시간에 맞춰서 친구들이 나타났다. 다시 기차를 타고 라 샤리테 르 루아르로 돌아와 시원한 보금자리로 들어갈 때면 우리가 인생의 황금기를 살고 있는 기분이었다. 이렇게 만사가 잘 맞아떨어지는 날이면, 잘 풀리지 않거나 별 보람이 없는 날의 수고쯤은 아무렇지도 않게 느껴졌다.

이탈리아에서의 경험은 우리의 생각을 증명해 줬다. 새로운 친구와 여행이 우리의 생활을 생동감 있게 해주며, 늘 웃고 융통성을 발휘하기만 한다면 어떤 어려움이라도 헤쳐 나갈 수 있다는 것을 말이다. 또한 우리는 이탈리아에서의 경험으로 새로운 결심을 했다. 우리 예산으로 엄두가 안 나는 좋은 집을 저렴한 가격으로 빌려준다는 사람이 있으면, 세부 사항에는 귀를 기울이지 않는다는 경향을 고쳐야 한다는 점이었다. 우리는 이탈리아가 7월과 8월에는 상상도 못할 정도로 아주 더우며, '이탈리아 전통 에어컨'(아무 의미가 없음)이라는 설명이 붙은 집을 빌리는 게 실수라는 사실을 깨달았다. 원래 우리가 그 집을 계약했던 이유는 저렴해서 예산을 넘지 않았기 때문이다. 그러나 이

제는 비용보다 실제 집의 상태를 고려하자고 결심했다. 그 후로 우리
는 저렴한 가격으로 집을 빌릴 수 있는 좋은 기회를 몇 번 거절했다.
거주 환경을 자세히 살펴보니 살다 보면 짜증이 나거나 실망하게 될
것이 뻔했기 때문이다.

우리가 여행을 하면서 깨달았듯이, 모든 사람이 가지고 있는 내면
의 목소리에 귀를 기울이는 게 중요하다. 공포 영화에서 주인공이 커
튼 뒤에 살인자가 숨어 있는 위험한 방에 들어가려 하면 관객들은 조
용히 비명을 지른다.

"그 방에 들어가지 마!"

바로 이것이 내면의 목소리다. 적어도 한 번 이상은 시행착오를 거
쳐야 이런 교훈을 진짜 제대로 이해할 수 있다. 살인자가 쳐놓은 함정
에 들어가는 영화 속의 불쌍한 주인공과 달리, 다행히 우리는 집을 선
택하면서 실수를 저질렀으면서도 무사히 살아남았다.

모든 사람이 가지고 있는
내면의 목소리에 귀를 기울이는 게 중요하다.
공포 영화에서 주인공이 커튼 뒤에 살인자가 숨어 있는
위험한 방에 들어가려 하면 관객들은
조용히 비명을 지른다.
"그 방에 들어가지 마!"
바로 이것이 내면의 목소리다.
적어도 한 번 이상은 시행착오를 거쳐야
이런 교훈을 진짜 제대로 이해할 수 있다.

09 우리의 생활은
평범하지 않기에
그만큼
따분할 틈도 없다.

_영국

연륜에 걸맞은
느긋함이 필요할 때

"안 돼, 안 된다고, 안 된단 말이야. 안 할 거야. 빅토리아가 뭐라고 하든 난 몰라. 안 되는 일이야!"

팀이 운전대를 손바닥으로 치며 소리쳤다.

팀은 우리 자동차 앞에 손 글씨로 쓰인 표지판을 노려보더니, 우리 GPS인 빅토리아에게 반항적인 눈빛을 보내고는 손을 내려 시동을 껐다. 표지판에는 '자동차 통행에 부적합함'이라고 적혀 있었다. 비가 내리치는 앞 유리를 통해 약 2미터 전방의 도로가 폭우로 여기저기 수없이 패여 새까만 진흙투성이의 늪지가 되어 있는 게 보였다.

"그래요, 그래. 진정해요."

나는 변속 기어에 올려놓은 팀의 왼손을 토닥거리며 말했다. 그렇다. 다름 아닌 왼손이었다. 오늘은 팀이 도로의 왼쪽에서 운전하고 변속 기어를 왼손으로 조작하고 백미러를 확인하는 방법을 새로 익혀야하는 첫날이었다. 영국 및 수세기 동안 영국이 통치했던 나라들은 다른 대부분의 나라들과 달리 운전대가 오른쪽에 있어 모든 것이 완전히 반대였기 때문이다.

즐겁지 않으면 인생이 아니다

그날 아침에 우리는 런던 히스로 공항에서 자동차를 렌트했다. 우리 목표는 해가 지기 전에 콘월 해안에 있는 B&B아침 식사를 제공하는 가정집 형태의 숙박 형태—옮긴이인 버크로렌 팜에 도착하는 것이었다. 그것도 가능하면 다치지 않고 무사한 몸으로 말이다. 아무래도 우리의 판단 착오인 듯했다. 팀이 새로운 운전 방법을 연습할 시간이 전혀 없이 바로 실전에 투입됐기 때문이다. 나는 1990년대에 아일랜드에 2년 정도 살 때 차를 몰고 다녔는데, 힘들었던 기억이 없었다. 물론 그때는 지금보다 젊었기에 대범했고, 아일랜드 사람들이 운전하는 차에 여러 번 타봤으며, 처음으로 직접 운전하기 전에 주차장에서 수없이 연습을 했었다.

동쪽에서 서쪽으로 연결되는 6차선 도로인 M3에서 출발할 때만 해도 별 문제가 없었다. 팀은 그 고속도로를 몇 시간 정도 달리더니 기본적인 사항은 다 익힌 것 같다고 했다. 영국은 교통 통제가 잘돼 있었으며, 운전자들이 차를 잘 몰 뿐만 아니라 예의가 발랐다. GPS인 빅토리아마저 아주 정확하게 길을 안내했는데, 영국식 억양을 쓰는 빅토리아가 고향땅인 영국에 오니 제대로 실력을 발휘하는 것 같았다. 농담이 아니라 진짜로 빅토리아는 이탈리아와 프랑스에서보다 훨씬 여유롭게 안내했다.

조금 전까지만 해도 팀은 이렇게 말했었다.

"있잖아, 여보. 여기에서 운전하는 게 별 문제가 안 될 것 같은데. 백미러를 확인하는 게 아직 익숙지 않지만(팀은 백미러를 볼 때 왼쪽으로 시선을 돌려야 하는 방식에 끝내 익숙해지지 않았다), 전체적으로 그리 힘들지 않네. 이쪽 방향의 운전에 적응되고 있나 봐."

얼마 후, 고속도로를 빠져 나와 첫 번째 원형 교차로가 가까워지자 상황이 급격하게 바뀌었다. 이탈리아와 프랑스에서는 오른쪽으로 로터리에 들어가고 나왔다. 영국에서는 정확히 반대여서 자동차들이 왼쪽으로 들어가고 나왔지만 문제는 오른손 차선에서 운전해 버릇하던 사람들은 자동적으로 왼쪽의 교통의 흐름을 살핀다는 것이었다. 반면에 영국에서는 오른쪽의 교통 상황을 주시해야 하기 때문에, 턴을 할 때마다 운전자는 기존과 반대로 생각하는 과정을 거쳐야 했다. 대단히 어려운 일이었다. 또한 변속 기어가 운전자의 왼쪽에 있고 백미러도 운전자의 왼쪽에 있기 때문에, 복잡한 교차로 한가운데에서 본능적으로 오른쪽으로 손을 뻗는다든가 오른쪽을 본다든가 하다가 이게 뭐지 하는 혼란에 빠지기 쉬웠다.

원형 교차로를 통과하려면 빅토리아와 나와 팀 모두가 힘을 합해야 했다. 우리는 로터리에 도착하기 훨씬 전부터 경로를 고민했고, 나는 GPS 지도를 들여다보았다.

"3킬로미터 정도 가면 로터리에 진입하게 될 거예요. 그러면 1시 방향으로 들어가요. 3번 출구예요. 1시 방향! 알았죠?"

나는 차분하고 느긋한 어조로 말하려고 무척 노력했다.

"알았어."

팀은 운전대를 꼭 틀어쥔 채 이를 악물고 대답했다.

우리는 절반 정도는 잘못된 진입 차선을 골랐다. 그러면 다시 주변을 빙빙 돌면서 올바른 차선으로 들어갈 수 있는 길을 찾으려 기를 썼다. 그리고 제대로 차선을 골라 아무도 우리 때문에 경적을 울리지 않

즐겁지 않으면 인생이 아니다

을 때마다 의기양양해졌다.

　버크로렌으로 향하는 도로로 접어들자 잘 가꾼 정원을 자랑하는 진짜 코티지들이 들어선 예스러운 마을이 나타났고, 덩굴 식물로 장식된 유구한 회색 돌담으로 경계가 나뉘는 작은 농장과 농경지와 숲과 들판도 나왔다. 매우 아름다운 전형적인 영국의 풍경이었지만 우리의 마음은 초조해졌다.

　콘월로 깊숙이 들어갈수록 도로가 좁아졌다. 그러다 보니 점차 낮은 돌담과 차의 간격이 좁아졌는데, 게다가 돌담의 높이도 높아졌다. 급기야 자동차 측면과 돌담의 간격이 8센티미터 정도밖에 되지 않아 도로를 살피기가 불가능했다. 마주 오는 모든 차들이 우리와 정면으로 충돌할 것 같아 불안했다. 팀이 본능적으로 왼쪽으로 피했다가 갓돌을 들이받는 경우가 한두 번이 아니었다. 설상가상으로 날씨마저 흐렸다. 약하게 내리던 가랑비가 점차 거세졌다. 얼마 지나지 않아 앞유리의 와이퍼가 제대로 작동되지 않아 뭔가가 긁히는 소리가 들렸다. 끼기기긱, 끼기기긱, 끼기기긱. 정말 신경을 긁는 소리였다.

　갑자기 도로가 1차선으로 합해졌는데, 마주 오는 차들의 행렬은 끊이지 않았다. 드문드문 길가에 차를 댈 수 있도록 해놓은 바닥이 진흙투성이인 자그마한 공간이 있었다. 마주 오는 차가 있을 때마다 한쪽이 후진해서 빈자리로 들어가 다른 차가 통과하게 해주어야 했다. 대부분의 차들이 우주선만큼이나 커 보이는 레인지로버나 4륜 구동차였다. 다른 운전자들은 후진해서 자동차의 반 정도밖에 안 되는 공간으로 비집고 들어가는 것을 아무렇지도 않게 했지만, 우리는 두렵기만 했다. 이쯤 되자 팀과 나는 대화를 아예 포기했다. 가끔 숨을 헐떡이거나 긴 한숨을 쉬는 게 유일한 의사소통이었다.

우리는 B&B의 주인이 이메일로 알려준 길 안내와 마침내 고향땅의 이상한 도로체계를 파악한 빅토리아의 안내를 참고한 끝에 결국 농장의 자갈이 깔린 주차장으로 들어섰다. 만세! 우리는 차에서 나오자마자 곧장 건물 쪽으로 뛰어가 물을 뚝뚝 떨어뜨리며 현관 지붕 아래 서 있었다. 그때 문이 열리더니 체구가 자그마한 집 주인 진 헨리가 딸기가 그려진 빳빳한 앞치마 차림으로 나와 환영의 미소를 지으며 들어오라고 손짓을 했다.

"두 분을 기다리고 있었답니다. 오늘 날씨가 지독하네요. 어서 들어오세요. 짐은 나중에 옮기도록 해요. 자, 이쪽 거실로 가시죠. 차를 드실래요, 커피를 드실래요? 시장하세요?"

진은 학교에서 일진이 나쁜 하루를 보내고 집에 왔을 때 포근하게 맞아주는 엄마 같았다. 작은 전기 벽난로 근처에 우리를 앉히고 커피와 집에서 만든 쿠키를 가져왔다. 더불어 다음 날은 화창하리라는 좋은 소식도 알려주었다.

우리가 선택한 곳은 전형적인 영국식 집으로 역사가 오래된 곳이었다. 서양 장미와 작은 조각상들, 벽에 높이 걸려 있는 채색된 찻잔과 작은 꽃 사진, 삐걱거리는 계단, 목욕탕의 리놀륨 바닥재에서 영국 느낌이 물씬 풍겼다. 타월은 얇았지만 깨끗했다. 꼭 할머니 집에 놀러온 느낌이었다.

그리고 옆에 있는 농장은 작은 호텔과 식당으로 개조되어 있었다.

즐겁지 않으면 인생이 아니다

얼마나 다행이란 말인가. 심신이 지쳐 있었던 우리는 한밤중에 그 도로를 다시 운전해 가느니 차라리 굶어 죽는 쪽을 선택했을 것이다.

우리는 진이 준 손전등을 들고 나가 바로 식당으로 가서 명랑하게 웃고 떠드는 사람들 사이에 앉았다. 차를 몰고 오면서 다사다난했던 하루를 기분 좋게 마무리하게 되니, 감사할 따름이었다.

그날 밤, 세찬 비가 유리창에 부딪치는 가운데 어서 잠이 들기를 기다리다가 팀을 바라보며 한숨을 쉬었다.

"그게 말이에요, 여보. 오늘같이 힘든 하루를 보내고 나면 우리가 정신이 나간 게 아닌가 싶은 생각이 들어요. 정말 피곤하네요. 당신도 그렇겠죠. 우리가 너무 무모하게 도전한 건 아닐까요?"

실제로 오늘 여기까지 오는 동안 눅눅하고 추운 날씨와 무엇 하나 확신할 수 없는 무기력함에 목이 졸리는 것 같았다. 하루 종일 겪은 일을 생각해 보면 우리가 앞으로 부딪힐 수많은 어려움에 잘 대처할 수 있을지 걱정이 앞섰다. 우리가 선택한 런던 근교의 아파트가 천국 같을지, 아니면 가축우리 같을지 전혀 몰랐고(렌트한 집이 예상과 같으면 늘 안도의 한숨을 쉬게 된다), 새로운 집으로 들어가면 해결해야 하는 예상하지 못했던 난관에 늘 부딪친다.

아직 가야 할 나라가 많이 남아 있었다. 런던과 아일랜드와 모로코를 거친 후에 바르셀로나에서의 며칠 밤을 보내야, 미국 땅으로 돌아가는 유람선의 개인실에 드러누워 쉴 수 있었다. 게다가 그 유람선이 마음에 들지 안 들지 누가 안단 말인가. 피곤에 지쳐 있는 상태로는 앞날을 보장할 수 없었다. 우리는 마음이 약해져 있었다. 게다가 아주 건강하긴 하지만 나이가 많은 게 사실이고 그에 따라 회복력도 약해지고 있었다. 스트레스와 육체노동에서 회복되는 시간이 몇 년 전보다 훨씬 더뎠다. 팀이 안심시키듯 말했다.

"아니, 그렇게 생각하지 않아. 그렇지만 하루 만에 여기까지 오지는 말았어야 했어. 앞으로는 처음부터 너무 욕심내지 말자고. 어쨌든 내일 아침이 되면 틀림없이 당신 기분이 훨씬 나아지고 주변을 둘러볼 마음이 생길 거야."

늘 그렇듯이 이번에도 팀의 말이 옳았다. 진이 말한 대로 날씨도 좋았다. 화창한 아침이 되니, 넓게 펼쳐진 짙푸른 옥수수 밭이 보였다. 옥수수 수염과 줄기 위로 밝은 태양이 반짝였다. 불어오는 바람에 곡식이 물결쳤고 나무 사이로 윙윙 소리가 났다.

안락한 방에서 보송보송한 이불을 덮고 푹 자고 일어나 옛날식 식당에서 영국식 아침 식사를 하고 나니 생기가 돌았다. 레이스에 자수가 놓인 식탁보와 손으로 그림을 그려 넣은 리모즈 접시, 은색 토스트 거치대, 맛있는 소시지를 즐기다 보니 불안한 마음이 사라졌다.

우리가 영국에 왔다!

콘월 지방을 어서 빨리 둘러보고 싶은 마음에 모든 걱정이 한순간에 사라졌다.

즐겁지 않으면 인생이 아니다

인생도 여행도
중간점검이 필요하다

다음 날 아침, 우리는 수많은 문학작품에 등장하는 지역인 배스로 향했다. 제인 오스틴의 작품부터 『해리 포터』에 이르기까지 많은 문학작품들이 배스와 관련이 있었다. 우리는 유서 깊고 웅장한 호텔에서 이틀 밤을 지내고 나서 택시를 타고 시내로 들어가 유명한 로마시대의 열탕을 구경했다. 또 조지 왕조 시대의 건축물을 실컷 감상했으며, 스웨터도 몇 벌 샀다. 날이 갈수록 날씨가 추워지고 있었고, 우리 둘 다 피곤에 절어 있어 런던 근처에 있는 다음 보금자리로 한시라도 빨리 가고 싶었다. 3주 동안 관광객마냥 여기저기 계속 이동하며 다녔던 우리는 보금자리에서 편안히 재정비할 시간이 절실히 필요했다.

우리는 런던을 향해 달렸다. 팀은 가끔 지나가는 경치에도 시선을 던질 수 있을 만큼 영국에서의 운전이 훨씬 편해진 것 같았다. 엄청난 발전이었다.

"우리가 지금까지 잘해 온 것 같아. 그렇지만 지난밤에 당신이 한 말을 생각해 봤는데 말이야, 내년쯤에는 우리가 계획을 세우는 방법을 재고해 보는 게 좋겠어."

"무슨 뜻이에요?"

"새로운 나라에 가서 초반이나 종반에 짧게 여기저기를 방문할 때 우리는 관광객이나 마찬가지잖아. 물론 우리가 탐험을 무척 좋아하지만 다른 방법으로 하면 어떨까 싶어. 사실 우리는 진짜 관광객이 아니니까. 관광객은 관광이 끝나면 집으로 돌아가서 짐을 푼 다음에 휴식을 취하고 또 얼마 있다가 짐정리를 한 다음에 푹 쉬지. 우리는 그렇지 않잖아. 익숙한 환경에서 쉬는 게 아니라 계속 이 도시에서 저 도시로 이동하면서 새로운 집을 마련하고 그곳을 우리 터전으로 만들 방법을 궁리해야 해. 힘들겠지만 수월한 방법을 찾아낼 수 있을 거야."

팀이 내 무릎을 토닥거렸다.

나는 팀의 말에 동의했다. 팀은 우리 계획을 거듭해서 점검하고 수정했다. 유람선과 비행기, 렌터카, 그 외에 필수적인 사항들에 대해 알아보는 작업이 쉴 새 없이 이어졌다. 그래서 인터넷 연결 속도가 우리에게 매우 중요한 요소였다. 그렇지만 팀이 그렇게 끊임없이 세부 사항에 관심을 가진 덕에 우리의 이런 생활 방식이 성공할 수 있었다. 우리는 다음 해에 어디로 갈지 생각하던 중에 예상할 수 없는 뜻밖의 상황들에 부딪혔다. 새로운 변화와 기회가 우리 계획을 완전히 바꿔놓을 터였다. 우리의 생활은 평범하지 않기에 그만큼 따분할 틈도 없었다.

런던 주변의 엄청난 교통 혼잡에 휩쓸리는 게 무서웠지만, 런던을

즐겁지 않으면 인생이 아니다 ──────

관광객은 관광이 끝나면 집으로 돌아가서
짐을 푼 다음에 휴식을 취하고
또 얼마 있다가 짐정리를 한 다음에 푹 쉬지.
우리는 그렇지 않잖아.
익숙한 환경에서 쉬는 게 아니라
계속 이 도시에서 저 도시로 이동하면서
새로운 집을 마련하고
그곳을 우리 터전으로 만들 방법을 궁리해야 해.

빙 둘러 가다가 햄프턴 코트 궁전 근처에 있는 작은 도시 이스트 몰시의 새 보금자리를 쉽게 찾았다. 팀은 영국 운전자들의 속도에 잘 적응해, 운전대를 치거나 다른 운전자들에게 으르렁거리는 일이 훨씬 줄어들었다. 갓돌에 부딪치는 것은 이제 다 옛일이 됐다. 우리가 묵을 집의 주인인 로빈 허브라트가 4층에 있는 햇살이 잘 드는 아파트에서 우리를 맞았다. 훗날 이 아파트는 우리가 가장 좋아하는 집 중 하나가 됐다. 우리는 아파트를 보자마자 무척 기뻤다. 침실이 넓고 수납공간이 넉넉했으며, 침실 못지않게 편한 큰 방이 하나 더 있었다. 또 주방이 거실과 분리되어 있고 커다란 조리대가 있어 요리할 공간이 넓었으며, 아주 잘 작동되는 엘리베이터까지 있었다. 게다가 건물 자체도 깔끔하고 환했다. 내가 동경했던 콘월의 잘 가꿔진 정원은 잊어버리기로 했다. 이곳이야말로 딱 이상적인 천국이었다. 로빈이 돌아간 뒤에 팀에게 말했다.

"우와, 팀. 이번에는 정말 제대로 골랐네요! 이곳은 완벽해요. 템스 강이 이렇게 가까운 곳에 있다니, 진짜 신나네요. 이 작은 발코니 좀 봐요. 발코니에서 강이 모두 내려다보여요. 여기에서 아주 즐겁게 지내게 될 것 같아요. 이 건물을 돌아서 조금만 걸어가면 커다란 시장이 있으니, 그것도 운이 좋고요. 이번에는 진짜로 성공이에요!"

팀은 자신의 노력이 칭찬을 받자 기분이 좋아서 빙그레 웃었다.

"이봐, 나가서 주변을 좀 둘러보자고. 짐은 나중에 풀고."

우리는 어서 빨리 새로운 동네와 이웃을 구경하고 싶은 마음에 들떠서 집을 나섰다. 몇 미터를 걸으니 템스 강 양쪽을 따라 이어지는 배를 끄는 길이 나왔다. 그 길 양쪽에 나무가 줄지어 서 있었고 사랑스러운 집들이 있었으며 가끔씩 펍이 하나씩 보였다. 조정 팀들이 소리 높여 외치는 키잡이의 지시에 따라 열심히 배를 젓고 있었다. 산책을 하는 사람들, 달리기를 하는 사람들, 유모차를 밀고 다니는 가족들, 자전거를 타는 사람들이 보도를 오갔다. 많은 요트와 모터보트가 어디론가 향하고 있었다. 템스 강 중 일부 지점은 너비가 단 30미터였기 때문에 그곳을 안전하게 건너려면 경험과 기술이 필요했다. 사람들이 탁 트인 공간에서 애완견과 원반 던지기 놀이를 하고 있었고, 아이들은 서로 잡으려고 뛰어다니거나 공원에 있는 그네를 타며 놀고 있었다. 우리 집에서 한 블록도 못 가서 부두가 하나 있었는데, 눈부시게 새하얀 아치형 입구가 세워져 있었고 그곳에 바다처럼 푸른색으로 '페리'라고 써져 있었다. 빠르게 강을 건너고 싶을 때 기둥에 걸려 있는 학교 종처럼 생긴 작은 종을 치면 사공이 와서 손님을 실어 날랐는데, 강을 한 번 건너는 값은 1파운드였다.

우리는 아파트에서 그리 멀지 않은 강가의 벤치에 앉아 강 주변의 평화로운 모습을 바라보며 음료수를 마셨다.

"이제 완전히 새로운 경험을 하게 될 거야. 상당히 오랜만에 아주 느긋하게 쉴 수 있을 거라는 감이 와. 우리는 템스 강 주변에 사는 이 생활을 즐기게 될 거야. 나는 벌써부터 우리가 이 지역 사회의 일원이라는 생각이 들어. 모든 게 느리게 움직이고 사람들이 하던 일을 멈추고 대화를 할 줄 알잖아."

나는 그의 손을 잡으며 대답했다.

"그동안 우리는 영국에 올 때마다 런던에만 있느라고 이처럼 완전히 다른 세상을 놓쳤네요. 우리 둘 다 여기가 정말 마음에 들 거예요. 당신이 아주 훌륭한 선택을 했어요. 그나저나, 사랑해요!"

팀은 내 손을 꼭 쥐었으며, 이어서 우리는 벤치에서 일어나 다시 걸음을 옮겼다. 이 벤치는 그해 9월의 찬란한 가을 오후 내내 '우리 벤치'가 됐다.

우리는 집으로 돌아와 새로운 보금자리를 정리하기 시작했다.

"이러면 어떨까? 내가 짐을 풀 테니 당신은 근처 슈퍼마켓에 가서 당장 여기에서 생활할 때 필요한 물건들을 사오는 거야. 장을 본 다음에 슈퍼마켓 카트에 담아서 건물 사이에 있는 작은 차도로 끌고 오면 되잖아. 물건을 들고 올라오는 건 내가 하고."

나는 쇼핑 목록을 들고 테스코로 향했다. 테스코는 대형 식품점 체인으로 영국과 아일랜드 전역에 있었다. 지금까지 우리는 네 개 나라에서 새로운 생활을 시작할 때마다 규칙으로 정해 놓은 일과에 따라 행동했다. 나는 필요한 물건들을 사며 행복한 시간을 보냈다. 워낙 음식을 좋아하는 나는 장을 보는 것도 좋아했다. 게다가 몇 달 만에 처음으로 영어 상표가 붙은 물건들을 보게 됐다.

영국 사람들은 아주 예의가 발랐다. 이전에 머물렀던 나라에서와 달리 영국 사람들이 주변 사람들을 배려하며 느긋하게 쇼핑하는 분위기는 바로 나에게 절실히 필요했던 것이었다. 계산을 하고 보니 물건이 너무 많아 카트 채로 밀고 집에 갔다가 물건을 내려놓은 다음 다시 갔다 놓기로 결정했다. 나는 쾌활하게 카트를 밀며 보도를 걷다가 작

즐겁지 않으면 인생이 아니다

은 우체국을 지나 집 앞 차도를 건너기 시작했다.

바로 그때 카트가 멈췄다. 바퀴 하나가 제대로 움직이지 않았던 것이다. 나는 있는 힘껏 카트를 밀었다가 잡아당겼다 했지만 요지부동이었다. 마침내 나는 포기했다. 그리고 빠르게 뛰어 차도를 건너 인터폰으로 팀에게 도움을 요청했다. 우리는 비닐봉지들을 몇 개씩 들고 집으로 날랐으며 팀이 카트를 보도로 겨우 옮겨 놓았다. 정말 신기한 일이었다. 슈퍼마켓 카트의 타이어가 펑크 났다는 소리는 한 번도 들어본 적이 없었다.

다음번에 차도를 건너 장을 보러 갈 때 무심코 고개를 들었다가 노란색 네온으로 된 커다란 표지판을 발견했다. 그곳에는 카트를 구내 밖으로 끌고 나가면 바퀴가 자동으로 잠긴다고 씌어 있었다. 나는 고개를 돌리다가 우체국을 들여다보니 직원들이 서 있는 계산대가 유리창과 바로 붙어 있었다. 그제야 며칠 전에 미국인 두 명이 꿈쩍도 안하는 카트를 움직이느라고 끙끙대는 모습을 우체국에서 내다보며 구경하고 있었겠구나 싶었다. 이처럼 우리는 전 세계의 여러 도시를 여행하면서 현지의 관습을 몰라서 실수를 저지를 때가 많았는데, 그때마다 많은 현지인들에게 우스갯거리가 됐을 것이다.

내가 카트를 가지고 씨름하고 있던 사이에, 팀은 짐을 다 풀어놓고 나서 이사 후 실천하는 나머지 일과들까지 시작한 상태였다. 팀이 이미 인터넷을 설치해 놓은 터라 내 딸 로빈이 깔아놓은 프로그램들로 미국에 연락을 시작했다. 우리는 인터넷 덕분에 가족과 친구와 스카이프와 페이스타임으로 마음껏 대화할 수 있었다. 이메일이 아주 편리하긴 하지만, 사랑하는 사람의 목소리를 직접 듣고 얼굴을 보면서 하는 대화만한 것은 없다.

우리는 첫날 저녁에 네 가족 모두와 통화를 하며 보냈다. 그러다 보니 진정한 여행의 선구자였던 나의 아버지와 어머니가 수년씩 외국을 돌아다닐 때 얼마나 힘들었을까 싶었다. 1970년대에 퇴직한 아버지는 어머니와 집을 팔고 살림살이를 물품 보관소에 맡긴 후에 7년 동안 여행을 다녔다. 부모님은 인터넷 없이 계획을 세우고 여행을 했다. 살 집을 찾고, 교통편을 알아보는 등 모든 것을 말이다. 당시에 우리는 편지와 사진을 보내며 연락을 주고받았다. 한 번 전화 통화를 하려면 몇 주 전에 정해놓은 날짜와 시간에 부모님이 모로코나 이탈리아나 그리스에서 비싼 국제전화를 걸었고, 신이 난 우리는 한 명씩 돌아가면서 부모님과 짧은 대화를 나눴다. 대체로 통화 음질은 형편없었다. 부모님은 신체적으로나 정신적으로나 강한 사람들이었고, 80대까지도 장기간 해외여행을 했다.

팀과 나는 부모님을 우리 생활의 창시자라고 이야기하곤 한다. 우리가 부모님의 길을 따라 세계를 여행하고 있다는 사실을 알았다면 두 분은 무척 기뻐하셨을 것이다.

즐겁지 않으면 인생이 아니다 ────────

새로운 모험이 선사한
삶의 기쁨들

우리는 작은 도시인 이스트 몰시가 무척 마음에 들었지만, 어느 정도 시간이 지나자 런던 구경에 나서고 싶은 마음이 슬슬 들었다. 햄프턴 코트 역은 영국의 남동부를 운행하는 짧은 노선의 종착지였다. 통근용 기차는 우리가 접해 보지 않은 교통 수단이었다.

우리는 시간표를 자세히 읽은 뒤에 귀엽고 작은 빨간색 통근용 기차가 들어오기 5분 전에 역에 도착할 수 있도록 집에서 나갔다. 기차는 헨리 8세가 여섯 명의 아내와 수없이 많은 애인들을 데리고 살았던 유명한 햄프턴 코트 궁전을 보러 가는 사람들로 붐볐다. 현지인과 여행자가 기차에서 쏟아져 나오면, 우리는 전자 단말기에 오이스터 카드를 찍고 기차에 올라 뒤쪽에 있는 우리가 좋아하는 자리를 잡았다. 역에서 산 비판적인 영국 신문과 커피 잔을 각각 들고서 말이다. 워털루 역까지 가는 25분 동안 기차 여행을 즐기는 동시에 이렇게 현지인처럼 행동하는 게 꽤 재미있었다.

집으로 돌아가는 길은 조금 어려웠다. 기차 시간에 정확히 맞춰서 도착하지 못하면 낮에는 다음 기차가 올 때까지 30분 동안 기다리면 됐는데, 밤에는 10시 30분 기차를 놓치면 막차를 1시간 동안 기다려야 했다. 그런데 이 막차를 타면 집에 새벽 1시에 도착하는 것이다. 만일 막차를 놓쳤다면 어떻게 됐을까? 지금 생각해도 막막하다. 택시를 잡으려다가 헛수고로 그치고 코벤트 가든에서 워털루 다리까지 걸어가는 게 그리 즐겁지는 않았을 게 분명하다.

작은 발코니가 달린 우리 아파트는 4층 건물 꼭대기에 있었기 때문에 우리는 이곳을 펜트하우스라고 불렀다. 워낙 전망이 좋아서 템스 강에서 일어나는 여러 움직임을 날마다 구경하지 않고는 못 배길 정도였다. 우리는 베란다에서 내려다보이는 템스 강변을 따라 마을 중심지까지 산책을 하거나 중간에 현지인들과 한담을 나눴다. 그리고 쇼핑을 하거나 개를 운동시키려고 잠시 보트를 부두에 대어놓은 보트족들과 대화를 하기도 했다. 또 아이스박스와 낚시 상자와 배낭을 주위에 늘어놓고 캠핑 의자에 앉아 있는 낚시꾼들과도 이야기를 나눴다. 그들은 방금 잡은 물고기를 우리에게 자랑스럽게 보여주며 낚시 기술을 자세히 설명했다. 때로 그들의 억양이 너무 강해서 우리는 그저 미소를 지으며 고개를 끄덕일 때도 있었다. 그들의 말을 한마디도 이해하지 못했지만 그저 그렇게 함께하는 순간들이 좋았다.

앞서 말했듯이 우리는 유럽을 여행할 때 일요일이 무척 즐거웠다. 일요일을 진짜 제대로 즐길 줄 아는 유럽 사람들이 자유 시간에 무엇을 하며 보내는지 지켜볼 수 있는 기회였기 때문이다. 이 점은 영국에서도 마찬가지였다. 영국인들은 야외 활동을 즐겼다. 우리가 매일 산책하는 강변길은 일요일마다 야외에서 하루를 즐겁게 보내는 현지인들과 런던 사람들로 활기가 넘쳤다.

다른 나라에서 실제로 살아보기로 한 선택이 역시 옳았다는 생각이 다시 한 번 들었다. 낚시꾼과 이야기를 나누고, 크리켓을 하는 아이들을 구경하고, 햄프턴 코트 역에서 다른 지역으로 기차를 타고 가는 방법에 숙달되고, 새로운 모험을 하는 이 모든 놀라운 경험들은 내가 나이 들어서 할 수 있으리라 상상하지 못했던 윤택한 모험이었다.

이리저리 떠돌아다니는 우리 생활에서 가장 흥미로운 경험은 사람들을 만나는 것이었다. 누군가의 집에 초대받아 술을 마시거나 저녁 식사를 하거나 혹은 그저 커피를 마시며 이야기를 나누는 모든 기회가 우리에게는 의미가 있었다. 여행을 다니면서 주로 식당과 공공장소를 드나들다 보면, 변함없이 늘 그곳에 있는 진짜 집에 단 몇 시간 동안이라도 머무르고 싶은 마음이 간절해졌기 때문이다.

집에 대한 이야기가 나와서 하는 말인데, 사람들이 우리에게 집 없이 살아가면서 그리운 게 뭐냐고 물으면 우리는 입을 모아서 가구라고 말한다. 물론 가족과 친구가 가장 그립지만, 두 번째로 그리운 것은 뭐니 뭐니 해도 수 년 동안 사용해 몸에 딱 들어맞는 편안한 의자이다. 생각해 보라. 어떤 집주인이 전혀 모르는 사람들에게 정기적으로 세를 놓을 집에 아주 비싼 가구를 들여놓겠는가. 그동안 우리가 빌렸던 집들은 다들 아주 아름다웠고 위치가 좋았으며 깔끔하고 생활 시설이 상당히 잘 갖춰져 있었지만, 제대로 된 소파나 진짜로 편한 의자가 있는 곳은 없었다. 침대는 쓸 만했지만 의자들은 죄다 최악이었다.

다른 나라에서 실제로 살아보기로
한 선택이 역시 옳았다는 생각이 다시 한 번 들었다.
낚시꾼과 이야기를 나누고, 크리켓을 하는
아이들을 구경하고,
햄프턴 코트 역에서 다른 지역으로
기차를 타고 가는 방법에 숙달되고,
새로운 모험을 하는 이 모든 놀라운 경험들은
내가 나이 들어서 할 수 있으리라 상상하지 못했던
윤택한 모험이었다.

즐겁지 않으면 인생이 아니다

몇 달 동안 제대로 된 가구를 접하지 못하고 살다 보니 우리도 모르게 몇몇 경우에 예의바르지 않은 행동을 하게 됐다. 우리가 이스트 몰시에 머물 때부터 오랜 친구였으며 런던에 살고 있는 마고 리코보노와 릭 리코보노 부부가 일요일에 점심 식사를 같이 하고 오후 시간을 함께 보내자며 넓은 타운 하우스로 우리를 초대했다. 팀과 나는 그들과 포옹을 하며 인사를 나누자마자 재빨리 거실로 들어가 쿠션이 여러 개 놓인 푹신한 가죽 의자를 차지했다. 우리가 만족감에 겨운 한숨을 내쉬자, 마고와 릭이 마치 정신 나간 사람을 보듯이 우리를 쳐다봤다. 매일 아무 생각 없이 그 의자에 앉는 두 사람은 우리가 왜 저렇게 좋아하나 싶었을 것이다. 우리가 여행을 다니면서 가장 그리웠던 것이 허리를 잘 받쳐주는 푹신한 의자였다고 설명하자, 두 사람은 그제야 이해하고 친절하게도 오후 내내 우리가 그 커다란 가족 의자에 편히 앉아 뒹굴거리도록 배려해 주었다. 설사 두 사람이 점심 식사로 고양이 밥을 줬더라도, 30분만 더 그 의자에 앉아 사치스럽게 빈둥거릴 수만 있다면 우리는 불만이 없었을 것이다(두 사람은 아주 맛있는 음식을 만들어주었고, 식당 의자는 거실의 가족 의자보다도 더 편안했다).

우리는 늘 타고 다니는 빨간 기차를 이용하는 방법에도 익숙해졌다. 날씨가 화창하면 기차에 훌쩍 올라타 런던으로 가서 여기저기를 돌아다녔다. 그중에서도 세계 최대 규모의 장식 미술품을 소장하고 있는 빅토리아 앨버트 박물관처럼 예전부터 좋아했던 곳에서는 오후 내내 시간을 보내기도 했다. 빅 앤 앨이라는 애칭으로 불리기도 하는 빅토리아 앨버트 박물관은 새로운 진열장과 현대식 장치로 단장되기는 했지만, 여전히 할머니의 오래된 옷장처럼 전 시대의 각종 의상과 장식품 등이 전시되어 있었다.

나는 1960년대부터 10년마다 적어도 한 번씩 빅토리아 앨버트 박물관에 가는데, 그때마다 다른 곳에서 보기 드문 귀중한 전시품들을 보았다. 무늬를 새긴 잉크스탠드, 사람의 머리카락으로 만든 레이스 팔찌, 18세기의 크리스마스카드, 미술품, 태피스트리, 고고학적으로 가치가 있는 각종 보물이 아주 귀중한 가구와 함께 전시되어 몇 주 동안 구경해도 부족할 정도로 흥미롭고 다양했다.

웨스트민스터 대성당에도 가서 왕족과 시인, 음악가, 성직자에게 경의를 표하기도 했다. 대영 박물관에 갔을 때는 엘긴 마블스를 보고 다시 한 번 경탄을 금치 못했다. 엘긴 마블스는 영국이 1803년에 소위 '안전한 보호'를 위해 그리스 신전의 벽에서 떼어 와 지금까지도 그리스에 반환하고 있지 않은 거대한 대리석 조각들이다.

대영 박물관이 자리 잡고 도로 근처에는 200년이 넘는 세월 동안 피로에 지친 여행자의 원기를 북돋워 준 펍들이 즐비했다. 대영 박물관은 여전히 매력적이고 당당했다. 대영 박물관에 갈 때마다 우리는 좋아하는 전시장을 다시 둘러보는 한편, 새로운 전시장을 하나씩 돌아보았다.

포토벨로 로드는 토요일에 여러 블록에 걸쳐 열리는 야외 시장으로 잘 알려진 명소인데, 우리는 이곳에서도 즐거운 오후를 보내곤 했다. 포토벨로 로드는 내가 런던에 올 때마다 워낙 여러 번 갔던 곳이기에, 자신 있게 팀을 안내할 수 있었다. 먼지가 수북한 헌 옷을 파는 가게,

즐겁지 않으면 인생이 아니다

값비싼 골동품 보석을 파는 가게, 플라스틱 장난감을 파는 노점상, 유명한 화가의 고가 작품을 파는 화랑들이 절묘하게 어우러져 있는 곳이다. 구경꾼들의 천국인 이곳은 짐을 늘리지 말자는 우리의 결심을 허무하게 무너뜨렸다.

우리가 세간을 쌓아놓은 물품 보관소의 상자들 중 몇 개에는 내가 지난 몇 년 동안 런던에 올 때마다 포토벨로 로드에서 사서 미국까지 가지고 온 아름답고 흥미로운 소품들이 가득하다. 예를 들면 무늬가 새겨져 있는 유리병과 아름다운 병마개, 뚜껑 안쪽에 주인의 이름이 새겨진 1848년산 은제 명함 케이스, 황동 뚜껑으로 된 유리 잉크병들이 놓인 휴대용 목제 책상이 그런 상자들 속에 들어 있다. 언젠가 우리가 다시 한 곳에 정착해서 그 보물 상자들을 열다 보면 크리스마스 같은 기분이 들 것이다.

현명하게 멋을
포기하지 않을 권리

영국의 전형적인 9월 날씨가 계속됐고, 낙엽이 하염없이 떨어졌다. 오후에 옥스퍼드 거리를 거닐자면 스웨터와 재킷이 꼭 필요한 계절이 온 것이다. 어차피 우리는 런던에서 스웨터와 재킷을 살 작정이었다. 부피가 크고 무거운 스웨터와 재킷을 여름 내내 끌고 다니는 것은 말이 안 되기 때문이다.

옷을 사러 간 대규모 쇼핑가는 수많은 사람들로 북적였다. 그렇게 많은 사람들은 처음 봤을 정도였다. 이런 곳에 올 때마다 나이가 들어 속도가 느려졌다는 사실을 다시 한 번 절감한다. 런던은 늘 분주한 사람들로 복잡하다. 이런 보행자들은 머뭇거리는 사람들을 절대로 봐주는 법이 없었다. 딱히 우리를 목표로 삼은 것은 아니겠지만 걷다 보면 우리를 거칠게 떠밀고 지나가는 사람들을 종종 만났다.

시행착오 끝에 깨닫게 된 우리에게 가장 안전한 방법은 팀이 앞장서고 내가 그 뒤를 따라 한 줄로 걷는 것이었다. 우리는 옷을 살지 말지 결정해야 할 때는 보도 가운데가 아니라 가장자리로 옮겨 서서 의논해야 했다.

즐겁지 않으면 인생이 아니다 ————

가끔 우리는 런던 시내에서 저녁 식사를 하고 쇼를 감상하기도 했다. 런던에서 연극이나 뮤지컬을 볼 때면 유독 편안했다. 다른 도시들보다 런던의 극장은 소규모이고 친밀한 분위기여서 관객들이 동화되기가 쉬워서일 것이다. 극장 구역의 중심지인 코벤트 가든은 시간을 가리지 않고 늘 관광객과 관람객으로 북적이며 주변의 바와 식당과 티셔츠 가게와 기념품점에는 언제나 손님이 끊이지 않았다. 우리는 뮤지컬 두 편과 연극 한 편을 감상한 뒤 워털루 역 2번 플랫폼에서 출발하는 빨간색 기차의 막차를 놓치지 않으려고 워털루 다리를 정신없이 달렸다.

우리의 생활 범위도 조금 넓어져서 동네 슈퍼마켓보다 규모가 큰 슈퍼마켓이 있는 몇 킬로미터 떨어진 쇼핑가로 장을 보러 갔으며, 그곳에서 대형 약국 체인인 부츠를 비롯해서 쇼핑하기 좋은 여러 가게를 발견하기도 했다. 어느 날, 내가 필요한 물건을 찾아 약국을 여기저기 뒤지고 있던 중에 팀이 지루함을 참지 못하고 말했다.

"이봐, 나는 주변을 좀 둘러볼 테니, 당신은 천천히 볼일을 보라고. 금방 돌아올게."

나는 그러라고 중얼거리고는 계속해서 제품 설명서들을 읽었다.

약 15분 후에 팀이 커다란 봉지를 들고 내 옆으로 쓱 나타났다.

"대체 그게 뭐예요?"

"도저히 믿을 수 없을걸."

팀이 봉지에서 검정 코트를 빼내더니 바로 그 자리에서 옷을 걸쳤다. 사람들이 오가는 약국의 샴푸 코너에서 말이다.

"단돈 20파운드짜리야!"

팀이 신이 나서 말했다. 그 외투는 팀에게 완벽하게 맞았고 길이가 딱 적당했으며 따뜻하고 세련돼 보였다.

"세상에나, 어디에서 샀어요?"

"바로 위에 있는 구세군 매장에서 샀어. 당신에게 어울릴 옷도 있더 라고!"

나는 웃음을 터뜨렸고, 이어서 우리는 서둘러 그곳으로 향했다. 구세군 매장에는 별로 닳은 티가 나지 않는 데다가 딱 내 사이즈인 종아 리까지 오는 검정 더블 코트가 있었다. 사지 않을 이유가 없었다. 이렇게 해서 우리는 영국의 가을과 아일랜드의 추운 10월을 맞을 만반의 준비를 갖췄다. 고민거리를 약 60달러에 해결했던 것이다. 우리는 중고 옷을 구입함으로써 지구를 보호한다는 데 한몫했다는 자부심도 느꼈다. 그리고 아파트로 돌아와서 코트 두 벌을 샅샅이 살펴봤는데, 유명 상표인 내 코트의 소매가가 약 400달러였다. 현명하게 소비를 한 우리 자신이 더욱더 대견스러웠다.

짐을 최소한으로 줄이려고 최대한 노력하지만 옷차림과 몸단장은 우리의 방랑 생활에서 큰 비중을 차지했다. 유행을 따르는 사람들은 아니지만 장소에 적당하고 남부끄럽지 않게 입으려고 노력했기 때문이다. 우리는 서로를 제외하고는 늘 새로운 사람들을 만난다는 사실을 되새겼다. 또한 제한된 옷가지나마 적절하게 섞어 입으려고 노력했다.

가끔 나는 침실을 나서며 팀을 위아래로 훑어보고는 "오늘 장례식

즐겁지 않으면 인생이 아니다 ──────

이 몇 시예요?"라고 묻는다. 우리가 일반적인 여행자들이 그렇듯이 줄곧 검정 옷만 입는 함정에 빠져 있기 때문이다. 보통 검정 옷을 입으면 세련돼 보이고 더러워져도 티가 나지 않는다고 생각한다. 게다가 늘씬해 보이기까지 하지 않는가!

우리가 4개월 동안 여행을 한 후에 영국에 도착할 즈음에는, 어느 도시에 가든 그곳의 계절에 맞는 옷을 쉽게 살 수 있다는 사실을 깨달았다. 특히 우리는 단순한 관광객이 아니라 여행지를 집 삼아서 장기간 살기 때문에 고향에 있을 때와 마찬가지로 신중하고 현명하게 쇼핑할 시간도 넉넉했다. 따라서 적절한 스웨터나 블라우스나 재킷을 찾아내는 것은 그리 큰 문제가 아니었다.

그러면서도 우리는 건조기에 넣지 않아도 원래 형태가 잘 유지되는 가볍고 활용도가 다양한 옷을 늘 찾아다녔다(이 습관은 지금도 여전하다). 지금까지의 경험에 따르면, 해외에서는 건조기를 접할 기회가 거의 없으며 세탁 기능과 건조 기능이 둘 다 있다고 하는 세탁기들은 거의 쓸모가 없었다. 다행히도 대부분의 임대 아파트에 빨래 건조대가 있거나 어떤 식으로든 빨래를 걸어 말릴 수 있는 공간은 있었다. 그러나 가끔 그렇지 않은 아파트도 있어서, 그런 곳에서는 빨래를 하는 날이 될 때마다 속옷이 전등갓에 걸려 있거나 청바지가 식탁 위에 널려 있는 진풍경이 벌어졌다.

세탁기를 아무 때나 무제한으로 사용할 수 있었던 예전의 생활에서라면 좀 더럽다고 생각했을 청바지를 지금은 줄곧 입고 다니면서도 창피함을 느끼지 않았다. 우리는 지난주에 저녁 식사로 먹은 스파

짐을 최소한으로 줄이려고 최대한 노력하지만
옷차림과 몸단장은 우리의 방랑 생활에서
큰 비중을 차지했다.
유행을 따르는 사람들은 아니지만 장소에 적당하고
남부끄럽지 않게 입으려고 노력했기 때문이다.
우리는 서로를 제외하고는 늘 새로운 사람들을
만난다는 사실을 되새겼다.

즐겁지 않으면 인생이 아니다

게티 자국이 묻어 있지 않는 한, 우리 청바지가 더럽다는 것을 모르는 사람들 앞에서 얼마든지 그럴싸하게 보일 수 있음을 깨달은 것이다.

영국에서의 마지막 날, 팀은 왼쪽 방향으로 주행하는 영국식 운전에 전문가가 돼서 히스로 공항 주변에서 대대적인 교통 혼잡에 맞닥뜨렸을 때도 전혀 주춤하지 않았다.

팀은 정말 경이로운 남자였다. 나는 차를 반환하기 전에 소지품을 챙기고 가장 마지막으로 빅토리아를 가방에 넣었다. 확실하지는 않지만 영국 차에서 빅토리아의 플러그를 뽑을 때 빅토리아가 훌쩍이는 소리가 들리는 듯했다. 아무래도 빅토리아는 이제 아일랜드 공화국으로 간다는 사실을 예감했나 보다.

10 우리는 다른 사람들과
공유할 만한
중요한 경험을 쌓고 있음을
깨닫기 시작했다.

_아일랜드

좋은 과거는
현재와 사이좋게 공존한다

하늘에서 먹구름이 빠르게 몰려오고 있었다. 렌터카 사무소 직원이 우리가 빌릴 차량 체크 목록을 꼼꼼히 점검하는 동안 우리는 사무소 주차장에 세워 둔 차 안에서 구세군 매장에서 산 검정 울 코트를 뒤집어쓰고 웅크리고 앉아 있었다. 이윽고 직원이 자동차 키를 우리에게 건넸다. 팀이 두 번째 더플백을 엄청나게 작은 트렁크에 갖은 방법으로 쑤셔 넣으며 투덜거렸다.

"젠장, 지금까지 본 차 중에 가장 작은 차로구먼. 재봉틀 엔진도 이보다는 크겠다."

팀이 트렁크를 쾅 닫았다. 자동차가 얼마나 가벼운지 트렁크를 닫는 것만으로도 흔들릴 지경이었다.

그렇지만 그 작은 닛산 자동차가 우리가 가장 좋아하는 차가 될지 누가 알았겠는가. 자동차가 작아서 좁은 아일랜드 도로를 주행하기에 수월했으며, 거의 어디에나 주차할 수 있었다. 교통의 흐름이 빠르지만 질서가 있는 영국에서 운전해 본 경험이 반대 반향의 차선에서 주행하는 데에 좋은 연습이 됐듯이, 아일랜드 사람들의 돈키호테 같은

즐겁지 않으면 인생이 아니다 ━━━━

운전 습관은 새로운 기술을 필요로 했다. 아일랜드 사람들은 차를 빨리 모는 데다 신호도 잘 주지 않아서 팀이 굉장히 민첩하게 대처해야 했다. 그나마 아일랜드 사람들은 이탈리아 사람들이나 프랑스 사람들처럼 앞차 뒤에 바짝 붙어 달리지는 않았다!

내가 마지막으로 아일랜드에 왔던 때는 20년 전이었다. 고인이 된 전 남편 가이가 미국 영화사에서 비주얼 개발을 담당하던 시절에 가이와 나는 2년 동안 더블린에서 살았다. 그때 나는 아일랜드와 사랑에 빠졌다. 예전부터 내가 아일랜드에서의 멋진 경험을 워낙 많이 이야기했던 터여서 팀도 아일랜드에 오고 싶어했다. 팀이 아일랜드 방문에 열의를 보였던 것은 그가 아일랜드 혈통이라는 점도 한몫했으며, 나는 아주 좋아하는 나라를 그에게 보여주게 되어서 신이 났다.

서부 해안에서 약 200킬로미터 떨어진 골웨이를 향할 때 나는 고속도로와 아주 많은 교통량을 보고 놀랐다. 1990년대 중반 이후로 아일랜드의 상황이 변한 게 분명했다. 내가 아일랜드에 살았던 1990년대 초반만 해도 골웨이로 가는 도로는 2차선이었다. 신호등이 공유지 근처의 작은 마을에 자리 잡고 있어서 여행자들이 잠시 멈춰 서서 마을의 펍과 교회와 상점과 작은 코티지를 구경할 수 있었다.

당시에 더블린에서 골웨이까지 가는 시간은 한나절이 걸렸다. 그런데 이번에는 3시간도 걸리지 않았다. 폭우와 세찬 바람 때문에 우리의 작은 차로 도로를 달리기가 만만치 않았음에도 말이다. 숲과 들판은 예전과 마찬가지로 푸르게 우거져 있었고, 올리버 크롬웰이 잔인하게 아일랜드 전역에서 학살을 자행하고 영국 국교라는 미명으로 아일랜드의 성당과 수도원을 억압했던 17세기 중반의 광란의 잔재인 12세기 성당과 황폐한 수도원의 폐허가 드문드문 보였다. 도로가 잘 닦여 있었지만, 우리는 고속도로에서 직진했기 때문에 시골 마을을 보지는 못했다.

골웨이에 도착한 우리는 도심부에 있는 세련된 현대식 아파트형 호텔에 짐을 풀었다. 호텔은 그다지 매력적이지는 않았지만 항구 저편의 바다와 시내의 멋진 풍경이 잘 보였다. 또한 시내와 주변 지역을 구경하기에 좋은 위치에 있었다. 그날 저녁에 근처의 식당에서 저녁 식사를 하던 중에 팀이 테이블 쪽으로 몸을 숙이며 소리 낮춰 말했다.

"믿을 수가 없네. 당신이 몇 년 동안 말해 왔던 게 다 사실이잖아. 모든 사람들이 KGB가 소금통에 도청장치를 달아 놓기라도 한 것처럼 소곤거리잖아."

팀의 말에는 일리가 있었다. 저녁 식사를 하는 사람들이 가득했지만, 천장이 낮고 어두운 색의 나무 패널이 둘러진 식당 안은 포크나 나이프가 접시에 부딪치는 땡그랑 소리를 비롯한 모든 음이 소거된 교양 있는 분위기로 유명한 프랑스의 식당들보다도 조용했다. 아일랜드에 도착하기 전부터 팀에게 말해 왔듯이, 내가 보기에 아일랜드 사람들은 무언가 음모를 꾸미는 듯한 분위기를 풍겼다. 그래서 펍과 식당에서 자기들끼리만 소곤소곤 나누는 대화는 언제나 내 흥미를 끌었다.

아일랜드 사람들은 미신을 많이 믿는 편이었다. 실제로 아일랜드 친구들이 전해 준 말에 따르면, 아일랜드 토박이들은 요정들이 항상 자신들의 말을 듣는다고 생각한다는 것이다. 또 모든 요정이 팅커벨

즐겁지 않으면 인생이 아니다 ⸺⸺⸺⸺

처럼 사랑스럽지는 않으며, 특히 행운을 떠벌리는 사람들에게 앙심을 품기도 한다고 믿는다. 물론 아일랜드 사람들이 은밀한 태도를 취하는 이유는 이런 상상 때문이 아니라, IRA북아일랜드와 아일랜드공화국의 통일을 요구하는 반군사 조직—옮긴이가 일상생활의 피할 수 없는 현실이던 시절의 잔재 때문일 것이다.

그러나 아일랜드의 또 다른 전형적인 특성이 고스란히 드러나는 저녁 식사가 차려지자 나는 절로 미소가 지어졌다. 폭신폭신하게 으깬 감자와 함께 적당하게 구운 신선한 생선과 오븐에서 바삭바삭하게 구운 감자가 수북이 나왔다. 아일랜드와 영국의 거의 모든 식당에서는 기본 가격에 탄수화물 음식이 흔히 곱빼기로 나온다. 이를테면 많은 펍에서 라자냐를 주문하면 파스타 요리 바로 옆에 으깬 감자가 함께 나온다. 이런 특이한 음식 문화가 어떻게 시작됐는지는 알 수 없지만, 이런 콤보 음식이 다이어트에 도움이 안 되리라는 점은 분명하다.

다음 날에는 팀이 운전을 하지 않도록 하기 위해 관광버스를 타고 유럽에서 가장 넓은 바위 중 한 곳인 버른을 구경하러 갔다. 이어서 아일랜드에서 기가 막힌 절경을 자랑하는 모하 절벽으로 이동했다. 모하 절벽은 대서양의 파도 위로 214미터 치솟아 있는 절벽이다. 그날 우리는 강한 바람과 차가운 비가 끊임없이 몰아치는 탓에 전망대까지 가까스로 올라갔다. 그곳에서부터 모든 상황이 나빠지기 시작했다. 여행 가이드는 알아듣기 힘든 웅얼거리는 목소리로 지나치게 많은 정보를 읊조렸다. 또 중간 중간 관광버스가 멈출 때마다 구경하러 갔다가 시간에 맞춰 돌아오지 않는 이기적인 사람들을 기다리느라 주차장에서 한참을 기다려야 했다. 그날 우르르 몰려가 점심 식사를 한 무미건조한 식당을 비롯한 모든 일들은 우리가 왜 단체 관광을 하지 않는지를 다시 한 번 상기시켜 줬다. 그러나 우리가 평생 잊지 못할 절경을 봤다는 점과 팀이 오래간만에 운전대에서 벗어나 마음껏 경치를 감상할 수 있었다는 점은 좋았다.

그날 저녁에 춥고 지친 상태로 골웨이에 돌아왔을 때 얼마나 행복하던지……. 우리는 쾌적한 분위기의 펍에 앉아 서로에게 비밀을 소곤거리는 아일랜드 사람들 사이에서 두 종류의 감자 요리를 먹으며 기분 좋은 저녁을 보냈다.

모하 절벽에서 맞은 매서운 바람과 얼음같이 차가운 빗줄기는 내가 아일랜드에 도착한 날에 걸린 약간의 감기 기운을 악화시켰다. 아일랜드 해안으로 내려가는 동안 감기가 심해졌다. 팀은 카운티 케리에 있는 켄메어의 중심지에 자리 잡은 멋들어진 B&B인 더 롯지에 방을 하나 예약했다. 주인인 로즈메리 퀸은 매력적인 젊은 여성이었으며, 그녀의 가족은 관리가 잘된 유구한 그 건물의 부속 건물에 살았다. 로즈메리는 우리를 반갑게 맞은 뒤에 우리가 예약한 방으로 안내했다. 나는 연신 코를 훌쩍이며 기침을 했고 기분은 엉망이었다.

로즈메리가 말했다.

"감기를 어떻게 해야겠네요. 여기 앉아 계세요. 그걸 가지고 금방 올게요."

나는 몸이 너무 안 좋아서 로즈메리의 말대로 의자에 앉아 팀이 우리 필수품들을 짐에서 꺼내는 모습을 지켜봤다.

즐겁지 않으면 인생이 아니다

얼마 지나지 않아 로즈메리가 작은 은쟁반을 들고 돌아왔다. 나는 즉시 로즈메리의 생각을 알아챘다. 쟁반에는 뜨거운 물이 든 주전자와 정향이 박힌 레몬 한 조각이 담긴 접시, 앙증맞은 은제 집게와 각설탕이 들어 있는 꽃무늬 그릇이 있었다. 이 근사한 차림새의 화룡점정은 제임스 아이리시 위스키가 담긴 남자용 텀블러였다. 로즈메리는 재빨리 각설탕 두 조각과 정향이 박힌 레몬 한 조각에 위스키를 섞은 후 뜨거운 물을 가득 따랐다. 그런 다음 나에게 내밀었다.

"이걸 마시면 바로 나을 거예요. 아일랜드에서 살아보셨다니, 옛날식 뜨거운 위스키의 효과를 잘 아시겠네요. 자, 건배!"

나는 강한 바람이 몰아치고 차가운 비가 자주 내리는 아일랜드의 날씨 때문에 오랫동안 걸을 일이 있으면 꼭 중간에 여러 번 멈춰서 뜨거운 위스키를 한잔씩 마시곤 했다. 어디에서나 펍을 쉽게 찾을 수 있었으니까. 이 혼합액이 실제로 치료 효과가 있는지 확신할 수는 없지만, 일단 위스키를 들이켜고 나니 기분이 완전히 좋아져 감기 따위는 신경 쓰이지 않았다. 추운 날씨와 훌쩍거리는 코를 해결하는 아일랜드의 민간요법은 약국에서 사먹는 감기약보다 훨씬 흥미로웠다.

도움을 청하는 것은
부끄러운 일이 아니다

다음 날 아침, 우리는 한때 아일랜드의 고급 음식 운동의 중심이었던 해변 마을인 킨세일로 이동했다. 그곳에서 묵기로 한 현대적인 대형 호텔은 에메랄드빛 들판과 눈부신 호수의 장관을 다 볼 수 있을 만큼 전망이 좋았다. 이런 호텔에서 결혼식 연회나 회사의 만찬이 열리는 이유는 따뜻한 느낌이 부족하기는 하지만 믿을 수 있는 서비스가 제공되기 때문일 것이다. 그야말로 후줄근한 두 명의 여행자에게 딱 필요한 것이었다. 넓은 주차장에서부터 커다란 욕실, 후끈한 난방, 푹신한 이불과 편한 침대, 샤워실에 내장된 빨랫줄, 유능한 직원과 같은 것들 말이다. 때로는 세탁 시설과 편한 주차를 위해 다른 것을 포기해야 하기도 한다.

파리를 여행하는 중에 의뢰받은 《월 스트리트 저널》 기사는 10월 셋째 주에 게재되기로 돼 있었다. 처음에는 내 블로그에 기록한 개인적인 기록을 기사화하는 일이 어떤 의미가 있을까 싶었다. 하지만 의뢰를 받고 원고를 쓰다 보니 우리의 이야기가 변화를 두려워하는 이들에게 용기를 주었으면 좋겠다는 생각이 들었다. 나는 영국을 떠나기 전에 원고를 보냈던지라 다 마무리됐다고 생각했는데, 매킨토시 노트북을 열어보니 추가로 사진을 요청하는 이메일이 들어와 있었다. 수트케이스를 든 우리 두 사람의 사진을 보내 달라는 내용이었다.

나는 노트북 화면을 노려보며 말했다.

"이런! 골치 아프게 됐는데요. 여기에는 우리가 아는 사람이 한 명도 없잖아요. 두 사람의 사진을 어떻게 찍죠?"

"잠깐만 있어 봐. 금방 올게."

팀이 순식간에 사라졌다가 10분 정도 후에 의기양양하게 웃으며 돌아왔다.

"안내 데스크 직원에게 우리를 도울 사람을 고용하려 한다고 하니까 그 직원이 기꺼이 해주겠다고 하더군. 이제 촬영할 장소를 찾으러 가자고."

우리는 마음에 드는 여러 장소에서 아이폰 카메라로 사진을 찍고 배경을 확인해 봤다. 그리고 그중에서 몇 군데를 고른 다음에, 사진 촬영을 위해 깔끔하게 옷을 입으려고 허둥지둥 객실로 올라왔다. 그때 팀이 갑자기 내 앞에서 멈춰 서더니 무척이나 우울한 얼굴로 나를 돌아봤다.

"방금 깨달았는데, 내 염소수염을 밀어야 할 것 같아!"

팀이 슬픈 표정을 지었다. 팀은 영국에서 기르기 시작한 멋진 수염을 무척 좋아했다. 나는 팀의 수염이 그리 마음에 들지는 않았지만, 그의 기쁨을 망치고 싶지는 않았다.

"무슨 소리예요, 여보? 사람들은 당신이 수염이 있든 없든 신경 안

쓸 거예요. 당신은 아주 잘생겼어요."

"생각해 봐. 우리가 지난번에 보낸 사진에는 내가 말쑥하게 면도한 상태잖아. 그때 보낸 사진과 이번에 보내는 사진 속 내 모습이 다르다면 신문사 측에서 좋아하지 않을 거야. 한 사진에는 수염이 있고 다른 사진에는 수염이 없잖아."

팀이 침울한 표정으로 대답했다. 그러더니 내가 대답도 하기 전에 발딱 일어나 신예작가로 막 발을 내디딘 아내를 위해 남자다운 희생을 하러 갔다.

몇 분 후 팀은 면도를 한 깔끔한 얼굴로 나타났다. 티는 내지 않았지만 나는 팀의 잘생긴 얼굴이 다시 드러나서 기뻤다.

데스크 직원은 단돈 20유로에 실내와 실외에서 나의 단독 사진과 우리 부부의 사진을 참을성 있게 찍어줬다. 이렇게 해서 나는 운이 좋게도 꼭 필요했던 사진은 물론이고 깔끔하게 면도한 멋진 남편까지 갖게 됐다.

우리는 사진을 다 찍은 후에 외출해 작은 관광촌을 둘러보고 항구 옆에서 맛있는 점심을 먹었다. 이어서 중부 지역을 거쳐서 더블린으로 향했다. 일주일 동안 여러 지역을 이동한 터라 전신이 욱신거릴 만큼 피곤했고, 당분간 한 도시에 정착할 마음의 준비가 됐다. 팀이 운전을 하다가 말했다.

"아일랜드에 도착하면 여행 방법에 대해서 다시 의논해 보자고 했잖아. 이제 우리는 알아야 할 것은 다 알았다고 봐. 무슨 말이냐면, 지금 우리 모습을 보라고. 당신은 아직 감기가 낫지 않았고, 나는 운전하는 게 지겨울 뿐만 아니라 며칠마다 한 번씩 우리 짐을 몽땅 끌고 다니는 것에도 진력이 나네."

나는 농경지 중심부의 높은 지점에 자리 잡고 있는 어느 유적지인 아일랜드 성을 바라보며 말했다.

"나도 당신과 같은 생각을 하고 있었어요. 처음에는 새로운 나라에 도착하면 일단 차로 이곳저곳 여행하다가 최종 목적지로 가는 게 좋다고 생각했어요. 지금까지 이탈리아와 영국, 이곳까지 완전히 기진맥진한 상태로 더러운 빨래더미를 끌고 최종 목적지에 도착했잖아요. 이런 말 하긴 싫지만 이제 우리 나이를 고려해서 가능한 한 많이 쉬는 게 좋지 싶네요."

우리는 계속 대화를 나눈 끝에 앞으로는 어느 나라를 가든 본거지로 바로 직진해서 새로운 '집'에 어느 정도 정착한 뒤에 단기간씩 여행을 다니기로 했다. 그렇게 하면 며칠 동안 사용할 옷과 필수품만 가지고 다니면 되고, 여행이 끝난 뒤에는 그저 평범한 여행자들처럼 '집'에 돌아가서 쉬면 될 터였다.

이 새로운 여행 방법대로 하자면 근거지로 잡은 집의 임대비뿐만 아니라 짧은 여행을 할 때 묵을 호텔비가 추가되기 때문에 경비가 훨씬 많이 들 게 분명했다. 그렇지만 스트레스와 극도의 피로를 완화할 수 있다면, 점심이나 저녁 외식을 몇 번 줄이는 식으로 다른 부분에서 절약을 하더라도 이 방법을 따를 가치가 있었다. 근거지 없이 여러 나라에서 여행을 한 지 거의 18개월이 다 됐고, 이제 그간의 경험을 통해 앞으로의 모험이 훨씬 수월해지도록 합리적인 일상 규칙을 정하고 여행 계획을 잡는 기술이 생기기 시작한 터였다.

또 우리는 다른 사람들과 공유할 만한 중요한 지식과 경험을 쌓고 있음을 깨닫기 시작했다. 여행을 하면서 만났던 거의 모든 사람들이 우리 생활 방식에 흥미를 가졌으며, 《월 스트리트 저널》에 원고를 기고하게 된 것은 우리 생활 방식에 뭔가 의미가 있음을 확인하게 된 계기가 되었다.

나는 더블린에 가까워질수록 20년 전에 익숙했던 지형지물이 하나도 보이지 않는다는 사실을 깨달았다. 여기가 로스앤젤레스나 부에노스아이레스라고 해도 될 만큼 고속도로와 교차로, 진입로가 거의 동일했다. 믿음직스러운 GPS인 빅토리아는 아일랜드 말을 터무니없이 발음하며 끊임없이 재잘거렸다(예를 들어서, 빅토리아는 우리 아파트 이름인 'Siobhan'을 '사이-오-반'이라고 발음했는데, 아일랜드 사람들은 '시프-온'이라고 말한다). 우리는 아일랜드 지명을 우스꽝스럽게 발음하는 빅토리아의 안내를 재미있게 들으면서, 더블린에서 남행선 기차로 단 20분 거리인 해변 도시 브레이에 있는 새로운 아파트로 향했다. 많은 해변 도시들이 비수기에 그렇듯이 브레이의 첫인상은 황폐한 느낌을 주었다. 방향을 바꿔 언덕으로 올라가자 감탄스러운 집들과 사유지들이 보이기 시작했고, 이윽고 빅토리아의 안내대로 금색이 강조된 멋진 철문 앞에 도착했다.

문이 활짝 열리자 위엄 있는 올드 코노트 하우스의 모습이 눈에 들어왔다. 조지 왕조 양식의 거대한 2층짜리 대저택으로 한 달 동안 우리의 보금자리가 될 곳이었다. 이 웅장한 회색 석조 건물은 풍성하게

우리는 다른 사람들과 공유할 만한 중요한
지식과 경험을 쌓고 있음을 깨닫기 시작했다.
여행을 하면서 만났던 거의 모든 사람들이
우리 생활 방식에 흥미를 가졌으며,
《월 스트리트 저널》에 원고를 기고하게 된 것은
우리 생활 방식에 뭔가 의미가 있음을
확인하게 된 계기가 되었다.

잔디가 깔린 넓은 부지의 중심에 자리 잡고 있었으며, 돌담에 둘러싸여 있었다. 높다란 유리창이 오후의 햇살을 받아 반짝였다. 건물 뒤로 널따란 농경지와 목초지가 아일랜드 해까지 쭉 뻗어 있었다. 정말 흥분이 됐다. 우리는 어서 안으로 들어가서(저택 관리자에게 이미 열쇠를 받은 상태였다) 우리를 기다리고 있을 놀라운 광경을 보고 싶은 마음에 재빨리 차에서 내렸다.

곧이어 과거에 손님을 영접하는 홀로 사용됐던 로비에 깔린 고상한 빨간색 카펫, 벽에 걸린 훌륭한 미술품, 반짝이는 난간이 쭉 이어진 웅장한 계단이 눈앞에 펼쳐졌다. 모두가 장엄했던 과거 시대에 걸맞은 모습이었다.

올드 코노트 하우스는 열 개의 아파트로 바뀌어 있었다. 건물 양쪽 끝에 있는 아파트들은 침실 두 개, 정찬용 식당, 커다란 주방을 갖췄으며, 삼면이 내다보이는 대형 유닛이었다. 반면에 우리가 머문 중앙부에 있는 아파트들은 침실 두 개짜리였다. 모든 아파트가 동일한 출입구와 로비를 사용했으며, 각 유닛으로 연결되는 통로가 다양한 방향으로 뻗어 있었다. 그리고 휴가용으로 단기 임대되는 아파트가 있는가 하면, 세입자들이 연중 계속 거주하는 아파트도 있었다.

그렇지 않아도 좋았던 기분이 모퉁이에 있는 현대식 엘리베이터를 보고 더욱 좋아졌다. 무엇보다도 팀이 카펫이 깔린 계단을 오르내리며 무거운 검정 더플백들을 2층에 있는 아파트로 나를 필요가 없었다.

엘리베이터가 열리자마자 바로 앞에 우리 아파트가 있었다. 새로운

즐겁지 않으면 인생이 아니다

보금자리로 들어서니 편안한 킹사이즈 침대가 있는 커다란 침실 하나, 짐을 넣어 놓기에 좋은 약간 작은 침실 하나, 거실과 식당과 주방이 합해진 아름다운 공간이 있었다. 모든 방이 천장까지 3.6미터 높이였으며, 기다랗고 우아한 창이 달려 있어, 건축됐던 시대의 분위기가 고스란히 드러났다. 두 침실은 초목이 우거진 들판을 마주보고 있었고 아일랜드 해의 풍경이 훤히 보였다.

우리는 창 앞에 서서 하염없이 바깥 경치를 내다보고 싶었지만, 당장 해야 할 일이 많아서 눈물을 머금고 돌아섰다. 일단 짐을 정리해야 했고, 괴팍스러운 세탁기를 작동하는 방법을 익혀 빨래를 해서 아파트 여기저기에 널어놓은 뒤 냉장고에 채워 넣을 식료품을 사러 나가야 했다.

주변 지역을 둘러볼 겸 바닷가로 차를 몰고 나갔다. 그곳은 여름 내내 수많은 사람들로 붐볐을 게 분명했다. 쌀쌀한 10월인데도 산책을 하는 사람들, 애완견과 주인들, 유모차들, 아이들이 산책로에 가득했다. 또 많은 펍과 아이스크림 가게, 작은 호텔과 관광객용 상점이 바다를 마주 본 채 길가에 줄지어 서 있었다. 하지만 비수기여서 이미 문을 닫은 상점들이 많아서인지 몰라도 해변의 분위기는 약간 쓸쓸하고 우울했다.

우리는 해변 끝자락에서 여행 가이드북인『론니플래닛』이 2010년에 세계 최고의 바로 선정한 하버 바를 발견했다. 아일랜드에서 처음으로 장을 보는 모험을 하러 가기 전에 우선 기운부터 북돋워야 했다. 나는 감기에서 회복되어 건강해진 것을 기념해 완벽하게 주조된 기네스 흑맥주를 한잔 마셨다.

하버 바가 최고의 바로 선정된 이유를 쉽게 알 수 있었다. 우리는 아주 조용한 오후에 낡고 편안한 보트를 타고 항해하는 기분이었다. 천장과 바닥과 벽에 140년의 역사가 켜켜이 쌓여 있었다. 항해와 관련된 골동품과 사진이 곳곳에 있었고, 양쪽에 타일이 붙은 난로에서 토탄土炭 불꽃이 활활 타오르고 있어 아일랜드 특유의 향기가 감돌았다. 우리가 정말로 아일랜드에 온 것이다.

사람을 행복하게 하는 것은
결국 사람

나는 예전에 2년 동안 아일랜드에서 살 때 몇 명의 친구를 사귀었다. 그중 한 명인 브룩 브렘너는 자식들과 아일랜드에서 살았다. 한때 브룩은 미국으로 돌아갔지만, 아일랜드의 매력을 잊지 못하고 다시 돌아왔다. 이제 브룩은 남편인 데이비드 그루엑과 함께 몇 달씩 켄마레와 아일랜드, 시카고를 돌아가며 살고 있다. 마침 두 사람은 시카고로 가는 길에 더블린에 잠시 들를 참이어서 그들과 만나기로 약속을 잡았다. 나는 오랫동안 떠돌아다니며 여행을 하다가 옛 친구들을 만나니 기쁘기 그지없었다.

우리가 애초에 브레이에 머물기로 했던 이유는 다트*DART, Dublin Area Rapid Transit*를 타면 20분 만에 편리하게 더블린에 갈 수 있었기 때문이다. 일단 더블린에 도착하면 거의 모든 목적지가 조금만 걸으면 되는 위치에 있었다. 우리는 브레이 역 근처에서 쉽게 찾은 노상 주차구역에 차를 대놓고 다트를 탔다. 다트는 해변을 따라 달렸다. 다트가 멈추는 역마다 우리가 차를 타고 올 때 놓쳤던 탑이나 주택, 모래사장에서 노는 사람들, 석양에 붉게 물든 구름과 같은 새로운 광경이 펼쳐졌다. 항상 뭔가 볼거리가 있었다. 우리는 더블린에 왔다 갔다 할 때마다 늘 즐거운 경험을 했고, 아일랜드에 마음을 사로잡힌 팀을 보고 있노라면 내 즐거움은 더욱 커졌다.

더블린이 유서 깊은 도시이고 역사적인 건물과 장소가 고스란히 남아 있긴 하지만, 큰 변화들이 눈에 띄었다. 메리온 스퀘어에 있는 아일랜드 국립 미술관이 새로운 건물을 잇대어 건축해 규모가 엄청나게 확장돼 있었고, 그 확장된 공간에 세계적인 수준의 미술품들이 전시되어 있었다. 나는 아일랜드가 경제 성장 시기에 이처럼 대대적인 투자를 해준 것이 참 반가웠다. 이는 아일랜드가 예술을 존중하고 진가를 안다는 또 다른 방증이었다. 나는 절로 뿌듯해졌다.

더블린에서 쇼핑과 거리 음악의 중심지인 그래프턴 스트리트와 주변 지역은 우리가 갔던 모든 유럽의 도시에서 본 요즘 유행하는 분위기의 새로운 식당과 명품 매장을 제외하면 예전 모습 그대로였다. 대부분 대단한 실력을 지닌 거리의 악사들이 거리 곳곳에서 음악을 연주했다. 꽃 가판대들과 마임을 하는 사람들, 분주한 쇼핑객들로 밤낮을 가리지 않고 생기가 넘쳤다. 막스 앤 스펜서 건물 지하의 푸드 코트는 저녁에 집에 가는 길에 기차에서 먹을 맛있는 음식을 사기에 딱 좋은 곳이었다.

전 세계적인 경기 침체와 1990년대에 '아일랜드 호랑이'라고 불렸던 경제 성장의 중단 속에서도 더블린의 분위기가 변하지 않아서 기뻤다. 오히려 더블린은 내 기억 속의 모습보다 훨씬 활기가 넘쳤고 다양한 나라의 사람들로 북적였다.

우리는 브룩과 데이비드 외에 다른 옛 친구들도 만났으며, 그들을 보니 꼭 집에 돌아온 기분이었다. 또한 새로운 친구들을 사귀기 위해 멀리서 헤맬 필요도 없었다. 알고 보니 올드 코노트 하우스에 사는 이웃 중에 아주 좋은 친구가 있었던 것이다.

장을 봐온 짐 꾸러미들을 질질 끌고 건물로 들어가던 어느 날, 앨런 그레인저를 만났다. 깔끔하게 정리된 흰 수염에 말쑥한 조끼 스웨터 차림인 앨런은 기품 있는 영국 신사처럼 보였다. 엘리베이터를 타고 보니 같은 층에 사는 사람이었다. 앨런은 우리가 그곳에 머무는 동안 함께하는 자리를 마련하기로 약속했다.

장을 봐온 식품들을 팀과 정리하면서 내가 말했다.

"아, 앨런의 부인이 앨런처럼 멋진 사람이면 좋겠어요. 이웃과 가까이 지내면 좋겠죠? 두 사람은 이 저택과 아일랜드에 대해 모든 것을 알고 있을 거예요."

하루는 외출했다가 아파트로 돌아오니, 현관문 아래에 쪽지가 끼워져 있었다. 쪽지에는 '저녁 6시에 칵테일을 마시러 오세요.'라는 내용과 함께 '모린과 앨런, 옆집 사람들'이라고 씌어 있었다.

우리는 입고 갈 옷을 찾느라 몇 개 안 되는 옷가지들을 뒤졌다. 팀이 고른 아주 오래된 검정 팬들턴 올 셔츠(우리는 그 셔츠를 '담요'라고 부른다. 어딜 가나 늘 담요를 끌고 다니는 어린아이들처럼 팀이 항상 그 셔츠를 입기 때문이다)는 딱 제격이었다. 나는 긴 스웨터와 타이츠를 입고 최고의 액세서리인 와인 한 병을 손에 들었다.

젊은 시절에 넋이 나갈 정도로 아름다웠을 게 분명한 모린은 나이가 들어서도 여전히 눈부신 미모를 간직하고 있었다. 은발을 완벽하게 틀어올린 그녀의 푸른 눈동자에는 지성미와 장난기가 가득했다. 우리 네 사람은 현관 앞 통로로 들어가며 동시에 인사말을 쏟아내기 시작했으며, 곧 활기찬 대화로 이어졌다. 그렇게 시작된 대화는 우리가 이웃으로 사는 내내 계속됐다.

두 사람의 아파트는 우리 아파트와 사뭇 달랐다. 건물 끝에 있는 두 개의 공간을 합해 놓아서 높다란 창을 통해 삼면으로 햇빛이 들어왔다. 카펫은 척 보기에도 고급스러웠으며, 이중으로 된 실크 커튼이 창에 걸려 있었다. 쌀쌀한 저녁에 활활 타오르는 벽난로는 보는 것만으로도 마음을 포근하게 했으며, 은제 액자에 들어 있는 가족사진이 벽난로 선반 위에 놓여 있었다. 거실과 식당에서는 우리 집에서 늘 보는 숲과 들판과 아일랜드 해의 아름다운 풍경이 훤히 내다보였다.

게다가 두 사람은 세상에서 우리가 가장 좋아하는 물건을 풍족하게 가지고 있었다. 바로 가구 말이다! 팀과 나는 새로 사귄 친구들이 우리를 무례하다고 생각할까 봐 선뜻 앉지 못하고 망설였다. 그때 앨런과 모린이 벽난로를 마주보고 있는 의자로 우리를 이끌었고, 그제야 우리는 기쁜 마음으로 발받침과 한 세트로 돼 있는 쿠션이 놓인 벨벳 등받이 의자에 편안히 몸을 기댔다. 천국이 따로 없었다.

여행은 네 사람이 쉽게 유대감을 가질 수 있는 주제였다. 우리는 두 사람이 전 세계를 여행한 이야기를 재미있게 들었다. 두 사람은 우리가 만났던 많은 사람들과 마찬가지로 평생 열렬한 여행가들이었다.

"우리는 이제 건강 때문에 여행을 못한답니다. 그래서 이웃집이 임대 아파트라 얼마나 좋은지 몰라요. 이렇게 집에만 있어도 이웃집에 머무는 전 세계에서 온 사람들을 만나고 이야기를 나눌 수 있으니까요. 참 좋은 여행 방법이지요. 짐을 쌀 필요도 없고 돈도 들지 않으니까요!"

말을 마친 앨런이 웃음을 터뜨렸다. 우리는 또다시 우리와 동류를 만나게 돼서 정말 기뻤다. 그들은 항상 세상을 보는 시야를 넓히려 노력했으며, 끊임없이 새로운 장소에서 배우고 경험할 방법을 찾아냈다. 심지어 안락의자에 앉은 채라도 말이다.

우리 네 사람은 이후로 여러 날 저녁을 그 아름다운 거실에서 질 좋은 와인과 대화를 즐기며 보냈다. 아일랜드인인 모린과 영국에서 이민 온 앨런은 딸 셋과 많은 손주를 뒀다. 앨런은 책을 열두 권이나 출간한 작가이기도 했다. 역사와 전설, 재미있는 이야기를 수없이 알고 있었다. 첫인상은 상당히 격식을 차리는 느낌이었던 기품이 흐르는 모린 역시 와인이 조금 들어가면 우스운 이야기를 한정 없이 풀어냈다. 나는 두 사람의 집을 나서며 말했다.

"아주 즐거운 시간이었어요. 초대해 주서서 정말 기쁘네요. 우리도 두 분을 초대해서 보답하고 싶지만, 아시다시피 우리 아파트에 있는 가구는 형편없거든요. 우리가 음식과 와인을 가지고 이 집에 와서 두 분을 대접해도 될까요?"

두 사람은 기꺼이 승낙했으며, 덕분에 우리는 예의 없는 사람이라는 가책을 가질 필요 없이 그들과 즐거운 시간을 보낼 수 있었다.

워낙 즐겁다 보니 시간 가는 줄도 모르고 아주 오래 머문지라, 우리 집으로 허둥지둥 돌아왔을 때는 요리를 하기에 너무 늦은 밤이었다. 그래서 그저 통조림 수프와 크래커를 먹으며 그날 저녁에 즐거웠던 순간들을 이야기했다. 팀과 나는 우리의 행운을 축하했다.

우리 부부처럼 떠돌아다니는 사람들과 친구를 하려는 그토록 지적이고 재미있는 이웃을 갖게 되리라고 누가 상상이나 했겠는가. 아일랜드는 정말 대단한 나라였다.

즐겁지 않으면 인생이 아니다 ─────

누군가에게 영감을 주는
가치 있는 일

내가 태어나서 처음 쓴 기사가 《월 스트리트 저널》에 게재되기로 한 날이 다가왔다. 기사가 나오면 어떤 반응이 일지 전혀 감이 잡히지 않았다. 우리는 너무 흥분해서 집중을 할 수가 없어 그저 텔레비전을 보며 마음을 가라앉히려고 노력했다.

팀이 텔레비전을 끄고 다음 날 아침에 마실 커피를 준비하려고 주방으로 가며 말했다.

"흠, 여보. 잘 시간이야."

"이메일만 확인할게요."

캘리포니아 시간은 아일랜드 시간보다 여덟 시간이 늦기 때문에 가족과 친구가 보내는 이메일이 저녁 늦게 도착했다. 나는 이메일을 열면서 꺄악 소리를 질렀다. 창피하지만 진짜 그런 소리를 질렀다.

"무슨 일이야?"

일단 나는 받은 편지함의 숫자에 당황했다.

"모르겠어요. 내가 모르는 이메일 주소에서 새 이메일이 20개나 왔어요. 해킹을 당한 걸까요?"

팀은 행주를 조리대에 급히 내려놓고는 서둘러 다가왔다. 그리고 제목들을 보더니 웃기 시작했다.

"잠깐만 기다려 봐. 이게 뭔지 알아? 해킹을 당한 게 아니라……, 독자들이 보낸 거야, 여보! 의심스러운 첨부 파일이 없고 이름들이 다 평범하잖아. 《월 스트리트 저널》의 독자들이 보낸 건가 봐. 온라인 판은 벌써 나왔나 보네. 하나 열어서 내용을 읽어 봐."

"제목이 '영감'이네요?"

나는 쉰 목소리로 말했다. 너무 흥분해서 이메일을 읽기가 힘들 지경이었다.

린과 팀에게

기사를 방금 읽었어요. 린이 나에게 영감을 줬다는 말을 꼭 하고 싶어요. 당신은 내 영웅이랍니다. 용기만 있으면 무엇이든 할 수 있다는 것을 증명해 주셨어요. 계속 여행 잘 하세요.

"우와, 굉장한데! 자자, 다른 이메일도 열어 봐."

《월 스트리트 저널》에 실린 기사를 금방 읽었어요. 정말 부럽네요! 당신의 블로그와 책을 어서 보고 싶네요. 언어 장벽을 어떻게 해결하세요? 나는 우리 집에 애정이 너무 많아서 선뜻 못 떠나겠어요. 여기에서 45년 동안 살았거든요! 당신의 블로그에 실린 이전 글들을 다 읽고 답을 찾아볼게요. 당신이 나에게 큰 자극이 됐어요! 계속 글을 써 줘요!

사람들이 우리 웹사이트의 연락처 페이지를 통해 보내 온 이메일이 끊임없이 들어와 편지함이 꽉 찼다. 모든 이메일을 열어서 열심히 읽다 보니, 우리 부부의 이야기와 생활이 다른 사람들에게 실제로 감동을 줬다는 감격적인 사실에 아주 신이 났다. 마침내 우리는 새벽 1시가 지나서야 이메일을 읽는 걸 그만두고 억지로 잠자리에 들었다. 하지만 둘 다 매우 흥분한 상태라 책을 한참 읽은 후에야 잠이 들었다.

다음 날 아침, 우리는 일어나자마자 컴퓨터 앞으로 달려갔다. 거의 200통이나 되는 메일이 와 있었다.

"당신 웹사이트의 구독 리스트를 확인해 봐."

독자 수가 하룻밤 사이에 30명에서 110명으로 훌쩍 늘어나 있었다. 나는 새로 들어온 이메일들을 읽었다.

"팀, 이 사람들에게 답장을 해야겠어요. 다들 답장을 받아 마땅한 내용이에요. 그리고 거의 모든 사람들이 재배치 유람선이나 주택 임대 등에 대해서 질문을 했거든요."

"당신 말이 맞아. 당신이 혼자 하기에 너무 벅차면 내가 도울게."

나는 큰 소리로 웃었다.

"그럼 좋죠. 그런데 당신 글은 내 글처럼 수다스럽지 않잖아요. 이를테면 나는 이런 식으로 쓸 걸요. '친애하는 조지, 이메일을 보내 줘서 정말 감사합니다. 재배치 유람선에 대한 500개의 기사와 여권을 발급받는 방법을 첨부했습니다. 당신의 부인과 가족 모두에게 안부 전해 주세요. 항상 건강하시기를 바랍니다. 린.'"

이쯤이면 다들 눈치챘겠지만 나는 굉장히 열정적인 사람이다.

어쨌든 이메일이 엄청나게 들어오는 바람에 팀은 나를 도와줘야 했고, 지금도 마찬가지다. 팀은 수다쟁이는 아니지만 현실적인 문제에 대해서는 분명히 전문가였기 때문에 유용한 정보를 알려주었다. 우리는 모든 이메일에 모두 답장하기로 작정했고, 지금도 여전히 그 규칙을 지킨다. 그러나 이메일이 너무 몰려서 답장하기까지 꽤 긴 시간이 걸리는 때도 가끔 있다.

시간이 갈수록 이메일이 폭주했다. 우리는 이 긴 여행에 성공을 기원하고 격려하는 사람들에게 답장을 보냈으며, 늘 여행하며 사는 우리 생활의 다양한 면에 대한 질문에 답변을 했다. 그리고 사람들이 우리 이야기에서 영감을 얻었고, 우리가 진짜로 영향력을 끼치고 있으며, 아주 많은 사람들이 우리에게 관심을 가진다는 사실에 기뻐 어쩔 줄 몰랐다.

팀과 나는 하루 종일 답장을 썼고, 슬슬 배가 고프다 싶으면 키보드를 치는 동시에 손으로 집어 먹을 수 있는 음식을 우리 둘 중 한 명이 서둘러 날라와 우적우적 먹으면서 계속 답장을 썼다. 한 순간도 컴퓨터 앞을 떠날 수 없었던 것이다. 이메일이 정신없이 들어와서 어쩔 수 없었다.

갑자기 팀이 헉 하고 숨을 들이켜더니 급하게 말했다.

"세상에! 이리 와 봐. 믿을 수가 없네!"

나는 팀이 앉아 있는 곳으로 뛰어갔다. 컴퓨터 화면에 야후의 첫 페이지가 올라와 있었다. 위에서 네 번째에 "퇴직한 부부의 세계 여행 방법"이라는 제목과 고요한 노트르담 성당의 정원에 만개한 장미를 배경으로 활짝 웃고 있는 우리 부부의 사진이 올라와 있었다! 중국에 대한 기사와 축구 선수의 천부적인 재능을 다룬 기사 사이에 끼어 있던 우리 기사가 점점 위로 올라갔다. 우리 둘 다 야후가 우리 이야기를 게재하리라고는 꿈에도 생각하지 못했다.

"우와, 내 인생에서 가장 신나는 일인데!"

팀이 큰 소리로 말했다.

우리의 웃는 얼굴이 3일 내내 야후의 첫 페이지에 올라 있는 것을 보고 놀라움을 금치 못했다. 게다가 웹사이트의 방문자와 이메일 구독자 수가 급등했다. 처음 있는 일이었다.

우리는 이메일 하나하나에 답장을 했다. 많은 사람들이 우리의 생각에 공감을 했다. 퇴직 시기가 가까워진 사람들은 우리의 생각을 노후의 삶을 보는 새로운 발상으로 여겼다. 단조로운 일상 속에서 늘 덫에 걸린 기분이었는데 쳇바퀴 돌 듯 빤한 행동에서 벗어날 계획을 궁리하게 됐다고 말하는 사람도 있었다.

이메일을 보낸 사람들 중에 의외로 젊은 층이 많았다. 그들 중 일부는 20대에 여행을 다녔지만 이제는 가정을 꾸리느라 여유가 없는 사람들이었다. 우리 딸들과 같은 연령대도 우리 이야기를 높이 사는구나 싶어서 정말 기분이 좋았다. 많은 사람들이 자신들도 언젠가는 여행할 수 있겠다는 희망을 우리를 통해 갖게 됐다고 말했다. 팀이 세운 대대적인 계획에 대해 구체적인 정보를 달라고 부탁하는 사람들도 있어서 우리는 기꺼이 부탁에 응했다.

독자들은 우리를 '영감'이나 '영웅'이나 '용기'라는 단어를 써서 묘사했다. 우리를 모욕하거나 부정적인 말을 하는 사람은 한 명도 없었으며, 이 점은 나에게 크나큰 격려가 됐다.

우리는 대서양을 건너 겨울이 기세를 부리기 직전에 아일랜드를 떠나 아프리카로 향했다. 이 가운데 상상도 못한 많은 사람들의 격려가 10월의 아일랜드 해처럼 맹렬하게 우리의 생활을 뒤흔들었다.

많은 사람들이 우리의 생각에 공감을 했다.
퇴직 시기가 가까워진 사람들은 우리의 생각을
노후의 삶을 보는 새로운 발상으로 여겼다.
단조로운 일상 속에서 늘 덫에 걸린 기분이었는데
쳇바퀴 돌 듯 빤한 행동에서 벗어날 계획을
궁리하게 됐다고 말하는 사람도 있었다.
많은 사람들이 자신들도 언젠가는 여행할 수 있겠다는
희망을 우리를 통해 갖게 됐다고 말했다.

11 여행을 다니다 보면
사소한 점이
큰 의미를 가지게 되는
때가 있는 법이다.

_모로코

있는 그대로 받아들이면 무엇이든 즐겁다

　　　　　　　　길 건너편의 유서 깊은 건물의 타일 지붕에 달린 스피커에서 이슬람교도들에게 기도 시간이 되었음을 알리는 소리가 터져 나왔고, 마라케시 전역에 퍼져 있는 100여 개의 다른 스피커에서도 같은 소리가 들렸다. 남자들이 숯불에 고기를 굽고 있는 문간에서 연기가 퍼져 나왔고, 때마침 고개를 들었던 나는 갑자기 나타난 당나귀 마차와 충돌하는 사태를 아슬아슬하게 피했다. 드럼 소리와 뱀을 부리는 사람들의 플루트 소리, 노점상들의 외침, 대형 휴대용 카세트에서 쾅쾅 나오는 아랍 음악이 저마다 시끄럽게 경쟁하듯 울려 퍼졌다. 완전히 대혼란 상태였다.

　우리는 서둘러 길을 갔다. 팀은 칠이 벗겨진 테라코타 벽에 어깨를 스칠 정도로 길 가장자리에 딱 붙어서 평소보다 훨씬 빠르게 걸었다. 나는 팀의 발뒤꿈치를 밟지 않을 정도의 간격만 남겨두고 최대한 그의 뒤에 딱 붙은 채 울퉁불퉁한 자갈길에 걸려 넘어지지 않으려고 아래를 내려다보며 열심히 따라갔다.

　팀은 고개를 돌리거나 속도를 늦추지 않은 채 나에게 소리쳤다.

"진짜 우리가 용감하긴 하네! 이제 우리는 이런 모험을 하기에는 너무 늙었나 봐!"

나는 부지런히 걸으며 큰 소리로 대답하고는 키득거렸다.

"맞는 말이에요, 친구! 정말 우리는 왜 이럴까요? 이러고 있기에는 나이가 너무 많잖아요. 손주들을 돌보며 집에 있어야 할 나이인데."

워낙 좁아 양쪽의 차양이 가운데에서 거의 닿을 정도인 길 양편에 실크 가방과 가죽제품, 장신구, 과일, 야채, 물 담배, 옷가지, 도자기를 파는 작은 가게들이 쭉 늘어서 있었고, 그 가게들 때문에 마라케시 중심가를 향해 걷는 것이 무척 힘들었다. 가게 주인들이 우리의 관심을 끌려고 경쟁적으로 소리를 지르는가 하면, 몇몇 사람들은 우리의 팔을 잡아끌며 물건을 구경하라고 사정했다.

우리는 당나귀 수레, 여행자, 헐렁하고 긴 옷을 입고 부르카를 몸에 휘두른 아프리카 사람들, 우리에게 자꾸 따라오라고 잡아끄는 페즈 모자나 스컬 캡을 쓴 남자들, 구걸하는 여자들과 아이들을 이리저리 피해 앞으로 걸었다. 도시 전역에서 기도 시간을 알리는 소리가 들리고, 혼란스럽게 뒤섞인 여러 냄새(향신료 향기, 고기가 지글지글 구워지는 냄새, 빵 굽는 냄새, 몸에서 나는 시큼한 땀 냄새, 달콤한 향내)가 공기 중에 떠다니는 이 불협화음의 순간은 숨이 막힐 정도로 우리를 흥분시켰다.

우리는 좁고 어두운 수크(시장) 거리가 끝나고, 아랍 세계에서 손꼽히는 규모의 거대하고 늘 북적거리는 자마엘프나 광장으로 들어섰다. 그 순간 쏟아지는 눈부신 태양에 잠시 멍하니 멈춰 섰다. 자마엘프나 광장은 마라케시의 중심지로, 뱀을 부리는 사람들, 즉석에서 짠 오렌지 주스를 파는 노점상들, 목줄을 찬 원숭이를 데리고 있는 남자들, 마술사들, 점쟁이들, 카펫 판매상들, 저글링을 하는 사람들과 같은 각양각색의 사람들이 저마다 자리를 차지하고 장사를 하고 있었다. 또한 고깔모자 차림에 놋쇠 컵을 목걸이처럼 두른 사람들, 헤나 문신을 해주는 사람들, 항아리와 모자와 지도와 엽서를 파는 사람들도 장사에 목청을 돋웠다.

우리는 멈춰 서서 그 신기한 광경을 쳐다봤다. 그것이 실수였다. 순식간에 물건을 팔려고 하거나 관광 가이드로 고용되려는 사람들이 몰려들어 우리를 공략했다. 그 순간 우리는 그들과 눈을 마주치지 않고 단호하게 계속 걸어가야 한다는 걸 깨달았다. 그래서 주변의 낮고 빛바랜 테라코타 건물들과 여기저기 높게 솟은 탑과 멀리 보이는 보랏빛 산에 흘긋흘긋 시선을 던지며 앞으로 나아갔다.

팀은 파라솔이 있는 식당을 발견하고는 내 손을 움켜쥔 채 거의 질질 끌다시피 해서 우글거리는 사람들을 뚫고 테이블까지 갔다. 배가 고파서가 아니라 그저 광장의 분위기에 익숙해질 시간을 벌려고 들어갔으므로 뭘 주문하든 상관없었다. 팀은 옆 테이블 사람들이 먹고 있는 음식을 슬쩍 가리켰다. 웨이터는 팀의 뜻을 바로 이해했는지 곧이어 선세공이 들어간 찻주전자와 보석 빛깔의 찻잔 두 개, 견과류와 향신료를 가득 넣고 만들어 꿀에 담근 필로 페이스트리가 놓인 접시를 가지고 왔다.

마라케시에 왔다는 것이 실감났다. 나는 강한 차 향기를 맡기 위해 코를 들이댔다.

즐겁지 않으면 인생이 아니다

"이 도시는 정말 대단하네요. 이렇게 이국적인 곳에 있으니 좋긴 하지만, 일단 잠시 있어 보기로 결정한 것은 잘한 것 같아요. 물론 우리가 일부러 마라케시의 신시가지가 아니라 구시가지에 머물기로 선택하기는 했지만, 이건 좀……."

"내일쯤 그 신시가지 쪽으로 가서 유럽 사람들이 여기에서 어떤 식으로 사는지 슬쩍 둘러보자고. 참 희한하지? 우리가 여행을 시작한 곳이 그토록 지내기가 힘든 이스탄불이었는데, 여행을 끝내는 곳은 더 벅찬 아프리카라니 말이야."

우리는 왔던 길을 되짚어서 돌아왔다. 처음 도착했을 때보다는 훨씬 수월했다. 이번에는 우리 둘 다 공연을 하는 사람들, 건물들, 노점상의 물건들을 기분 좋게 구경했다. 마라케시는 우리의 감각을 완전히 압도해 주눅 들게 만들었다. 정신없이 북적거리는 마라케시의 모습을 있는 그대로 받아들이고 나서야 우리는 이 도시의 리듬을 따라잡기 시작해 자신 있게 거리를 걸을 수 있었다.

피할 수 없다면
차라리 마음 편하게 즐기기

　　　　　　　우리가 묵은 리야드의 주인은 그날 지형지물을 중심으로 방향을 알려주었다. 지금이야 일부 국가에서는 도로명이 별로 의미가 없으며 블록마다 바뀌기도 한다는 사실을 이해할 수 있지만, 그때만 해도 도무지 감이 잡히지 않았다.

　"왼쪽에 약국이 있는 광장을 지날 때까지 계속 내려가세요. 아치가 두 개 있을 겁니다. 왼쪽 아치로 가서 커다란 사원이 나올 때까지 그 길을 따라가세요. 오른쪽으로 가서 사원을 돌아간 뒤에 다음 아치가 나오면…….."

　우리는 좁은 도로를 따라 걸었다. 겨우 차 한 대만 지나갈 수 있는 정도였는데, 운전 솜씨가 좋은 사람이 도로 가장자리에 딱 붙어서 가면 용케 마주 오는 차와 부딪치지 않고 지나갈 수 있을 터였다. 이어서 방향을 틀어 타일이 깔린 길을 지나 너비 3미터가 채 안 되는 골목길로 접어들어 높이 4미터 정도 되는 철문 앞에 도착했다. 잠시 후 철문 안에 있는 작은 문이 열렸다. 그 문으로 들어가자 리야드의 예쁘장한 요리사인 마리카가 옆으로 비켜 길을 내주었다. 주방에 있다 나온 마리카에게서 향신료와 구운 고기의 향이 났다. 그 향을 맡으니, 당장 저녁 식사를 하고 싶을 만큼 군침이 고였다. 천장이 낮은 현관에서 모퉁이를 돌면 안뜰이 나오는데, 나는 그 모퉁이를 돌 때마다 놀라움을 금치 못했다.

리야드란 모로코의 전통 가옥을 호텔로 바꾼 숙박 시설이다. 우리는 뜰을 중심으로 10개의 객실과 스위트룸이 있는 4층짜리 네모난 건물의 방에 묵었다. 지붕은 하늘을 향해 열려 있었지만 덮개가 장착되어 있어 비가 오면 닫혔다. 벽은 다채로운 타일로 장식되어 있었고, 문과 난간 위의 둥근 무어식 아치는 복잡한 무늬의 흰색 테두리가 특징이었다. 흐드러진 올리브 나무와 커다란 화분에 심은 식물 덕분에 온화하고 입체적인 느낌이 들었다. 안뜰이 내려다보이는 각 층의 복도를 오래된 타일이 보호하고 있었으며, 기나긴 세월과 잦은 사용의 흔적이 타일의 색깔로 고스란히 드러났다. 손으로 짠 쿠션이 콘크리트로 된 붙박이 좌석에 가득 쌓여 있었고, 무늬가 있는 푹신한 카펫이 부드럽게 발을 감쌌다.

가정부인 퍼트리샤가 탁자 위에 놓인 촛대와 천장에 매달린 촛대에 꽂힌 초에 조용히 불을 붙였다. 벽에 우묵하게 들어간 공간과 수영장 옆에도 커다란 초가 있었다. 깜빡이는 촛불로 환해진 리야드가 일렁이는 짙푸른 물에 비춰졌다. 정교한 양철 전등갓과 샹들리에가 초저녁의 어슴푸레함 속에서 반짝반짝 빛났다.

키가 굉장히 크고 잘생겼으며 흰색 리넨 제복과 작은 나비넥타이 차림을 한 하인인 아브라함이 우리에게 인사를 했다. 아브라함은 프랑스어로 차를 마시겠냐고 묻더니, 확신이 없는 표정으로 옥상의 발코니 쪽을 가리켰다. 나는 형편없는 프랑스어로 곧 그곳으로 가겠다고 중얼거렸다. 아브라함은 안뜰 바로 건너편에 있는 주방으로 갔고, 우리는 방으로 들어갔다.

독일인 여성 두 명이 우리 옆방에 묵었는데, 그들이 이야기를 나누는 소리가 고스란히 들렸다. 심지어 2층에서 나는 소리까지도 들렸다. 팀은 우리 방의 나무문을 닫았고, 나는 안뜰을 마주보는 창에 난 덧문들을 모두 닫았다.

팀이 소곤거렸다.

"진짜 그림같이 멋진 곳이긴 한데, 꼭 기숙사에서 사는 기분이야! 건물 안에서 나는 모든 소리가 들리잖아."

"정말 그러네요. 지금 아브라함이 찻주전자에 물을 따르고 있는 소리, 프랑스 사람들이 전화를 하는 소리, 새로 들어온 사람들이 계획을 짜는 소리가 다 들리잖아요. 어, 주인이 이제 막 돌아왔네요. 우리 방문 밖에 있는 벽에 기대어 담배를 피우면서 콩고에 있는 아내에게 전화를 하나 봐요. 두 사람이 아직도 아파트 가구 때문에 싸우고 있는 걸까요? 하지만 팀, 방이 아주 편안하잖아요. 며칠 밤만 머무니, 그냥 마음 편하게 즐기자고요."

그러고는 옥상으로 향했다.

잠시 후 아브라함이 차와 반짝거리는 잔과 함께 올리브와 치즈, 작은 샌드위치가 놓인 접시 여러 개를 가지고 옥상으로 올라왔다. 내가 형편없는 프랑스어로 고맙다고 말하자 아브라함이 싱긋 미소를 지었

즐겁지 않으면 인생이 아니다

다. 팀이 나에게 칵테일을 따라 주던 참에 1층의 우리 옆방에 묵고 있는 아네트와 가브리엘이 옥상으로 올라왔다. 우리는 두 사람이 체크인을 할 때 인사를 나눴다. 같이 칵테일을 마시자고 하자 아네트가 흔쾌히 승낙했다. 독일인인 아네트와 가브리엘은 아주 오랜 친구인데 어쩌다 보니 서로 멀리 떨어진 곳에 살게 됐다. 그래서 오랜만에 만나서 회포를 풀고 아이들과 직장에서 해방도 될 겸 1년에 한 번씩 여행을 한다고 했다.

함부르크에 있는 병원에서 수간호사로 근무하는 아네트는 영어를 거의 완벽하게 구사했다. 아네트는 느긋하고 자신감이 있어서 누구하고나 쉽게 친해지는 성격이었으며, 짧은 검은 머리칼 아래 금방이라도 미소를 지을 듯이 반짝이는 밝은 푸른 눈동자가 인상적이었다. 아네트를 볼 때마다 진심으로 즐거운 시간을 보내고 있는 게 확실히 느껴졌다.

반면에 바이에른에 사는 가브리엘의 영어 실력은 우리의 독일어 실력처럼 그다지 좋지 못해서, 서로 많은 대화를 나누지는 못했다. 금발인 가브리엘은 멋진 장신구와 스카프를 착용했으며, 아주 많이 웃었는데, 우리는 항상 그렇게 잘 웃는 사람들에게 호감을 가졌다.

나는 팀과 함께 마라케시의 경이로운 곳들을 탐험했다. 그중에 최고는 1920년대에 프랑스 화가 자크 마조렐이 설계했으며, 이브 생 로랑이 별장으로 사용했던 마조렐 정원이었다. 이브 생 로랑과 그의 연인이었던 피에르 베르제는 수년 동안 폐허로 남아 있던 마조렐 정원을 부활시켰다. 그곳은 복작거리는 마라케시의 가운데에 자리 잡고 있었다. 이브 생 로랑이 건물, 벽, 분수, 다리에 칠한 짙은 푸른색은 수백 종의 반짝이는 녹색 식물과 멋들어진 대비를 이루었다. 우리는 울타리로 둘러싸인 한 정원에서 맛있는 점심을 먹었으며, 작은 박물관에서 모로코 미술품을 흥미롭게 감상했다.

이어서 마라케시의 신시가지인 겔리즈를 구경했다. 만일 우리가 마라케시에서 한 달 동안 아파트를 임대해서 살 생각이었다면, 아마 겔리즈 지역을 선택했을 것이다.

겔리즈는 살기 편해 보였고 모든 게 우리가 머물고 있는 지역보다 훨씬 차분했다. 단, 매혹적이거나 이국적인 느낌은 훨씬 덜했다. 우리가 거의 모든 유럽 도시에서 본 것과 같은 가게들이 있을 뿐 새로운 가게는 별로 보이지 않았다. 넓은 도로의 양옆으로 유럽풍의 건물들이 줄지어 있었으며, 공간이 넉넉한 보도는 빠르게 달리는 자동차와 부딪힐까 봐 염려할 필요 없이 한가롭게 걷기에 좋았다. 야외에 테이블을 내놓은 파리 풍의 작은 식당을 본 순간, 지금 프랑스의 거리를 거닐고 있는 게 아닌가 하는 착각이 들었다. 길을 돌아다니기가 수월했고 쾌적한 분위기였지만, 우리는 어서 빨리 좀 더 이국적인 우리 동네로 돌아가고 싶었다. 어차피 애초에 아프리카에 온 목적은 모험을 하자는 것이 아니었던가.

생각지 못한 곳에서 만난
경이로운 순간

           그날 저녁, 우리는 옥상에서 독일인 친구들인 아네트와 가브리엘이랑 칵테일을 마셨다. 대화를 나누던 중에 아네트가 가브리엘을 보더니 시선을 팀에게 옮겨 머뭇거리며 말했다.

"부탁드릴 게 있어요."

"말씀만 하십시오."

"우리 둘 다 진짜로 자마엘프나에서 저녁 식사를 하고 싶거든요. 그 광장은 밤이 되면 환상적이에요. 완전히 다른 세상이 되죠. 낮에 있던 공연자들이 사라지고 커다란 천막을 친 수백 개의 작은 노천 식당들이 등장해요. 그곳에 꼭 가고 싶은데, 솔직히 말씀드리면, 이슬람 국가에서 여자 둘이 밤에 돌아다니기가 좀 그래서요. 사실 낮에 다닐 때조차 못마땅한 눈초리가 느껴지거든요. 남자 한 명 없이 우리끼리만 그곳에 가려니 좀 무섭네요. 혹시 우리랑 같이 갈 생각이 있으세요?"

    팀과 나는 이슬람 국가에서 여성이 겪는 곤경에 대해 여러 차례 이야기를 나눈 바 있었다. 이슬람 국가의 여성은 그럴 듯한 직업을 갖는 것이 불가능할 뿐만 아니라, 심지어 자유롭게 돌아다니거나 운전을 하거나 의견을 밝힐 수가 없었다. 길가의 카페는 늘 남성들로 북적였으며, 우리는 그런 카페에 여유롭게 앉아 차를 마시는 여성을 거의 본 적이 없었다.

자못 정중한 표정을 지으며 팀이 말했다.

"기쁜 마음으로 에스코트하겠습니다. 어쨌든 우리도 그곳에 갈 계획이었답니다. 오늘 밤에 가면 어떨까요?"

광장으로 들어선 순간, 우리 네 명 다 놀라서 입이 딱 벌어졌다. 수많은 숯불에서 나오는 연기가 밤하늘로 올라가고 있었고, 사방에서 촛불이 깜빡거렸다. 생선과 고기와 향신료의 향이 우리의 마음을 애태웠다. 드럼과 플루트와 사람의 소리가 뒤섞여 열정적인 선율을 만들어냈고, 마치 지휘자라도 있는 것처럼 일정하게 오르내렸다. 가족들과 연인들, 고대 부족민들, 세계 각국에서 온 여행자들이 즐겁게 여기저기를 구경하고 있었다. 나는 놀라운 광경에 어안이 벙벙했으며, 수많은 사람들의 움직임에 마음을 빼앗겼다. 지금까지 여행하면서 접한 것 중에서 가장 경이로운 순간이었다.

천막들 사이를 걸어가니 노천 식당의 상인들이 종이로 된 메뉴판을 흔들고 자신들이 파는 음식의 이름을 외치면서 우리를 불렀다. 우리는 종이가 깔린 기다란 테이블에 앉아서 생선 튀김, 닭고기, 소고기, 양고기, 감자, 가지, 샐러드를 먹고 차, 콜라, 물을 마시는 사람들을 구경하면서 상인들과 농담을 나눴다. 술 종류가 전혀 판매되지 않는다는 점이 눈에 띄었다. 모로코에서는 호텔이나 고급 식당에서는 술을 판매할 수 있지만, 공공장소에서는 판매할 수 없도록 되어 있었다.

즐겁지 않으면 인생이 아니다

우리는 테이블을 하나 골라 앉았다. 즉시 웨이터가 올리브와 빵이 놓인 작은 접시들과 메뉴판을 가지고 왔다. 우리는 바삭한 생선 튀김, 숯불로 구운 닭고기와 양고기와 야채 꼬치, 올리브 오일을 뿌린 가지 와 토마토, 피타지중해, 중동 지방의 납작한 빵—옮긴이를 주문해 한껏 포식했다. 또 우리 모두 처음 먹어 보며 재료를 당최 알 수 없는 여러 가지 소스도 맛보았다. 우리는 말 그대로 모든 음식을 마음껏 먹었다.

다음 날, 마라케시의 한 공원을 한가로이 걸을 때 팀이 물었다.

"모로코의 북대서양 해안에 과일을 따려고 나무를 올라가는 염소들 이 있다는 거 알아?"

"모로코에 대해서 어떻게 그리 많이 알아요?"

팀은 내가 농담에 속아 넘어가는 걸 보며 짓궂게 웃었다.

"〈아라비아의 로렌스〉를 봤거든. 그러니 내가 사막에 대해 다 아는 게 당연하지."

팀은 예전부터 그 대사를 말해 보고 싶어서 안달이었다.

"그 정도면 됐어요. 이제 여기서 떠날 때가 됐네요. 그런 이야기가 웃길 정도면 사막이 당신의 머리에 영향을 미쳤다는 뜻이니까요."

사실 사막은 우리 두 사람 모두에게 영향을 미쳤다. 마라케시의 격 정적인 분위기에 우리의 감각은 지나치게 과부하가 걸리기 시작했다. 며칠이 지나자 그저 덧문을 닫고 방에 앉아 가정식을 먹으며 조용히 보내고 싶은 마음이 간절해졌다.

긴 여행이 일깨워 준
평범한 일상의 소중함

　　　　　　　　우리는 마라케시를 떠나기 전날 밤
에 아네트와 가브리엘의 초대를 받아들여 그들이 발견한 식당에서
저녁 식사를 함께하기로 했다. 우리는 굽이굽이 도는 계단을 올라 옥
상으로 올라갔다. 화려한 천과 꽃이 활짝 핀 넝쿨로 장식되어 있고 테
이블이 멋들어지게 배치된 넓은 옥상을 초와 횃불이 환하게 밝히고
있었다. 거대한 주황빛 사막의 달이 떠 있어 낭만적인 분위기를 더했
다. 우리는 모로코 사람들이 아주 좋아하는 요리를 음미했다. 부드러
운 야채와 이국적인 향신료가 어우러진 양고기 타진모로코의 조리기구. 타진에
넣어 익힌 요리—옮긴이, 쿠스쿠스, 가지와 오이 샐러드를 먹은 뒤에 디저트로
필로 페이스트리까지 먹은 후에 감미로운 프랑스산 와인을 한 번 더
건배했다.
　다음 날 아침, 아브라함이 우리 짐을 현관 앞에 갖다 놓았다. 우리
는 복잡하고 흥미롭고 시끄러운 이 도시를 떠날 준비를 모두 마쳤다.
택시가 차와 사람으로 붐비는 울퉁불퉁한 자갈길을 덜컹거리며 달렸
고, 운전사는 자전거와 수레와 오토바이와 부주의한 여행자들을 피하

느라 계속 이리저리 운전대를 틀었다.

"여기 오길 잘했어. 확실히 우리가 봐야 할 곳이었어. 하지만 일주일로 충분해. 나는 완전히 진이 빠졌네. 어서 빨리 제대로 닫히는 문이 있는 호텔 방에 가서 쉬고 싶어."

팀의 말에 나도 동감했다.

"나도 피곤하네요. 바르셀로나에 들렀다가 유람선을 타는 날이 진짜 기다려져요. 집에 가서 우리 옷을 태워 버릴 때가 됐어요. 만일 당신이 캘리포니아에서 그 빛바랜 연보라색 셔츠를 한 번이라도 입는다면 그 길로 우리는 끝이에요!"

다음 목적지인 바르셀로나에 있는 현대식 호텔은 우리를 실망시키지 않았다. 크고 무거운 문이 단단하게 닫혔으며 바깥의 소리가 철저하게 차단됐다. 근거지가 없이 오랫동안 여행을 다니다 보면 사소한 점이 큰 의미를 가졌다! 침대도 아주 훌륭했다. 그곳은 우리가 아름답지만 소박한 리야드에서 몹시 그리워했던 편안함을 제공해 주었다.

팀이 불을 끄면서 말했다.

"나는 휴식기를 가질 준비가 됐어. 12일 동안은 만사를 다른 사람들에게 맡기고 신경 쓰지 않을래. 드디어 손주들을 볼 수 있게 돼서 정말 행복해. 다들 7개월 동안에 많이 변했더라고. 우리도 변했을까?"

"지금 당장은 너무 피곤해서 아무 생각도 못하겠어요."

"집에 도착해 보면 알겠지."

팀이 스르르 잠이 들었다.

12 어디에 살든
상관없이,
원래 삶 자체가
위험투성이다.

_다시 캘리포니아로

다시 돌아올 곳이 있기에
여행을 떠날 수 있는 것

"5월에 함께 유람선을 타고 항해했던 그 흥미롭던 사람들은 다 어디로 간 걸까요? 보아 하니 우리는 길고 따분한 12일을 보내게 될 것 같네요."

내가 주변을 둘러보면서 말했다. 우리는 단 몇 시간 뒤면 바르셀로나를 떠나 마이애미를 향해 항해할 유람선에 승선하는 중이었다.

"그 재미있던 사람들은 이미 집에 돌아갔거나 유럽에서 크리스마스까지 보내고 돌아갈 모양이야."

팀이 대답했다. 우리는 쌀쌀한 11월의 바람에 몸을 웅크렸다. 팀은 유람선의 메인 라운지로 들어가는 문을 잡고 내가 지나갈 때까지 기다려줬다.

우리가 이렇게 불평하는 이유는 사방에 지팡이와 보행기, 휠체어 천지였기 때문이다. 세상에, 이 사람들 옆에 있으니 우리가 어려 보일 정도였다. 이번 유람선의 승객들은 지난번 유럽 행 대서양 횡단 유람선의 활기가 넘치던 승객들보다 훨씬 늙고 활력이 없어 보였다. 생기가 있는 사람이 거의 없었다.

"생각해 봐요. 우리가 5월에 플로리다를 떠날 때, 승객들은 유럽에서 기다리고 있는 모험을 생각하며 인생 최고의 흥분에 젖어 대서양 횡단 유람선에 올랐죠. 이제 11월이에요. 단체 관광이었든 유람선 여행이었든 이 사람들도 처음에는 그렇게 흥분에 젖어 시작했겠죠. 지금은 다들 피곤에 절어 있고, 지저분하게 자란 머리칼을 잘라야 하고, 여행 내내 입은 옷이 지긋지긋해진 상태예요. 그리고 이제 늘 그렇듯이 청구서와 아이들과 일거리가 기다리고 있는 집에 돌아가려는 참이죠! 모두들 행복해 보이지 않는 게 당연해요."

"그래, 확실히 나도 이발을 해야 해. 당신도 플로리다에 도착하기 전에 염색을 조금 하면 기분이 상쾌해질 거야."

팀이 자신의 부스스한 곱슬머리를 손가락으로 빗어 올리며 말했다.

짐을 풀고 있는데 휴대전화의 불빛이 깜박이는 게 보였다. 애틀랜타에 사는 부부가 저녁 식사를 하기로 한 약속을 확인하는 문자였다. 《월 스트리트 저널》에 내 기사가 실린 후로, 한 여성이 이메일을 보내 남편과 함께 바르셀로나에서 출발하는 이 유람선을 탈 예정이라고 했다. 두 사람은 우리를 만나고 싶어 했다. 그래서 우리는 이 유람선의 명물인 이탈리아 식당에서 저녁에 만나기로 하고 날을 잡았다. 우리의 여행에 대한 글을 읽은 사람을 만난다고 생각하니까 꽤 흥분됐으며, 그들의 경험도 듣고 싶었다.

그 부부와 우리는 식당에서 만났다. 진저와 남편인 톰은 지중해 유람선을 타고 10일 동안 항해한 후에 집으로 돌아가는 길이었다. 우리는 활동적이고 매력적인 진저 부부와 이탈리아 음식을 맛있게 먹으면서, 서로의 가족과 여행에 대한 이야기를 나누었다. 우리 네 사람은 서로에게 편안함을 느꼈으며, 원래 팀과 나는 새로운 친구를 사귀는 것을 좋아했다.

메인 코스가 끝나고 디저트를 맛보고 있을 때 진저가 말했다.

"린에게 하고 싶은 질문이 굉장히 많아요! 근거지가 없이 세계를 여행 다니는 생활은 어떤 모습인지 정말 궁금해요."

"괜찮으니까 마음대로 물어보셔도 돼요."

"저기, 사생활을 캐물으려는 건 아니고요. 항상 붙어 지내는 것을 어떻게 견디시나요? 그러니까 제 말은요, 두 분은 지역 공동체 같은 데에서 어울릴 만큼 한 곳에 오래 사는 게 아니라서, 집 밖에서 머리를 식힐 만한 활동을 할 수 없잖아요. 거의 항상 두 분이서 시간을 보내실 텐데요. 서로의 신경을 건드린다든지 하지는 않으시나요? 톰과 나는 늘 둘이서만 있어야 한다면 머리가 돌아버릴 거예요."

좋은 지적이었다. 팀과 나는 서로를 바라봤다.

"물론 그럴 때도 있죠. 그렇지만 팀은 워낙 신사라서 항상 나를 흥미로운 사람으로 여기는 척하죠. 반면에 나는 흥미로운 사람이 되려고 매일 노력하고요."

나는 팀에게 다정한 미소를 보냈다.

"팀, 의지할 사람이 없이 우리끼리만 외국에서 여행을 하다 보니 우리 사이가 더 가까워진 것 같지 않아요?"

"우리도 서로에게 예민할 때가 있었잖아, 여보. 이탈리아에서 운전할 때 생각 나?"

나는 동의의 뜻으로 웃었다.

그때 팀은 정말 폭주 상태였다. 이윽고 팀이 GPS인 빅토리아, 피렌체에서 경험한 충격적인 급커브에 대한 이야기로 진저와 톰을 즐겁게 했다. 확실히 우리는 그런 아슬아슬했던 순간에 버럭 소리를 지르기도 했다.

모두의 웃음이 잦아들자 팀이 덧붙였다.

"그렇지만 우리는 서로 사이좋게 지내는 편이니, 정말 운이 좋은 거죠. 집을 떠나 낯선 곳에서 둘이서만 생활하는 것을 힘들어하는 부부가 꽤 많을 겁니다."

톰이 어깨를 으쓱하며 말을 받았다.

"정말 재미있는 이야기였어요. 그런데 그런 생활을 어떻게 하는지 상상이 안 되네요. 다음에 무슨 일이 생길지 걱정되거나 겁나지 않으세요? 이를테면 임대 아파트가 형편없거나 렌터카가 고장나거나 두 분 중 한 분이 병에 걸릴 수도 있잖아요. 저는 별의별 걱정이 다 되거든요. 내전이나 몇 년 전에 일어났던 화산 폭발, 쓰나미, 조류 독감 등 이런 사태가 불안하지 않으세요?"

팀은 다 이해한다는 뜻의 미소를 짓더니 나를 흘낏 봤다. 그런 다음 잠시 입을 다문 채 자신의 뜻을 정확히 설명할 수 있는 말을 골랐다.

"우리 둘이 어젯밤에 바로 그런 이야기를 나눴답니다. 우리가 처음 여행을 시작할 때보다 걱정이 줄어들고 느긋해진 이유가 뭘까에 관해서였죠. 이제는 경험이 늘었기 때문일 수도 있을 거고요. 힘든 일이 많이 일어났지만, 우리는 잘 대처해 왔답니다. 물론 가끔은 겁이 나기도 했어요. 사고가 나면 어떻게 하나, 이렇게 살기에는 우리가 너무 늙은 게 아닐까를 비롯해서 만사를 걱정하죠. 그렇지만 안 좋은 일은 어디에서나 일어나요. 심지어 우리 고향에서도 지진이 발생하죠. 어디에 살든 상관없이, 원래 삶 자체가 위험투성이지요."

나는 팀이 숨을 고르려고 말을 멈춘 사이에 끼어들었다.

"우리는 시행착오를 거치는 과정들에 대해서는 그냥 웃어넘겨요. 정말로 상황이 안 좋을 때는 바로 잡거나 그냥 포기하고 다음으로 넘어갔죠. 물론 여행을 하면서 늘 건강했고 다치지 않았으니, 참 운이 좋았어요. 폭염과 일시적인 한파를 제외하면, 지금까지는 자연 재해를 겪은 적도 없고요. 그렇지만 생각해 보면 여행을 한다고 해서 집에 있을 때보다 특별히 더 위험한 것은 아니에요. 위험은 어디에나 도사리고 있으니까요."

즐겁지 않으면 인생이 아니다

가끔은 겁이 나기도 했어요.
사고가 나면 어떻게 하나,
이렇게 살기에는 우리가 너무 늙은 게 아닐까를
비롯해서 만사를 걱정하죠.
그렇지만 안 좋은 일은 어디에서나 일어나요.
심지어 우리 고향에서도 지진이 발생하죠.
어디에 살든 상관없이,
원래 삶 자체가 위험투성이지요.

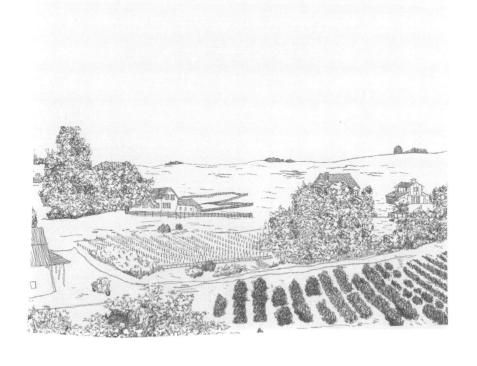

어떤 선택을 해도
아쉬움은 남는 법

드디어 유람선이 마이애미 부두에 도착했다. 팀의 딸인 아만다와 우리의 귀한 손자인 숀이 우리를 기다리고 있는 모습을 보고 얼마나 반가웠는지 상상이 갈 것이다. 우리는 수천 명이 항해한 유람선이 아니라 기차에서 내리는 기분이었다. 사람이 익숙한 얼굴과 장소에 얼마나 빠르게 적응하는지 신기했다.

아만다와 사위인 제이슨은 우리가 즉시 미국 생활에 다시 뿌리를 내리게 해주었다. 먼저 우리는 실내 장식을 새로 한 아만다의 집으로 가서 호사스럽게 재회를 축하했다. 아만다 가족은 그야말로 플로리다의 생활을 만끽하고 있었다. 집에는 방충망이 쳐진 베란다와 수영장이 있고, 정원 끝에는 호수(나는 악어가 육지로 나와 기어다니는 모습을 직접 보지는 못했지만, 뒤뜰에 있는 그 호수에 진짜 악어가 여러 마리 산다)까지 있으며, 시원한 흰색 타일 바닥과 높은 천장은 습하고 끈적거리는 플로리다의 날씨에 딱 제격이었다. 이어진 추수 감사절 잔치는 기대대로 편안한 가족 행사로 치러졌다. 맛있는 음식을 잔뜩 먹었고, 텔레비전으로 축구 중계를 봤으며, 우리 집안에서 가장 나이가 어린 숀을 수시로

즐겁지 않으면 인생이 아니다 ┈┈┈┈┈┈

꼭 껴안고 이야기를 나눴다.

우리는 아만다와 제이슨, 숀과 며칠을 지낸 후에, 텍사스 오스틴에 사는 다른 가족을 만나러 비행기에 올랐다. 팀의 딸인 알윈과 사위와 두 손주를 보러 간 것이다. 손주인 잭슨은 이제 막 10대에 접어들었고, 잭슨의 여동생인 페이스는 늘 그렇듯이 다재다능하고 창의력이 넘쳤다.

우리는 역시 텍사스답게 커다란 알윈의 집에서 완만한 텍사스의 언덕이 내다보이는 스위트룸을 우리끼리만 쓰는 호사를 누렸다. 이런 익숙하면서도 안락한 분위기는 우리의 다음 목적지인 카우보이와 와인으로 유명한 중부 캘리포니아로 완벽하게 이어졌다.

며칠 후, 우리는 캘리포니아에서 그리 멀지 않은 파소 노블레스에 임대한 아파트에 도착했으며, 우리가 늘 여행지에 처음 도착할 때 지키는 일과를 빠르게 시작했다. 우리가 여행을 좋아하고 다른 사람들의 집을 빌려 살며 그들의 물건을 사용하는 것에 익숙해지기는 했지만, 물품 보관소에 보관해 두었던 우리 냄비와 솥, 우리가 좋아하는 커피포트, 익숙한 시트와 베개를 찾아와서 사용하니 정말 기분이 좋았다. 우리는 오랜만에 봐서 새것 같은 느낌이 드는 옷, 장신구와 부츠, 코트도 꺼냈다. 푹신하고 커다랗고 따뜻하며 오래된 타월직 목욕가운을 입으니 밍크코트가 부럽지 않을 만큼 좋았다.

갑자기 미국의 모든 점이 신났다. 우리는 이제 고향땅에서 2개월 동안 살게 된다는 사실을 기쁜 마음으로 받아들였다. 어느 쪽 차선을 타야 하는지 고민하거나 로터리를 돌 때 방향을 헷갈릴 필요 없이 편하게 운전하는 것과 같은 별일 아닌 점들이 마냥 기뻤다. 식품점에서 장을 볼 때 물건에 붙은 영어 상표를 바로 읽을 수 있는 것이나 무거운 장바구니를 몇 블록이나 질질 끌고 갈 필요 없이 바로 차에 싣고 갈 수 있는 것도 큰 기쁨이었다. 무엇보다도 고국에 돌아와 친구와 가족과 함께 명절 휴가를 보낼 수 있어서 기뻤다.

우리가 미국을 떠나 있는 동안에, 내 딸인 알렉산드라와 사위인 리는 파소 노블레스의 바로 남쪽인 캘리포니아 템플턴에 11만 7,358제곱미터 규모인 농장을 사서 이사했다. 떡갈나무가 우거진 완만한 언덕을 지나서 목장으로 가는 길은 기가 막히게 경치가 좋았다. 넓게 펼쳐진 땅에는 심장이 멎을 듯이 멋진 포도밭과 목장의 풍경이 펼쳐졌고 멋진 수영장도 있었다.

그 지역에 새로 생긴 중학교에 막 입학한 손자 리선, 농장에서 수십 킬로미터나 떨어진 초등학교에 다니는 예쁘장한 열 살배기 손녀 엘리자베스는 새로운 환경에서 쑥쑥 자라고 있었다. 리선과 엘리자베스는 닭을 돌보고 수영장을 청소하고 농장에서 뛰어노는 생활을 아주 좋아했다. 알렉산드라의 농장은 수리를 하느라고 칫솔에서부터 아이들의 숙제에 이르기까지 모든 곳에 먼지가 앉아 있었지만, 우리와 친구들 모두에게 크리스마스 파티와 새해 전야 파티의 본부가 됐다.

그 사이에 캠브리아의 해안에서 소규모로 사업을 하고 있으며, 피오나와 로리를 키우느라 늘 바쁜 내 딸 로빈은 연례 쿠키 데이와 크리스마스 이브 만찬과 같은 전통적인 가족 파티를 열어 우리를 기쁘게 해주었다.

즐겁지 않으면 인생이 아니다 ———

미국에 돌아와 익숙한 환경에서 생활하면서 우리는 집 없이 여행을 하며 살아간다는 게 언뜻 생각하듯 속 편한 생활만은 아니라는 것을 깨달았다. 어차피 살아가기 위해서는 필요한 온갖 사소한 점들을 챙겨야 하기 때문이다. 게다가 한 번에 몇 달씩 여행을 하는 사람들은 1년 치의 일을 단 몇 주 만에 모두 처리해야 한다. 반면에 우리가 해외에 있을 때는 반가운 전화 통화를 하는 것 외에는 딱히 해야 할 가족에 대한 의무가 없었다. 그런데 미국에 오자 가족 행사나 친구와의 만남이 이어졌다. 물론 행복한 마음으로 참여해 즐거운 시간을 보냈지만 많은 시간을 잡아먹는 것만은 분명했다.

다시 말해 독립적인 생활과 자발적인 선택이냐, 아니면 사람들과 함께할 때 느끼는 온기와 기쁨이냐의 대립이다. 전자를 선택하면 후자가 희생되고, 후자를 선택하면 전자가 희생된다. 두 가지 모두를 갖기는 힘들다.

용기 있게 도전한 만큼
인생이 풍요로워진다

"방금 주디 부처로부터 이메일을 받았어요. 샌프란시스코에 가는 길에 캘리포니아에 들를 예정이래요. 아주 잘됐죠? 주디를 캠브리아에 데리고 가서 로빈을 소개하고 아만다네 농장에도 들르면 어떨까요? 주디도 좋아할 거예요. 얼마 전에 공원 옆에 개업한 아르헨티나 식당도 마음에 들어할 게 틀림없어요."

주디는 전에 피렌체에서 우리와 식사를 함께한 뒤에 독일로 가 늦여름을 보낸 후 유럽 전역을 구경하며 친척들과 친구들을 찾아갔다. 팀과 나는 어서 주디를 만나 그간의 소식을 듣고 싶었다. 며칠 뒤 저녁, 우리 세 사람은 말벡을 마시며 정말로 맛있는 남아메리카 음식을 먹으면서 그간의 경험에 대해 수다를 떨었고, 앞으로의 계획을 이야기했다. 주디와의 대화는 가족이나 친구와의 대화보다 훨씬 수월하고 자연스러웠다. 물론 우리 가족은 팀과 나의 모험에 관심이 많았다. 그렇지만 그들은 자유롭게 떠돌아다니는 우리 생활을 공감하기가 어려운 듯했다. 이를테면 그들은 로스앤젤레스나 샌 루이스 오비스포에서 가족을 만나듯이, 아무렇지도 않은 일상처럼 베를린에서 누군가를 만나 점심 식사를 하는 우리의 생활을 상상하기 힘들 터였다.

집 없이 자유롭게 여행을 다니며 살자는 결정을 내린 후로 우리가 근본적으로 변했다는 건 분명했다. 세상을 보는 시야가 넓어졌고, 그 세계관 속에서 우리의 자리가 좀 더 유동적으로 바뀌었다. 우리보다 훨씬 오랜 세월 동안 여러 나라를 돌아다니면서 살았던 주디와 이야기하면서, 우리는 집 없이 세상을 돌아다니는 생활이 우리를 자유롭게 했음을 깨달았다. 우리는 예전보다 용감무쌍해졌다. 새로운 상황에 처하고, 우리가 전혀 모르는 언어를 쓰는 나라에서 살고, 우리를 즐겁게 하고 우리에게 영향을 미치는 친구를 발견하는 것이 무척 편안하게 느껴졌다. 넓은 세상에서 살아가는 우리의 능력에 대해 자신감이 커졌고, 웬만한 일에는 이제 화를 내지 않게 됐다.

얼마 후에 우리는 주디를 우리 딸들과 그들의 가족들에게 소개했다. 주디가 함께 머무는 동안 우리는 여름에 파리에서 다시 만날 계획을 짰다. 마침 주디는 여름에 손녀를 데리고 파리를 여행할 계획이었다. 게다가 우리가 8월에 베를린에서 아파트를 구할 때 유용할 사람들의 연락처를 줬으며, 우리 세 사람은 파리에서 며칠 동안 함께 지낼 수 있도록 일정을 바꿨다.

마침내 주디와 헤어질 날이 왔다. 주디를 샌 루이스 오비스포에 있는 기차역까지 바래다주고 돌아오는 길에 팀이 말했다.

"이건 말이지, 우리가 기대하지 못했던 깜짝 보너스야. 여행을 하면서 우리처럼 여행을 좋아하는 사람들을 항상 만나잖아. 최고는 그들 중 많은 사람들과 계속 연락을 하고 지내고 언젠가 다시 보게 되기를

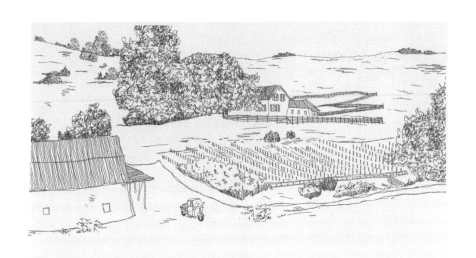

우리는 예전보다 훨씬 용감무쌍해졌다.
새로운 상황에 처하고 우리가 전혀 모르는
언어를 쓰는 나라에서 살고, 우리를 즐겁게 하고,
우리에게 영향을 미치는 친구를
발견하는 것이 아주 편안하게 느껴졌다.
넓은 세상에서 살아가는 우리의 능력에 대해
자신감이 커졌고,
웬만한 일에는 화를 내지 않게 됐다.

즐겁지 않으면 인생이 아니다

기대한다는 거야. 지금까지 우리가 주디 부처를, 가만 있어 보자, 세 나라에서 만났던가? 그리고 올해 말이 되면 다섯 나라에서 만나게 되겠지. 그런 친구들을 어떤 식으로든 모두 한자리에 모아서 만나면 좋을 것 같지 않아? 정말 대단한 파티가 될 거야!"

"멋진 생각이에요! 우리가 노력하면 그동안 여행하면서 사귄 새로운 친구들을 어딘가에서 다 모이게 할 수 있을 거예요. 런던이나 파리 같은 곳에서요. 이 아이디어를 내 할 일 목록에 올려놓을게요. 분명 가능할 거예요. 우리는 더 정신 나간 짓도 많이 해왔잖아요."

우리는 이후 캘리포니아 전역을 돌아다니면서 의사와 변호사를 만났으며, 세무사와 유능한 재정 자문가를 만나 세금에 대해 의논했다. 또한 건강검진도 잘 통과했다. 우리 둘 다 몸에 아무런 이상이 없었다. 유럽으로 떠났을 때도 몸 상태가 좋았는데, 오히려 더 건강해져서 돌아온 걸 보니, 아무래도 우리는 여행 체질인 듯했다. 재정 진단 결과 역시 좋았다. 자금 운용 계획이 잘 가동되고 있었으며, 처음에 합의했던 여행 예산도 잘 따랐다. 당연한 일이었다. 애초에 우리는 이런 결과를 예상했다. 대체로 우리 나이대의 사람들은 예산 범위 내에서 지출하는 방법을 잘 알고 있다.

카탈로그를 보고 우편으로 주문하거나 직접 가게에서 고른 물건들이 날마다 도착했다. 신발과 가방, 손질이 쉬운 여행복을 비롯해서 우리가 또다시 긴 여정을 시작하면서 필요한 각종 물건들이었다. 우리는 지난번에 유럽으로 떠날 때 짐을 간소하게 꾸렸는데, 이번에는 그보다도 더 간소하게 짐을 쌌으며 필수품을 새것으로 교체했다. 나는 새 블레이저, 여행하면서 워낙 많이 걸어 다니느라 몇 킬로그램 정도 체중 감량에 성공했기에 한 사이즈가 줄어든(에헴!) 새 청바지, 포르투갈과 아일랜드에서 아주 춥고 비가 많이 오는 날씨에 필요할 기다란 지퍼식 레인코트를 챙겼다. 팀도 새 블레이저를 샀으며, 지난번 여행에서 즐겨 썼던 모자는 새로 산 걷기 편한 구두 몇 켤레와 함께 수트 케이스로 다시 직행했다. 팀은 며칠 동안 나와 입씨름을 벌인 끝에, 멋들어진 여름용 파나마 밀짚모자를 단호하게 머리에 쓰더니 말했다.

"이 모자를 여름에 파리에서 쓸 거야. 내 마지막 소원이야."

나는 속으로 '우리 둘 다 그 결정 때문에 후회하게 될 거예요.'라는 생각을 했다.

몇 주 후, 다시 여행을 하는 동안 팀과 검정 리본이 달린 베이지색 밀짚모자는 어두운 색의 겨울옷을 입고 모직 모자를 쓴 사람들이 북적거리는 공항에서 눈에 확 띄었다. 비행기와 선실과 기차와 택시와 페리를 탈 때마다 밀짚모자를 안전하게 둘 장소를 찾으려고 전전긍긍하는 바람에 신경이 곤두섰지만, 팀은 고집스럽게 밀짚모자에 대한 이야기를 언급하지 않았다. 물론 나는 팀을 화나게 하지 않으려고 불평을 꼭 참았다. 모든 부부가 이런 경험이 있을 것이다.

우리는 여행에 어떤 물건을 챙겨갈지를 놓고 고민에 고민을 거쳐 힘든 결정을 내렸고, 나머지 짐을 물품 보관소에 몰아넣었다. 이어서 눈물을 머금고 사랑하는 사람들과 작별을 고한 뒤 아만다의 농장을 떠났다. 차를 몰고 가서 로스앤젤레스 국제공항 근처에 호텔을 잡았으며, 그 호텔에서 즉흥적인 재즈 콘서트를 구경하기도 했다.

즐겁지 않으면 인생이 아니다

다음 날, 우리는 플로리다 행 비행기에 올라 통로를 사이에 두고 앉았다. 밀짚모자는 팀이 고집을 부린 대로 머리 위 짐칸에 고이 모셔져 있었다. 나는 한 승객이 귀중한 공간에 모자를 넣어 놓은 팀에게 못마땅한 눈초리를 보내는 것을 봤지만, 고개를 숙여 책에 시선을 고정시킨 채 아무 말도 하지 않았다. 그 모자는 팀의 문제이지 내 문제가 아니었기 때문이다.

13 일부러 쓸데없는
걱정을 할
필요는 없다.

_포르투갈

최선이 없다면
현명하게 차선에 만족하기

팀과 나는 수십 년 동안 헤어져 살다가 운명적으로 다시 만났다. 그런데 카니발 크루즈 라인의 유람선인 데스티니*destiny* 호를 타고 항해한 18일 간은 팀과 나의 서로에 대한 헌신이 운명적으로 시험대에 오른 기간이었다.

나는 진한 갈색으로 된 메인 살롱에 달린 디스코텍용 커다란 금색 전등을 보자마자 우리가 곤경에 처했구나 싶었다. 1960년대에 나온 영화 〈비바 라스베이거스〉 이후로 그런 전등을 본 적이 없었다.

카니발 크루즈 라인의 홍보 자료에는 이번이 데스티니 호의 마지막 항해이자…… 최초의 대서양 횡단 항해라는 언급이 전혀 나와 있지 않았다. 설상가상으로 우리는 항해를 하는 중에 또 다른 '흥미로운' 사실들을 알게 됐다. 데스티니 호나 승무원들은 물론이고 카니발 크루즈 라인의 모든 선박을 통틀어서, 이번처럼 긴 항해를 한 적이 없다는 사실이다. 데스티니 호의 진짜 목적지는 베니스가 아니라 베니스에서 반나절을 더 가야 하는 트리에스테에 있는 조선소였다. 나중에 우리는 베니스에 도착하면 모든 승객들이 아침 10시 전에 서둘러서 배에서 내려야 한다는 이야기를 들었다. 결국 새벽에 배가 부두에 닿는 순간부터 배에서 내리기 시작해야 한다는 뜻이었다. 데스티니 호는 승객들을 내려놓고 나면 1억 1,600만 달러가 드는 심장과 폐와 머리카락 이식 수술 및 코 성형과 주름 제거 수술을 받으러 조선소를 향해 전속력으로 달릴 터였다.

우리는 실망했다. 게다가 우리가 만난 거의 모든 승객들이 저녁 식사와 술까지 사줬는데도 작별 키스조차 해주지 않는 데이트 상대처럼 영 거리감이 있었다. 한마디로 말해서 서로 끌리는 점이 전혀 없었다. 아주 길고 외로운 여정이 될 것 같았다.

그렇지만 이제 우리는 자유로운 모험가이자 경험 많은 여행자였기에, 못마땅하게 있기보다는 즐겁고 편하게 지내기로 작정했다. 그래서 작은 발코니가 달린 밝은 선실로 들어가서 잠시 감탄을 한 후에 짐을 풀어서 정리하고 보금자리를 틀었다. 별로 좋지 않은 상황이지만 최선을 다하자는 마음이었다.

그 와중에 우리를 위로한 것은 승객들에게 제공하는 음식 맛이 비교적 좋았다는 점이었다. 지배인에게 2인석을 달라고 부탁해 놓은 터여서 사람들과 어울리려고 노력할 필요도 없었다. 그러나 유감스럽게도 전문 식당들은 없었다. 스테이크 전문점이나 이탈리아 요리 전문점이 있었다면 가끔 기분 전환을 할 수 있어서 좋고 덕분에 따뜻한 분위기도 훨씬 좋아졌을텐데 말이다.

우리는 차라리 룸서비스를 주문해 선실에서 저녁 식사를 하는 쪽을 택하기도 했다. 침대에 몸을 기대 앉아 베이컨과 상추와 토마토를 넣은 샌드위치와 포테이토칩을 먹으며, 유람선의 폐쇄 회로 텔레비전으로 영화 〈링컨〉을 세 번째로 보는 걸 괘념치 않았다. 선택의 여지가 두 영화밖에 없었는데, 그렇지 않아도 유람선에서 생활하는 판에 똑같은 장면이 연출되는 〈사랑의 유람선〉을 보느니 차라리 〈링컨〉을 보는 게 나았다.

다행히도 우리는 데스티니 호가 항해를 마치자, 주황색 구명조끼를 입고 호각을 불러야 하는 위험한 상황에 빠지지 않고 무사히 이탈리아에 도착해서 고맙기 그지없었다. 나는 천성적으로 겁이 없지만 바다에서 일어날 수 있는 위험을 잘 알고 있었다. 사고 없이 목적지에 도착했다는 사실만으로도 감사의 기도를 드렸다.

부두에 도착하고 보니 유서 깊고 경이로운 도시인 베니스에 눈이 얇게 쌓여 있었다. 보기 드문 설레는 광경이었다. 그렇지만 구경하러 다니기에는 너무 추웠고 다음 날 일찍 리스본행 비행기를 타야 했으므로, 바로 호텔로 가서 몇 주 만에 처음으로 육지의 침실에서 저녁 식사를 하는 호사를 누렸다.

즐겁지 않으면 인생이 아니다

수많은 경험들이 쌓여
지혜가 만들어진다

기쁘게도 다음 날에 만사가 잘 풀렸다. 새로 시작할 여행이 즐거우리라는 청신호였다. 짐 찾기, 렌터카 데스크 찾기, 적당한 자동차 고르기, 올바른 방향으로 출발하기와 같이 공항에서 거치는 절차마저도 순조롭게 진행되었다. 다가올 5주의 수월한 생활을 보여주는 듯했다.

포르투갈에 도착하자 빅토리아는 즉시 새로운 보금자리에 적응했고 포르투갈어를 제 멋대로 발음하며 안내하기 시작했다. 리스본이 내려다보이는 첫 번째 언덕의 정상에 가까워지자 나는 지금까지 쉽게 길을 찾은 것을 망치지 않고 계속 같은 기세로 가주기를 바라며 GPS 화면에 시선을 고정했다. 팀이 명령조로 말했다.

"그것 좀 그만 봐. 지금 당장은 도움이 필요 없다고. 어느 길로 가야 하는지 잘 아니까. 도시를 천천히 둘러 봐! 정말로 당신에게 보여주고 싶었어!"

팀은 몇 년 전에 포르투갈에 온 적이 있었고, 언제나 다시 오고 싶어 했다. 나는 고개를 들었다. 진짜로 놀라운 풍경이 펼쳐졌다.

"우와, 팀. 사진으로 보던 것보다도 훨씬 멋지네요. 이스탄불과 샌프란시스코가 합쳐진 것 같아요!"

리스본은 두 도시의 좋은 점만을 섞어 놓은 모습이었다. 우리는 1700년대에 지어진 아쿠아스 리브레스 수로 아래로 달렸다. 수로 저편에 부활절 계란처럼 화려한 색이 칠해진 건물들의 빨간색 타일 지붕들이 보였다. 그 뒤로는 드넓은 타호 강이 대서양으로 흐르고 있었다. 이윽고 샌프란시스코의 금문교와 색과 모양이 똑같이 닮은 다리에 가까워졌다. 리스본과 강 건너편 도시를 연결하는 이 다리는 세계에서 손꼽힐 정도로 길었다. 멀리 왼쪽에 보이는 높은 언덕 꼭대기에 정교하게 장식된 성이 서 있었고, 강 건너편 다리 근처에는 좀 더 규모가 큰 브라질의 그리스도상을 그대로 본뜬 그리스도상이 자리 잡고 있었다. 멋진 광경이었다. 물론 팀은 다른 차와 부딪히지 않고 다리를 건너느라 경치를 감상할 여유가 없었다.

마법에 걸린 듯 순조로운 하루가 계속 이어져, 빅토리아마저 작은 해변 도시이자 우리의 새로운 터전인 코스타 다 카파리카로 가는 길을 나무랄 데 없이 안내했다. 그곳에서부터 20분도 지나지 않아 목적지에 도착했다. 건물 관리자인 카타리나는 차에서 펄쩍 뛰어내리더니 우리가 지나가도록 얼른 문을 열어주었다. 우리가 차를 타고 온 시간은 1시간이 채 걸리지 않았다.

우리는 날아갈 듯이 기분이 좋았다. 관리자가 문을 열자 더욱 즐거웠다. 아주 넓은 집이었다. 18일 동안 우리의 '운명'이었던 데스트니호의 좁은 선실에서 지낸 후여서 더더욱 선물을 받은 기분이었다. 외

즐겁지 않으면 인생이 아니다 ─────────

부에서 보이지 않도록 울타리가 쳐진 커다란 테라스가 있었고, 넓은 거실에는 장작을 때는 벽난로가 있었으며, 여덟 명이 앉을 수 있는 식당도 있었다. 주방은 시설이 잘 갖춰져 있었으며, 식기세척기도 있었다. 주방 밖에 세탁실까지 따로 마련되어 있었는데 세탁기도 갖춰져 있었다. 물론 건조기는 없었지만 커다란 빨래 건조대가 있었다. 위층에는 잘 꾸며진 여러 개의 방과 욕조가 있는 욕실이 하나 있었다.

우리에게 사치스러울 정도의 집이었는데, 아주 깨끗했을 뿐만 아니라 월세가 우리 예산보다 훨씬 적었다. 이런 점을 비롯한 여러 면에서 포르투갈은 놀랍고 즐거운 곳이었다. 도로와 화장실, 전차, 버스, 관광지가 모두 깔끔하게 관리되고 있었다. 물론 벽에 그래피티가 많이 그려져 있었고 쇠락한 지역도 있었다. 포르투갈은 쇠락과 불황의 흔적이 곳곳에서 보였지만, 우리가 갔던 나라들 중에서 가장 청결한 곳이었다.

카타리나는 돌아가기 전에, 우리와 함께 집 안을 둘러보며 체크리스트를 하나하나 확인했다. 그녀는 영어를 완벽하게 구사했다. 참 다행스러운 일이었다. 평범한 사람들의 능력으로는 포르투갈어를 이해하기가 거의 불가능했기 때문이다. 포르투갈어는 스페인어와 아주 다르며, 내 귀에는 동유럽의 언어처럼 들렸다. 나는 "감사합니다.", "부탁드립니다."와 "다시 말해 주세요."라는 뜻의 포르투갈어를 익혔다. 우리가 만났던 거의 모든 포르투갈 사람들이 적어도 기본적인 영어를 할 줄 알았으며, 스스럼없이 영어를 썼기 때문에 그 세 문장만 아는 것으로도 충분했다.

우리는 둘째 날 밤까지 짐을 완전히 풀었고, 우리의 생활 리듬을 되찾았다. 나는 맛있는 포크 로스트와 야채 볶음, 그리고 샐러드를 만들었다. 그리고 무릎에 냅킨을 깔고 예쁜 꽃무늬 그릇이 놓인 테이블에 앉아서 저녁 식사를 했으며, 분위기를 조성하려고 촛불까지 밝혔다. 라디에이터도 잘 돌아갔고, 냉장고와 식료품 저장실은 꽉 차 있었으며, 거실에서 작은 불꽃이 타닥거리며 타올랐다. 인터넷 연결이 양호했고, 다른 전기제품들도 시험해 봤더니 모두 잘 작동됐다.

우리는 곧 쇼핑센터에서 약 15분 거리에 있는 대형 슈퍼마켓을 찾아냈다. 현지인들을 관찰하면서 주차와 쇼핑하는 방법을 알아내, 이탈리아에서처럼 창피하고 짜증스러운 일을 다시 당하지는 않았다. 그리고 단기간 사용하고 버리기에 좋은 전화기를 약 10달러를 주고 샀으며, 점원을 설득해서 언어 설정을 포르투갈어에서 영어로 바꿨다. 또 다음을 대비해서 가장 가까운 주유소의 위치를 파악한 다음 주차시설과 보트 운행 시간을 확인하기 위해 페리 선착장으로 차를 몰았다. 그리고 가족들과 친구들에게 우리가 무사히 도착했다는 메시지를 보냈다. 다시 말해서, 우리는 다시 새로운 보금자리를 튼 것이었다. 우리가 새로운 집에 들어가거나 나갈 때마다 하는 일과가 제대로 진행되고 있었다.

"이래도 되나 싶을 정도로 모든 게 쉽게 진행됐어. 그동안의 모든 경험이 결실을 본 거야. 우리가 참 대견해, 여보."

다음 날 아침, 팀이 테라스의 따뜻한 벽에 등을 기댄 채 흐뭇해하며 말했다.

즐겁지 않으면 인생이 아니다

"확실히 우리가 그동안 많은 것을 배웠어요. 그렇죠?"

수많은 시행착오를 거치는 동안 거의 모든 상황을 극복하는 방법을 배웠고, 이제 그것이 결실을 맺었다. 그리고 올바른 질문을 하는 방법과 문제가 생기기 전에 해결책을 찾는 방법을 힘든 경험을 통해 알게 되었다.

"이제 우리 점심 식사를 하러 나가는 건 어떨까?"

팀의 말이 끝나기도 전에 나는 신발을 가지러 위층으로 신나게 올라갔다.

우리는 야자나무가 줄지어 있는 도로를 걸으며, 양쪽에 늘어선 멋진 집들을 구경했다. 덩굴식물로 뒤덮인 담장과 그 안의 정원을 보니 멕시코와 이탈리아가 생각났다. 도로 끝에 도착하자 현지인들이 그렇듯이 몸을 숙여 작은 수풀 사이를 통과했다. 곧이어 가장자리에 야생화와 샛노란 금작화가 피어 있는 모랫길이 나와 우리는 그 길을 따라 모래 언덕을 향해 걸었다.

유람선의 개성 없는 분위기에서 지내다가 나무들 사이를 거니니 정말 즐거웠다. 철썩거리는 파도소리가 점점 커졌다. 우리는 담소를 나누며 곧 무너질 것 같은 나무 계단을 올라갔다. 꼭대기에 도착하자 꼼짝도 할 수 없을 만큼 멋진 장관이 눈앞에 펼쳐졌다.

파도가 굉장했다. 족히 수십 미터는 떨어진 곳에서부터 시작된 집채 만한 파도가 초록색과 하얀색과 파란색의 거친 물결을 만들며 바로 우리 밑까지 밀려 들어왔다. 11킬로미터 길이로 쭉 펼쳐져 있는 초봄 해변은 즐겁게 서핑을 하는 몇몇 사람들을 제외하면 텅 비어 있어,

자연 그대로의 느낌이 났다.

겉에 물막이 판자를 댄 식당들이 모래 언덕을 따라 넓은 간격을 두고 길게 늘어서 있었다. 각 식당마다 차양이 쳐진 테라스가 달려 있는 모습이 인상적이었다. 낮은 테이블 주변의 모래 위에 밝은 색 콩 주머니 매트가 깔려 있어 손님들이 앉아서 바다를 바라보기 좋았다. 육지는 거대한 만이 삼면을 파고 들어와 있는 형태였으며, 우리가 서 있는 자리에서 바다로 흘러드는 타호 강이 보였다. 인상적이고 흥미로웠으며, 추웠다.

우리는 가장 가까운 바 겸 식당인 콘티키 바로 서둘러 들어갔다. 그곳의 견고한 유리벽과 캔버스 천으로 된 덮개 덕분에 광풍이 들어오지 않는 자리에 편히 앉아 한시름 놨다. 포르투갈 가족 3대가 테라스에 모여 앉아 벌써부터 일요일의 점심을 즐기고 있었다. 그들은 와인을 마시면서 웃고 떠들고, 드물게 화창한 3월의 오후에 해변에서 뛰노는 아이들을 지켜봤다. 그들이 입은 브랜드 옷과 세련된 헤어스타일을 보니, 리스본의 다리 건너 부촌에 사는 사람들이 분명했다. 그곳에 있는 리베르다데 거리 주변의 땅값이 비싼 지역에서는 구찌와 프라다 같은 브랜드의 매장들이 떼돈을 벌고 있었다.

우리는 천천히 음식을 먹으며 긴 시간 동안 점심을 즐겼다. 문어 요리를 선택한 나는 조리 과정이 복잡한 문어를 제대로 요리할 줄 아는 나라에 오게 되어서 기뻤고, 팀은 햄버거를 우적우적 씹으며 지금까지 먹어본 것 중에 최고라고 감탄했다.

하늘이 언덕 너머 저 멀리에서부터 어두워지기 시작하는 바람에 우

즐겁지 않으면 인생이 아니다

리는 걸음을 재촉해 집으로 돌아왔다. 유럽에서 포르투갈이 위치한 지역은 날씨가 변덕스러웠다. 우리는 그날 밤새 내린 엄청난 폭우를 간발의 차이로 피해 집에 도착했다. 그리고 빗소리를 들으며 숙면에 빠져들었다.

느긋한 마음으로 여행지를
있는 그대로 느끼기

다음 날 아침, 팀은 정신없이 굴었다.

"열쇠 당신이 가지고 있어? 카메라는 내가 챙겼어. 가만, 페리 운행 시간표가 어디에 있지? 방금까지만 해도 들고 있었는데……."

내가 현관에 포스트잇을 붙여놓겠다고 으름장을 놓자, 팀은 우리가 그렇게까지 할 정도로 노망이 나지는 않았다고 항변했다(그렇다면 왜 항상 우리는 전화기를 찾아 헤매는 것일까, 정말 궁금하다). 드디어 처음으로 리스본을 관광하는 날이었다. 페리가 정시에 운행되기 때문에 우리는 시간에 맞추려고 서둘러 준비했다.

시간에 딱 맞춰 페리에 탄 우리는 전경을 구경하려고 금속 계단을 올라 위층 갑판으로 올라갔다. 빨간색 다리 위로 뜬 햇살을 받아 환하게 빛나는 리스본은 파스텔 색의 웨딩케이크처럼 눈부시게 아름다웠다. 화물선들이 작은 예인선들의 안내를 받아 바다에서 느리게 들어왔고, 요트들은 서로 이리저리 피하면서 잽싸게 강을 가르고 있었다. 우리가 늘 고속도로를 달리듯이 일상적으로 페리를 이용하는 현지인들마저 그 광경을 즐겁게 감상하는 듯했다.

우리는 페리 선착장의 매표소에서 한 부부를 만났다. 우리 네 사람 모두 매표소 안에 앉아 있는 직원이 티켓과 운행 시간에 대해 하는 말을 이해하려고 기를 쓰던 참이었다. 페리에 오른 후 그 부부가 우리 옆에 앉았고 자연스레 페리에 대해 기본적인 정보를 서로 나누기 시작했다. 네덜란드인인 애니와 영국인인 존은 결혼한 지 35년 된 부부였다. 장성한 아들 둘을 둔 애니 부부는 강인한 기질을 지닌 전형적인 영국 사람이었으며, 많은 영국인들처럼 캠핑 애호가였다. 두 사람은 지난 몇 주 동안 카라반^{미국에서 캠퍼라고 부르는, 주거 시설이 갖춰진 캠핑용 자동차—옮긴이}을 타고 프랑스를 횡단했고 스페인 일부를 돌았다. 그들은 코스타 다 카파리카에서 며칠 머문 후에 포르투갈 북부를 거쳐서 영국으로 돌아갈 예정이었다.

페리가 해안선을 지나갈 때 커다란 부두와 작은 카페와 바들이 보였다. 페리가 중앙 페리 터미널의 서쪽에 있는 리스본의 항구인 벨렘으로 다가가고 있을 때, 애니가 말했다.

"저기 좀 봐요. 저쪽이요. 위대한 포르투갈인 탐험가, 페르디난드 마젤란의 그 유명한 기념비예요."

다른 나라 사람들은 여러 언어를 구사할 뿐만 아니라 자신의 나라는 물론이고 세계 각국의 역사에 해박하다. 반면에 많은 북아메리카 사람들은 이런 교육이 부족하다. 참 부끄러운 일이다. 나는 좋은 대학을 나왔는데도 초등학교 6학년 이후로 페르디난드에 대해 관심을 가진 적이 없다는 사실을 인정하고 싶지 않았다. 그래서 이미 다 알고 있다는 표정으로 고개를 끄덕였다.

우리는 유람선이 강을 타고 올라가 부두로 향하는 모습을 지켜봤다. 그 유람선의 승객들은 강의 북쪽에 52미터 높이로 치솟아 있는 마젤란 기념비, 가장 높은 탑의 높이가 약 190미터이고 전체 길이가 1,000미터인 다리를 보면 깜짝 놀라리라. 바로 그 너머로 리스본의 주민을 보호하고 방문자를 환영하는 의미로 양팔을 활짝 벌리고 있는 해발 132미터 높이의 그리스도상이 서 있었다. 리스본의 부드럽고 예쁜 풍경이 이런 거대한 조각상들의 배경 역할을 했다. 높이가 낮은 페리의 갑판에서 봤는데도 지금까지 내가 본 중에 가장 아름다운 광경이었다.

애니와 존은 우리 집에서 단 800미터 떨어진 리조트에서 캠핑을 하고 있었다. 우리는 그들과 함께 있는 시간이 무척 즐거워서 다음 날 밤에 칵테일과 저녁 식사를 하자는 말에 기꺼이 승낙하고 터미널을 나왔다. 두 사람은 벨렘에 관광을 하러 갔고, 팀과 나는 유명한 15번 전차를 타려고 한두 블록을 걸었다. 그 전차를 타면 리스본의 중심지로 갈 수 있었다.

페리 티켓으로 전차와 버스도 이용할 수 있었다. 우리는 모든 방향으로 리스본 시내를 가로지르는 귀엽게 생긴 옛날식 전차에 올라타 그린 티켓을 전자 단말기에 찍고 자리를 잡았다. 명랑한 벨 소리가 도시의 매력에 운치를 더했다. 우리는 전차에서 내려 골동품 가게와 디자이너 매장, 작은 카페를 지나 아주 가파른 언덕을 느리게 걸어 올라갔다. 꼭대기에 오르자 리스본에서 가장 애용하는 만남의 장소인 로시오 광장이 나왔다. 광장의 양 끝에는 같은 모양의 커다란 분수 두

즐겁지 않으면 인생이 아니다 ⎯⎯⎯⎯⎯

개가 있었고, 중앙에는 돔 페드로 4세의 거대한 동상이 있었다. 로시오 광장의 보도에 깔린 검은색과 흰색 타일은 정교한 디자인으로 배열돼 있었다. 그 타일을 보고 있자니 바닥이 물결치는 듯한 착각이 들었다. 기이한 경험이었다. 탁 트인 광장을 가로질러 이리저리 걸을 때마다 눈이 일으키는 착각에 경탄이 나왔다.

"당신을 놀래 주려고 일부러 이곳을 아껴 놨지."

팀이 광장을 둘러보는 나를 밝은 얼굴로 쳐다봤다.

우리는 근처에서 아베니다 내셔널리다데의 끝자락을 발견했으며 아름다운 건물들과 가게들을 넋을 잃고 바라봤다. 이어서 약간 경사진 도로로 올라가자 점차 가게들이 국제적이고 비싼 명품 매장들로 바뀌었다. 구찌, 프라다, 버버리의 간판이 보이기 시작했는데, 바로 여기가 우리가 콘티키 바에서 본 부유해 보이는 사람들이 쇼핑을 하는 곳일 터였다.

넓은 도로의 중심부 전체가 길고 우아한 공원으로 구성되어 있었다. 운치 있는 나무에서 이제 막 봄날의 새 이파리가 돋아나고 있었고, 인조 개울이 아름다운 정원을 가로질러 흐르고 있었다. 몇 블록마다 작은 카페에서 나무 아래 앉아 커피를 마시고 페이스트리를 먹는 사람들이 보였다. 늘 그렇듯이 우리는 배가 고파져서, 동그랗고 바삭거리는 파이 껍질 안에 커스터드 크림이 들어 있는 유명한 포르투갈식 에그 커스터드인 파스텔 드 나타를 처음으로 맛보러 갔다. 나는 팀이 에스프레소를 다 젓기도 전에 내 몫의 에그 커스터드를 다 해치워 버렸다.

"배가 좀 고팠나 봐."

나는 너무 창피해서 얼른 뛰어가 하나를 더 사왔다.

다시 우리는 집 없이 자유롭게 여행을 다니는 생활에서 최상을 즐기고 있었다. 이 관광지에서 저 관광지로 급하게 우르르 몰려다니는 게 아니라, 별 목적 없이 여기저기를 느긋하게 거닐면서 그 나라를 있는 그대로 느끼는 것이다.

우리는 포르투갈 사람들을 지켜보며 그들이 아름다움과 색감을 좋아하고 아끼며, 심각한 경제 상황에도 낙천적이고, 환상적인 페이스트리를 만들 줄 안다는 것을 발견했다.

우리는 집 없이 자유롭게 여행을 다니는
생활에서 최상을 즐기고 있었다.
이 관광지에서 저 관광지로 급하게
우르르 몰려다니는 게 아니라,
별 목적 없이 여기저기를 느긋하게 거닐면서
그 나라를 있는 그대로 느끼는 것이다.

자유의 의미는
사람마다 다르다

선원들이 빨간색 2층짜리 페리를 기술 좋게 부두에 대는 모습을 보고 있는데, "어이, 이봐요!" 하는 소리가 들렸다. 애니와 존이었다. 즉석에서 두 사람은 차를 함께 마시자고 우리를 초대했다. 그런데 그들의 야영지에서 우리 네 사람은 정작 차가 아니라 스페인산 레드와인을 마셨다. 두 사람은 작지만 매우 효율적인 카라반에서 재빨리 캠핑 의자와 테이블, 와인 잔과 치즈와 크래커를 준비했다.

우리는 나무 아래 앉아 그들의 이동식 주택에 대한 존의 소개를 들었다. 무척 흥미로웠다. 우리가 미국의 캠핑장에서 본 커다란 캠핑용 자동차의 편의 시설이 모두 갖춰져 있었다. 내장된 차양에서부터 냉장고, 개수대, 난방기에 이르기까지 없는 게 없었다. 그런데도 일반적인 미국의 자동차보다 길지 않았고 차체도 그리 넓지 않아서 유럽의 좁은 길을 달리기에 좋았다. 이 획기적인 독일산 자동차는 공간 하나하나를 모두 유용하게 쓸 수 있도록 설계되어 있었다.

다음 날 저녁, 우리는 두 사람을 우리 집으로 초대했다. 팀은 얼마

즐겁지 않으면 인생이 아니다 ────

전에 혼자 카파리카 해변을 산책하다가 발견했던 식당으로 차를 몰았다. 직사각형 모양의 건물들이 판자가 깔린 길을 따라 쭉 늘어서 있었고 각 식당마다 다른 곳과 차별되는 특색 있는 음식을 제공하고 있었다. 우리가 고른 식당은 생선 스튜를 파는 곳이었다. 그곳에서 치즈와 크림 맛이 나는 국물에 미트볼 크기의 살이 통통하게 오른 신선한 홍합이 들어간 생선 스튜를 주문했으며, 껍질이 딱딱한 포르투갈식 빵을 그 국물에 찍어 맛있게 먹었다.

진수성찬을 즐기는 내내 애니와 존은 전 세계를 돌아다니면서 겪은 모험담으로 우리를 즐겁게 해줬다.

"음, 일단 킬리만자로 산을 등반한 것은 제쳐두고 그 외에 가장 무모했던 휴가를 꼽으라면, 넉 달 반 동안 20명이 탄 단체 여행 버스로 남아메리카 전역을 돌아다니면서 캠핑을 했던 때네요. 다들 여행을 하기 전에는 전혀 모르는 사람들이었죠."

애니의 말을 들으며 나는 우리가 여행을 하면서 맺는 우정은 고향 땅에서의 우정과 다르다는 사실을 깨달았다. 일반적으로 대부분의 관계는 직장이나 취미나 학교나 클럽과 같은 상황을 바탕으로 시작된다. 지속되는 관계도 있지만 그렇지 않은 관계도 있다. 물론 오래된 우정은 서로의 역사를 공유하는 데에서 오는 편안함이 있다. 그러나 여행을 하다 보면 마음이 맞는 사람을 만났을 때 딱 통하는 뭐라고 설명하기 힘든 순간이 있다. 사랑에 빠지는 때와 거의 비슷하게 본능적으로 서로에게 끌린다. 계산을 하거나 격식을 차릴 필요 없이 그 사람의 있는 모습 그대로를 받아들이게 된다. 나는 함께 즐겁게 지냈던 새로 사귄 친구와 작별할 때 강한 슬픔에 휩싸이곤 했다. 일반적으로 계속 연락을 하고 지내고 전 세계를 돌아다니는 중에 서로 교차하는 지점에서 만날 기회를 만들려고 노력하기도 하지만, 워낙 이리저리 자주 옮겨 다니면서 살기 때문에 다시 볼 날이 있을지 장담할 수 없었기 때문이다.

내가 혼자만의 생각에 빠져 있는 동안, 애니가 남아메리카에서 지냈던 이야기를 계속했다. 나는 입을 딱 벌리고 애니를 바라보고 있는 팀을 흘끗 봤다.

"버스를 타고 넉 달 반 동안이나요?"

팀이 큰 소리로 말했다. 팀과 나는 집을 팔고 세간을 모두 버린 채 근거지 없이 전 세계를 느긋하게 돌아다니는 우리가 특별한 사람들이라고 생각했다. 그러나 적어도 우리는 버스가 아니라 주택이나 아파트에서 살았고, 우리 서로를 제외하고는 다른 사람을 억지로 참고 견뎌야 할 필요가 없었다. 그런데 이 놀라운 두 사람은 우리 못지않게 특별했다. 과감한 결정을 내려 노년에 즐겁게 모험을 다닐 만큼 융통성이 있었고 용감하며 강인했다.

나는 커다랗고 통통한 홍합을 하나 더 집어먹고 맛좋은 포르투갈산 레드와인을 마시며 물었다.

"어떻게 하셨어요? 그러니까 제 말은, 씻고 먹고 자는 걸 어디에서 하셨어요?"

"일종의 셀프 서비스 모험이었어요. 주최 측에서 버스와 운전사를 제공했지만, 그 외는 승객들끼리 알아서 해결했죠. 돌아가면서 요리

　　　　즐겁지 않으면 인생이 아니다

여행을 하다 보면 마음이 맞는 사람을 만났을 때
딱 통하는 뭐라고 설명하기 힘든 순간이 있다.
사랑에 빠지는 때와 거의 비슷하게
본능적으로 서로에게 끌린다.
계산을 하거나 격식을 차릴 필요 없이
그 사람의 있는 모습 그대로를 받아들이게 된다.

와 장을 봤기 때문에 한 사람이 이것저것 다 할 필요가 없었어요. 그리고 사나흘에 한 번씩 호텔을 잡아 빨래를 하고 머리를 감고 그런 다음에 다시 버스로 돌아가 여행을 했죠."

애니의 말에 존이 덧붙였다.

"평정심을 유지하기가 정말 어려운 때가 가끔 있었죠. 몇몇 사람들이 지독하게 짜증스러웠고, 그중 한 사람은 완전히 정신병자였거든요. 그렇지만 경비가 저렴해서 금전적으로 우리 형편에 맞았어요. 남아메리카를 그렇게 둘러보자면 돈이 많이 들잖아요. 그래서 그냥 묵묵히 참고 견뎠죠."

그날 밤, 폭풍우가 무섭게 몰아치는 가운데 팀과 나는 라디에이터가 돌아가는 따뜻한 방에서 커다랗고 푹신한 침대에 푹 파고들어 책을 읽었다.

"애니와 존을 만나게 돼서 참 좋았어. 두 사람이 남아메리카에서 여행한 이야기가 정말로 흥미롭더군. 지금 우리는 시속 30미터의 차가운 바람이 휘몰아치는 날에 그 작은 캠핑카에 있지 않아도 돼서 아주 행복해."

우리는 두 사람과 함께하면서 새로운 교훈을 얻었다. 사람마다 참을 수 있는 한계가 있다. 어떤 사람에게는 모험이 다른 사람에게는 고문이 될 수도 있다. 어찌 보면 집을 떠나 자유롭게 세상을 돌아다니는 것은 생활 방식이라기보다는 사고방식일 수 있으며, 자유의 의미는 사람마다 달랐다.

변화를 받아들이는 일에
익숙해지기

　　　　　　　　팀이 모는 차를 타고 포르투갈 해안을
달리다가 숲과 산을 지나 북쪽으로 향했다. 오르막길이 끝나자 소나
무 숲 아래로 포도밭들이 펼쳐지기 시작했다. 기가 막힌 경치였으며,
갑자기 내린 3월의 비마저 그날의 즐거움을 방해하지 못했다.

　자갈이 깔린 공원 도로로 이어지는 철문을 지날 때 마침 소나기가
그쳤다. 숲 사이로 뚫린 공원 도로는 계단식으로 떨어져 내리는 개울
과 이끼와 덩굴로 뒤덮인 바위와 둑을 따라 굽이굽이 이어졌다. 옆에
는 이국적인 열대 야자나무와 양치식물들이 늘어서 있어서 포르투갈
이 아니라 마우이 섬에 온 느낌이었다. 나중에 들은 바에 따르면, 7세
기부터 카르멜회 수사※1들이 이 주변으로 1제곱킬로미터 땅에 일일
이 손으로 나무를 심었다고 한다. 전 세계에서 모아 온 멋진 식물들이
대지를 가득 채우고 있었다.

　마지막 급커브 길을 돌자, 드디어 팰리스 호텔 부사코가 보였다. 포
르투갈에 널리 퍼져 있는 신포르투갈 양식의 아주 낭만적이면서도 뭔
가 과도한 건물이었다. 소용돌이 장식, 덩굴 식물, 통통한 천사상, 회

반죽 세공, 사랑 이야기와 전쟁을 낭만적으로 묘사한 거대한 프레스코화, 스테인드글라스, 태피스트리, 목재 조각, 바위, 콘크리트, 물받이 홈통으로 쓰이는 괴물 석상이 죄다 결집되어 있었다. 건물 외부의 장식만 이 정도라는 말이다.

견장(나는 남자가 견장이 달린 옷을 입는 것을 아주 좋아한다)이 달린 유니폼 차림의 우아하고 통통한 남자가 우리를 맞았다. 레드카펫이 깔린 웅장한 대리석 계단을 중심으로 반짝이는 갑옷, 9미터 높이의 천장에 달린 우아한 휘장, 아름다운 스테인드글라스 창이 눈에 들어왔다. 팀과 나는 놀라운 광경에 말문이 막혔다.

우리를 맞았던 남자가 2층에 있는 굉장히 넓은 스위트룸으로 안내했다. 우리가 크리스마스를 보냈던 파소 노블레스의 아파트 전체가 들어가고도 한참 남을 정도로 넓었다. 우리는 4.5미터 높이의 천장과 우아한 프렌치 창, 난간에 리본과 동물이 조각돼 있으며 정원과 그 뒤의 숲이 내려다보이는 작은 발코니를 둘러보았다. 옷방은 전 가족의 옷을 다 넣을 수 있을 만큼 공간이 넉넉했고, 안에 벨벳이 깔린 붙박이 서랍장, 마호가니 신발장, 아름다운 나무 옷걸이가 여러 개 있었다.

티끌 한 점 없는 욕실은 적어도 18제곱미터는 돼 보였으며, 천장이 거실과 똑같이 높았고 고급스러운 시설이 모두 갖춰져 있었다. 길이도 농구 선수 코비 브라이언트가 몸을 쭉 펴고 들어갈 수 있을 만큼 길었다. 물론 푹신푹신한 커다란 타월과 목욕 가운도 있었다. 그야말로 내가 꿈에 그리던 휴가지였다.

내가 "우와."와 "하아."와 같이 습관적으로 쓰는 감탄사를 남발하는 사이에, 팀은 기가 막히게 편한 벨벳 의자에 몸을 푹 파묻고 있었다. 팀은 심드렁한 척했지만, 나는 그가 스스로를 대견해한다는 것을 알 수 있었다. 새 단장이 조금 필요해 보이긴 했지만 귀족적인 분위기의 이 숙소가 참 마음에 들었고 무엇보다 침대가 매우 편했다. 팀과 나는 최신식 침대와 유행을 따르는 장식보다 본연의 기능에 충실한 가구를 선호하는 편이다. 팀이 미소를 짓고 있는 이유는 사실 따로 있었다. 팰리스 호텔 부사코가 비수기에 엄청난 할인을 했기 때문이다.

늘 그렇듯이 우리는 배가 고팠다. 우리는 입이 떡 벌어질 만큼 아름 다운 바로크 양식의 식당에 들어갔다. 그러자 견장이 달린 유니폼을 입은 또 다른 남자가 외부로 돌출된 낭만적인 창 쪽 테이블로 우리를 안내했다. 드넓은 정원을 내다보기에 좋은 자리였다.

주문한 음식은 모두 맛있었다. 최고봉은 팀이 애피타이저로 주문한 돼지고기 라비올리와 내가 주문한 포테이토 도피노와즈가 곁들여진 오리 가슴살 요리였으며, 지금까지도 나는 이 요리들을 내가 먹어 본 음식들 중에 최고로 꼽는다. 팀의 메인 요리인 볶은 푸아그라와 스테 이크도 놀라울 정도로 맛있었다.

우리는 다음 날 아침에도 어제 봤던 유니폼 차림의 남자들이 날라 다 주는 호화로운 아침 식사를 먹었다. 여러 개의 운하를 중심으로 형 성된 매력적인 해변 마을인 아비에로에 다녀온 우리는 웅장한 궁전인 호텔로 돌아와 바에 잠깐 들렀다. 바에는 커다란 그림들이 걸려 있었 고, 의자가 푹신하고 편안했으며, 높은 천장은 금박 크라운 몰딩으로 화려하게 장식돼 있었다.

바에 들어가 앉자 팀이 말했다.

"고백할 게 있어."

이런! 모든 아내가 절대 듣고 싶어 하지 않는 소리였다. 다른 여자가 있는 걸까? 포르쉐를 사고 싶은 걸까? 혹시 내가 너무 살이 쪘다고 생각하는 걸까? 설마 우리가 파산한 걸까? 남편이 고백이라는 말을 꺼내는 순간, 아내의 머릿속에는 이런 온갖 생각이 맴돌게 마련이다.

"네에에에……."

나는 아무렇지도 않게 보이려고 노력하며 대답했다.

"어서 '집'에 가고 싶어. 카파리카 해변에 있는 포르투갈의 우리 '집' 말이야."

나는 그만 웃고 말았다.

"뭐가 그렇게 웃긴 거야?"

팀이 어리둥절해져서 물었다.

"아무것도 아니에요."

나는 두려움이 사라지자 얼른 정신을 가다듬었다.

팀은 잠시 나를 이상한 사람 보듯 쳐다보더니, 이야기를 계속했다.

"무슨 말이냐면, 언제부터인가 난 우리가 머무르는 곳들을 진짜 집처럼 생각하게 됐어. 그래서 우리 침대, 우리 주방, 카파리카에서의 우리의 소박한 생활이 있는 집으로 돌아가면 행복할 거야. 주말 휴가를 보낸 후에 집으로 돌아가는 것처럼 말이야. 나는 이런 내 생각의 변화가 흥미롭네. 당신은 어때?"

나도 팀의 말에 동의했다. 우리는 새로운 환경에 적응하는 것에 아주 익숙해져서 이제 우리가 머물게 되는 곳의 생활 방식을 쉽게 받아들이게 됐으며, 그곳이 아주 편안해져서 진짜 집인 것처럼 느꼈다. 이제 나는 야채 껍질을 벗기는 칼에서부터 두꺼운 양말에 이르기까지 모든 물건의 위치를 잘 알고 있어서 이사 후 벌이는 요란법석을 떨 필요가 없었다. 우리는 전등 스위치가 있는 곳을 본능적으로 알았고, 감으로 열쇠를 돌리는 방법도 몸에 익혔다. 이런 변화 덕분에 마음이 평온했다.

당연히 우리는 다음 날에 바로 카파리카로 돌아와서 이메일을 확인했고, 저녁 식사로 뭘 먹을지 결정하는 등 일상으로 돌아갔다. 이상하게도 그곳이 꼭 우리가 있어야 할 곳 같았다. 팀과 나는 함께 있는 한 그곳이 어디든 집처럼 여겨졌다. 우리는 카파리카에서 5주 동안 살았으며, 그때까지 최장기 기록이었다. 그리고 포르투갈 사람들과 포르투갈 특유의 느긋한 분위기가 좋아서 짐을 싸는 동시에 다시 올 계획을 세웠다.

우리가 집 없이 여행을 다니면서 좋은 점 중 하나는 한 곳에 정착하고 살았다면 참지 못했을 짜증스러운 일들을 쉽게 무시할 수 있게 됐다는 점이다. 이를테면 쉬지 않고 소리를 질러대는 아이들과 차량의 소음, 새벽까지 파티를 하는 이웃, 매일 아침 7시에 시작되는 시끄러운 스쿠터 소리와 같은 것들에 이제는 그다지 신경을 쓰지 않게 된 것이다. 어차피 곧 떠날 것이기 때문에 그런 짜증스러운 일들은 별로 신경 쓰이지 않았다.

포르투갈에서의 마지막 날 아침에 카타리나가 작별 인사를 하러 왔다. 그녀는 우리 짐을 장난감처럼 작은 차에 싣는 것을 도와줬고, 곧이어 우리는 또다시 길을 떠났다. 마침 부활절이었기 때문에 공항까지 가는 길이 수월하리라고 예상했지만, 4월 25일 다리Ponte 25 de Abril, 리스본 타호 강을 가로지르는 다리—옮긴이에 다다랐을 때 양 방향 모두 차가 꽉 막혀 있었다. 물론 5주 동안 거의 매일 그랬듯이 그때도 비가 내리고 있었다. 도로는 비에 젖어 있었고, 다른 차의 운전자들도 그리 기분이 좋아 보이지 않았다. 4월 25일 다리를 건넌 후에도 여전히 차량의 움직임이 아주 더뎠고 이러다가 시간에 맞춰 공항에 도착하지 못할까 봐 걱정되기 시작했다.

반대편 도로에 구급차들이 보였다.

"아하, 저기 좀 봐. 교통 정체의 이유를 알겠네. 저쪽 도로에 사고가 나서 차들이 다 멈춘 거야. 이쪽 도로의 속도가 느렸던 이유는 다들 구경하느라고 차를 세워서 그랬던 거고."

반대편 도로의 흐름이 원활해질 것이라고 직감한 팀이 안도의 기색이 역력한 투로 말했다.

나는 팀의 시선을 따라가 반대편 도로를 바라봤다. 순간, 숨을 멈췄다. 도로 위쪽 언덕에 나무 몇 그루가 있는 숲이 있었는데, 그중 30미터가 넘어 보이는 나무 하나가 움직이기 시작했다. 꼭대기 부분이 취한 사람처럼 흔들거리다가 천천히 아래로 쓰러지더니 도로를 향해 떨어졌다. 땅에 닿기까지 영원처럼 긴 시간이 걸릴 것 같더니만 갑자기 속도가 빨라졌다. 순식간에 나무가 중앙 분리대로 곤두박질쳤다. 나무 밑으로 차 몇 대가 깔렸고, 나무의 꼭대기 부분은 중앙 분리대 위

즐겁지 않으면 인생이 아니다 ────────

에 걸쳐졌다. 우리 차와 30센티미터도 떨어지지 않은 지점이었다. 나무와 충돌한 차들의 뒤에 있던 차들이 온갖 기이한 각도로 옆 차선을 침범하며 급히 멈췄다.

우리가 단 몇 초 전에 지나쳤던 사고 현장으로 사람들이 몰려들었다. 나무와 충돌한 차들 중 제일 앞차 옆에 있던 한 여자가 입을 딱 벌린 채 서 있었다. 그녀는 비명을 질렀다. 우리는 뒤차들 때문에 앞으로 계속 나아가야 했기 때문에 상황을 계속 보고 있을 수가 없었다. 운전대를 꽉 움켜쥔 팀의 손가락 관절이 하얗게 변했다.

얼마 지나지 않아 갑작스러운 사고, 무너진 나무, 박살난 자동차들과 같은 모든 것들이 우리 뒤에 남겨졌다. 차들은 아무 일도 없었다는 듯이 앞으로 나아갔다. 우리는 너무 충격을 받아서 한동안 아무 말도 할 수 없었다. 어느 정도 마음이 진정되자, 처음에는 그 위험한 순간에 대해서만 생각하다가 이어서 아무 해를 입지 않은 행운에 감사했다. 그리고 마침내 사람은 언제 어떻게 될지 모른다는 생각을 진지하게 하게 됐다. 그 사고를 본 경험은 우리의 좌우명을 다시 한 번 되새기게 해주었다.

아무것도 미루지 말자.

인생을 원하는 대로 살지 않기에는
삶이 너무 짧고 달콤하다

팀과 나의 방랑 생활로 인해 미루게 된 것은 단 한 가지였다. 우리가 늙었다고 느끼는 것이다. 그렇다고 해서 우리가 늙지 않는다는 뜻은 아니다. 거울을 볼 때마다 우리의 변화에 놀랄 정도로 하루가 다르게 늙어간다. 그저 늙었다고 느끼지 않을 뿐이다.

둘 사이에는 차이가 있다. 우리 부부는 건강과 재정적인 안정을 소중하게 생각한다. 이 두 가지는 일부 사람들이 '대담한' 퇴직 생활이라고 일컫는 우리 생활의 필수적인 요소이다. 건강할 때는 스스로가 젊다고 느끼기가 훨씬 수월한 법이다. 우리는 평생 돈과 건강을 잘 건사하며 살았지만, 우리의 행운이 스스로가 잘해서 생긴 것은 아님을 잘 알고 있다. 다행히 팀과 나는 좋은 유전자를 가지고 태어났으며, 서로 부부로 만나서 여생을 함께하게 됐고, 이 두 가지 사실을 날마다 감사하며 살아간다.

우리는 집을 떠나 자유롭게 여행하는 생활을 시작하기 전에, 제스 월터가 소설 『아름다운 폐허』에서 '지루함과 만족감 사이의 거대한 정체기'라고 일컬은 감정적인 상태 속에서 살고 있었다.

우리는 행복했지만 지루했다. 노년과 권태가 문 아래와 창문 주위에 웅크리고 있었다.

우리는 여행을 시작한 이후로 그런 위협을 느끼지 않았다. 우리는 되돌아보지 않았다. 바랐던 것보다 훨씬 건강하고 행복해졌으며 세상과 우리 스스로를 잘 이해하게 됐다. 지루함은 우리 곁에 아예 얼씬도 하지 못했다. 그렇다면 만족감은 어떨까? 과할 정도로 많다.

내 의견이 피상적이라고 생각하는 사람들이 있을 거라고 생각한다. 한편으론 그들의 생각이 부분적으로는 옳을지 모른다. 그렇지만 나는 디너 파티에 내놓을 냅킨이 식탁보와 어울릴지, 동호회 모임이 모임에 늦지나 않을지를 걱정하느니 차라리 다음 주 교통이 혼잡한 시간대에 파리 샤를 드골 공항에서 우리 아파트로 무사히 갈 방법을 걱정하고 싶다. 물론 우리의 생활 방식이 모든 사람에게 최적이라고 생각하지는 않는다. 우리의 선택이 어느 면으로 보나 우월하다고 생각하지도 않는다. 다만 우리는 스스로 원하는 방식대로 살고 있으며, 우리에게 딱 맞는 올바른 결정을 한 것은 큰 행운이었다.

▼▼▼

우리가 처음 이 모험을 감행할 때만 해도, 수년에 걸친 후회와 혼란을 자초하는 길일지 아니면 행복한 여행이 될지 전혀 몰랐다. 이 세상에서 우리에게 주어진 시간이 하염없이 줄어들고 있었고, 우리는 한 곳에 얽매이지 않은 채 삶의 마지막 단계를 오롯이 경험하고 싶었다. 용기가 필요한 때였다. 독립적이고 자유롭게 새로운 인생을 시작하자면 정든 집과 손때 묻은 살림살이와 친구 및 가족의 위로를 모두 포기할 수밖에 없었다. 따라서 그러한 두려움을 극복할 수 있는 여러 자질을 갖춰야 했다. 우리는 이 선택이 예기치 못한 결과를 불러올 가능성이 많다는 점을 충분히 알 만큼 나이가 많았다.

이제 결과가 나왔다. 늘 여행을 하는 생활은 대체로 우리에게 완벽하게 잘 들어맞는다. 우리는 사소한 어려움들과 작은 사고들을 인내심과 웃음과 융통성으로 극복했다. 또 편안한 자리를 구하기 위해 추가로 조금 더 지출한다거나, 길을 잃거나 피곤할 때 지하철 대신에 택시를 탄다거나 하는 식으로 문제를 해결한다. 날씨나 질병이나 불화나 짜증이나 그저 불쾌한 기분이 우리를 괴롭힐 때도 있다. 그리고 두려움에 떤 적도 한두 번이 아니며, 가끔 가족이 그리워 어쩔 줄 모른다. 나는 정성껏 가꿨던 예전 집의 정원이나, 지금은 물품 보관소에서 나를 기다리고 있는 오래된 무쇠 냄비와 같이 평범한 것들을 떠올리며 감상에 젖는다.

그렇다면 이런 불편함과 갈망을 감수하는 대신에 무엇을 얻는 것일까? '늙었다'는 고정관념에 대한 도전이다. 우리는 불안을 유발하는 이 말을 우리의 사고방식과 태도에서 멀리한다.

물론 우리는 현실을 받아들여야 한다. 이제 우리는 런던의 지하철이나 파리의 지하철에서 계단을 뛰어올라가지 못한다. 대신 벽에 딱 붙어서 천천히 올라가야 한다. 이제 우리는 꼭두새벽까지 놀지 못한다. 대신 느긋하게 오랫동안 점심 식사를 즐긴다. 이제 야간 비행기나 열두 시간씩 소요되는 버스는 아예 탈 생각도 못한다. 그렇지만 우리는 매일 새로운 것을 배우고 보고 계획하거나 새로운 사람을 만나거나 새로운 문제를 해결한다. 이런 이유로 우리는 스스로를 '늙었다'고 여기지 않는다.

나이가 많은 모든 사람이 삶을 극단적으로 바꿔가며 우리의 선례를 따를 수는 없으며, 또 모든 사람이 그것을 원하지도 않는다. 그렇지만 우리의 이야기가 '늙었다'는 것이 끝을 의미하거나 지루한 삶을 각오해야 한다는 의미가 아니라는 것을 이해하는 기회가 되길 바란다. 집을 떠나 자유롭게 여행하는 생활은 그저 행동만이 아니라 마음가짐이기도 하다. 이런 마음가짐은 오랫동안 지켜온 생활 방식을 바꾸거나 새로운 친구를 사귀게 한다. 그렇게 되면 어떤 환경에 있는 사람이라도 활기가 넘치는 생활을 하게 된다.

▼▼▼

이 글을 쓰고 있는 지금, 팀은 최근에 우리의 새 보금자리가 된 아일랜드 링 오브 케리 근교에 있는 예쁜 코티지의 아래층에서 앞으로 여행할 계획을 세우고 있다. 그는 컴퓨터에 앉아 우리가 내년에 탈 예정인 유람선의 가격을 비교하고 있는 참이다. 작년에 우리가 더블린에 살 때 친절한 이웃으로 만나 친구가 된 모린과 앨런 부부가 오늘 밤에 저녁 식사를 하러 오기로 되어 있다. 우리는 저녁 식사를 하며 작년에 마지막으로 본 뒤로 경험한 여행담과 앞으로의 여행에 대한 계획을 신나게 이야기할 것이다. 오랜 세월 동안 떨어져 있다가 마침내 다시 만나 함께 세상을 둘러볼 수 있게 된 우리는 지금 이 시간을 매일 고맙고 기쁘게 생각하며, 앞으로도 계속 우리의 경험을 사람들과 공유하고 싶다.

삶에서 일어나는 변화를 받아들이고, 새로운 방향을 발견하는 과정에 있는 수천 명의 사람들을 알게 되면서, 궁극적으로 "예스."라는 말이 가지는 힘에 대한 믿음이 더욱 공고해졌다. 많은 시간이 흐른 지금까지도 이 말은 아무것도 미루지 말도록 우리를 북돋고 있다. 원하는 대로 살아가지 않기에 삶은 너무 짧고 달콤하기 때문이다. 우리는 지금 이 책을 읽고 있는 당신 역시 아무것도 미루지 말고 원하는 대로 살 수 있기를 바란다.

옮긴이 신승미

조선대학교 국어국문학과를 졸업하였다. 6년 동안의 잡지 기자 생활과 전공인 국문학을 바탕으로 한
안정된 번역 실력으로 다양한 분야의 책을 번역하고 있다. 현재는 출판 번역 에이전시 베네트랜스에
서 전문 번역가로 활동 중이다.
옮긴 책으로는 『집에서도 행복할 것』 『왜 나는 제자리인가』 『생의 모든 일은 오늘 일어난다』
『혼자 사는 즐거움』 등이 있다.

즐겁지 않으면 인생이 아니다

지은이 린 마틴   **옮긴이** 신승미

펴낸이 김종길   **펴낸곳** 글담출판사

책임편집 이은지

편집 임현주 · 이경숙 · 이은지 · 박정란 · 안아람 | **디자인** 정현주 · 박경은

마케팅 박용철 · 임형준 | **홍보** 윤수연 | **관리** 김유리

출판등록 1998년 12월 30일 제2013-000314호

주소 (121-840) 서울시 마포구 양화로 12길 8-6(서교동) 대륭빌딩 4층

전화 (02)998-7030 | **팩스** (02)998-7924

페이스북 www.facebook.com/geuldam4u

블로그 http://blog.naver.com/geuldam4u

이메일 bookmaster@geuldam.com

초판 1쇄 인쇄 2014년 6월 20일   **초판 9쇄 발행** 2016년 3월 20일

ISBN 978-89-92814-85-0 03840

책값은 표지에 있습니다.
잘못된 책은 바꾸어 드립니다.

이 도서의 국립중앙도서관 출판시도서목록(CIP)은 e-CIP홈페이지(http://www.nl.go.kr/ecip)와
국가자료공동목록시스템(http://www.nl.go.kr/kolisnet)에서 이용하실 수 있습니다. (CIP 제어번호 : 2014016668)

글담에서는 참신한 발상, 따뜻한 시선을 가진 기획 아이디어와 원고를 기다리고 있습니다.
작품 혹은 기획안을 한글이나 MS Word 파일로 작성하여 이메일로 보내주시기 바랍니다.
출간 가능성이 있는 작품에 대해서 개별적으로 연락을 드립니다.